비익조의 시학

새미비평신서 21

비익조의 시학

김 효 은

새미

책머리에

　책이라는 작은 봉분들을 사면(四面) 가득 쌓아두고 지내온 삶이 오래
되었다. 팔을 뻗으면 손이 닿는 곳 어디에도 책은 항상 쌓여있다. 책이 있
어 외롭지 않다고 느끼던 날들이 많다. 시력 낮은 사람의 안경이나 렌즈
혹은 돋보기처럼 가끔은 책으로 얼굴이나 가슴을 덮고 그대로 잠든 날도
많았다. 그렇다고 해서 지독한 열독가라 하기에는 게으른 독서가를 자처
한다. 다만 천천히 가능한 한 그것들, 문자들, 행간들, 책장들을 커피 한
잔과 함께 오래오래 음미하며, 느릿느릿 감미롭게 읽어나갈 뿐이다. 천천
히 수혈 받는 기분. 그렇게 책에게서 위로를 받고 행복하다고 느끼는 순
간들이 밤과 새벽에 유독 많았다. 여러 가지 이유로 주거지가 늘 불안정
했다. 병실의 간이침대에서 몇 년, 고시원과 친구집, 셋방과 하숙집 등등
을 전전하며 참 많이도 주거지를 옮겨 다녔다. 그때마다 책 보따리를 묶
고 이고 지고 나르고 푸는 일이 보통일은 아니었다. 그래도 내게 재산이
라면 책 이외에는 없었기 때문에 힘들다고 느끼지 않았다. 어쩌면 책에
대한 물욕과 소유욕이 추동해온 삶이라고 해도 과언이 아니리라. 소유 역
시 종래에서는 다 부질 없다는 것을 알면서도 책만큼은 아직도 쉽게 버리
지 못한다. 마지막 보루처럼, 책의 업을 내려놓지 못한다. 그러나 어쩌랴.
그 묵중한 업보들로 인해 이번 생을 이 만큼이나마 견뎌내며 꾸역꾸역 움

직이고 버티며 살아왔는지도 모르겠다. 또 하나 내게 가족이 없었다면, 맨몸의 삶이었다면 아마도 홀연히 이 세상을 벌써 등지고 떠났을지도 모를 일이다. 그마저도 아니라면 속세를 벗어나 종교인의 삶을 살았거나 아니면 세상의 오지를 찾아다니며 정처 없이 유랑하는 삶을 살았을지도 모를 일이다. 아이러니하게도 가족은, 부채는, 늘어난 책들은, 늘어난 역할과 책임들은 나를 한곳에 자꾸만 정착시키고 계속해서 새로운 과업을 부여해 왔다. 이 '감당'과 '견딤'이라는 '담금질'의 과정 속에 우여곡절도 눈물도 많았지만 이제는 그것들의 하중을 버티며 '생활'이라는 것을 곧잘 해내고 있다. 스스로를 토닥토닥해주는 자기 위안의 순간이라니. 그러나 여전히 책과 문학과 타자와 더불어 사는 삶이고 생활이다.

읽기와 소유의 대상이었던 책을 지금 이 순간, 이제는 내가 필자가 되어 이 한 권의 책을 '쓰고' 이제 막 세상에 내놓으려 한다. 어릴 적부터 간직해온 작가의 꿈이 늘 요원하게만 느껴졌는데 이제 겨우 한 발자국을 내딛는 느낌이다. 서로 조금은 다른 몫과 성격, 비평을 쓰고 시를 쓰고 논문을 쓰는 삶을 살고 있다. 끊임없이 읽거나 쓰는 삶이 아니라면, 아니었다면 어떻게 삶을 버텼으며 또 앞으로 버텨나갈 것인가. 책은, 문학은 내게 그런 존재이다. 생명을 이어주는 연명 장치로서의 문학. 가장 친밀한 생의 근원인 동시에 현실 도피의 기제가 되기도 하는 아이러니한 과업. 그 과업으로서의 글쓰기를 이제 나는 무엇보다 사랑한다.

우연한 기회에 비평가로 등단을 하게 되었다. 뜻하지 않았던 기회에 비평의 길에 접어들게 되었다고 해서, 내가 비평을 홀대하거나 소홀해한 것은 결코 아니다. 특히 최근 2년간 부지런히 비평 글을 썼고 여러 지면에 서슴없이 내놓았다. 텍스트를 직접 생산하는 노고를 누구보다 잘 알기에, 타인의 텍스트를 읽을 때 누구보다 겸허하게 정성들여 읽고 텍스트의 결을 세심하게 살피고자 노력했다. 꼼꼼한 원전 읽기가 기본이라는 원칙하에 작가조차 무의식적으로 지나쳤을지 모르는 글의 지형 하나, 낱말 하나조차도 일일이 찾아 퍼즐을 맞추고 싶었다. 비평을 하는 데 있어 정해진 퍼즐의 밑그림이나 단서들은 애초에 존재하지 않는다. 텍스트의 맵은 오롯이 비평가의 시선과 목소리로 재구성해야 한다. 일반적으로 비평을 2차 텍스트라고 하지만 비평은 물론 모든 텍스트는 단일한, 1차 텍스트이다. 그것은 텍스트라는 미로를 풀어 다른 미로를 놓는 지난하고 어려운 과정임에 분명하지만 비평이 독자와 텍스트와 작가 사이에 가교(假橋)를 놓는 중요한 과업이라는 생각에는 변함이 없다.

이 책의 제목을 비익조의 시학이라 지었다. 비익조(比翼鳥)란 눈과 날개가 각각 하나씩이어서 짝을 짓지 않으면 날지 못한다는 전설의 새이다. 한 때 문학이 절망의 날개짓이라고 생각했다. 벼랑 끝에서의 추락이나 생(生)이라는 그물 속에서의 헛된 발버둥이라고 여기며 매순간 좌절했다. 출구도 입구도 없는 수렁이나 늪에서의 허우적거림. 절망이나 파국 앞에서의 울음이나 괴성과도 같은 몸부림의 처절한 언어를 문학이라고 여겼다. 반면 또 어느 한 때에는 문학이야말로 희망의 날개짓이라고 생각했다. 가능한 높게 이상과 꿈을 쫓아가는 동경의 부푼 황홀, 그 희망과 긍정의 요란한 박동과 날개짓을 꿈꿨다. 이제 절망도 희망도 어느 하나의 날개로는 날 수 없는 새의 운명을 절감한다. 기쁨과 슬픔의 카타르시스가 비상하는 언어의 활로 속에서 온몸과 정신을 휘감는다. 문학의 길, 삶의 길은 비극과 희극, 절망과 희망, 생과 사, 미와 추, 선과 악, 만남과 이별, 형식과 내용이라는 존재 양식 하나에 이르기까지 어느 한쪽의 날개와 한 방향의 에너지만으로는 날 수 없는 반쪽의 그것임을 알겠다.

　절망이면서 희망이며, 칼이며 방패인 양날의 노(櫓)를 힘껏 쥐고 세차게 내어젓는다. 다시 펜을 든다. 흰 종이의 바다이거나 푸른 종이의 하늘이거나 글의 길을 내며, 그렇게 꿋꿋하고 묵묵하게 나는 나에게 주어진 길을 헤쳐 나갈 것이다. 충분히 두려움에 떨며, 울며, 굶주리며, 슬퍼할지라도.

폭풍우 속을 뚫고 날아가는 비익조의 눈을 들여다본다. 그 눈이 또한 나를 본다. 우리는 그렇게 서로의 눈을 갈망한다. 생의 비행을 사랑한다.

2019년 7월 파주 교하 문발동에서

김효은(金曉垠)

차례

1부

비익조(比翼鳥)의
두 날개 : 절망과 희망,
양날의 노(櫓)

소환될 수 없는 시간과 기억, 절망의 시학
균열, 그 틈에 비운으로 떠돌다간 시인
우주가 된 벌레 시인
허망의 광장에서 희망의 느릅나무에게로
공명(共鳴)하는 생명의 노래

소환될 수 없는 시간과 기억, 절망의 시학

— 기형도의 시

1. 시와 삶과 기억에 관하여

생의 마지막 순간까지 기억은 수의적(隨意的)으로 혹은 불수의적(不隨意的)으로 계속 된다. 진부한 명제이지만 삶은 기억의 연속이다. 태어나는 순간부터 우리의 모든 삶은 의식과 무의식의 창고에 기록되고 저장된다. 우리는 단지 선별적인 기억만을 이따금 떠올리며, 단지 오늘의 지금을 되풀이해서 살아간다. 기억은 존재를 보존하고 보호하기도 하지만 때론 존재를 좀먹으며 파멸과 파국을 초래하기도 한다. 가끔은 되려 망각이 생을 유지해준다. 하지만 망각도 기억의 자장 하에 놓여있다. 끔찍한 악몽의 기억도 행복한 영예의 기억도 결국은 조직적이고 치밀하게 나와 당신, 우리의 관계망을 구성한다. 생의 마지막 순간까지 우리는 어떤 기억에 붙들리거나 붙잡거나 붙들고 걷거나 쉬거나 호흡하며 어딘가로 치닫는 것인데, 마침내 모든 숨을 멈추고 세상의 모든 회한과 기억을 막다른 길에 부려놓은 뒤에야 비로소 망각의 강을 건너갈 수 있게 된다. 문학과 삶, 문학과 기억, 특히 시라는 장르는 더더욱 기억과 분리해서 말할 수 없다. 언어는, 시는 곧 기억의 산물이기 때문이다. 과거와 현재, 미래가 만나는 이 특수한 교류 지점에 시가 있고, 시의 특수성이 있다. 시는 과거를 현재화시키며, 현재를 과거로 돌리거나 교합시킨다. 혹은 현재를 미래에 전송하기도 하며 미래를 현재로 끌어오기도 하는 등, 시간으로부터 비교적 자유롭게 유동하는 장르이다. 영화 역시 과거, 현재, 미래가 중층적으로 배합되거나 뒤섞이고 조정되는 등 탈시간적인 장르이긴 하나, 아무리 복잡한 플롯이라 할지라도 종국엔 하나의 스토리로 순차적 정리와 수습이 가능하다. 시 만큼 유동적이고 현상적이며 초월적인 시간성을 지니는 장르는 없다. 시에 한해선 진보의 개념 또한 없다. 오늘의 시가 어제의 시보다 우월하고 낫다는 보장이 없다. 시는 항상 쓰거나 읽는 당사자의 현재에만 재현되면서 그 재현은 단순한 재현(再現)이 아닌 독특한 하나의 단일한 사건의 발생과 실현이 되는 것인데, 시는 이러한 초월성과 절대성, 독특한 시간성을 그 속성으로 한다. 즉 시를 읽거나 쓰는 행위는, 독서와 창작의 순간에 이미 과거와 현재, 미래가 동시에 혼존 및 연접하게 되는 초시간성의 특수한 사건이자 경험으로 볼 수 있는 것이다.

그렇다면 시와 기억에 대해 생각해보자. 상실의 사건은 시간상 주체의 과거에 존재한다. 따라서 그 상실에 반응하는 주체의 양상은 과거와 기억에의 반응이라 해도 틀린 말은 아니다. 잘 알다시피 프로이트에 의하면 사랑하는 대상의 상실을 수용 또는 거부하는 주체의 정신분석학적 메커니즘에는 두 가지 양상이 존재한다. 이는 상실 즉 사랑하는 대상의 죽음에 반응하는 주체의 태도에 따라 그 양상을 달리하는데 여기에 시적 주체를 대입할 경우 각각 우울증과 애도의 시학으로 구분된다. 본고에서 필자는 그 중 불수의적 기억, 즉 소활할 수 없는 기억이 기억 '되는' 방식으로서의 기형도의 시 세계를 전자에 해당하는 우울과 절망의 시학으로 보려한다. 물론 이의 반대편에 수의적 기억, 즉 능동적으로 기억을 소환 '하는' '해내는' '해야만 하는' 당위와 책무로서의 기억의 수사학이 낙관과 희망의 시학, 애도의 시학으로 다른 시인들의 시편들에 대항적으로 존재하는 것 또한 가능하다. 특히 역사와 민중을 대상으로 한 애도의 시에 있어 텍스트에 드러난 시적 주체의 기억은 지극히 사적인 기억조차 공적 기억의 장 안에 포섭되어 재현되는데, 기형도의 이것은 이와는 크게 대별된다. 그렇다고 해서 기형도의 모든 텍스트가 공적 기억과 접속되지 않는다는 논의는 아니며 어디까지나 그의 불우했던 유년의 기억들의 경우 현재에도 붙들려 있으며, 여전히 시적 주체에게는 리비도의 투여가 이뤄지고 있음에 주목하고자 하는 것이다. 시간의 무화, 혹은 과거에의 붙들림, 특히 유년을 기억하는 시편들의 경우, 과거의 '나'와 현재의 '나' 사이에 세월이라 부를만한 간극이 거의 존재하지 않는다. 시차가 뚜렷하게 존재하지 않으며, 기억을 떠올리는 지금의 나 곧 서술 주체의 '나'는 과거의 나, 가족, 친지, 이웃 나아가 모든 대상들이 거리감과 시차 없이 연접되어 있다. 심지어 기형도의 시에서는 단순히 분위기와 배경으로 등장하는 자연물과 계절감까지도 시적 주체에게서 그 대상들을 따로 분리하는 것이 불가능하다. 다시 말해 '안개'와 '눈', '진눈깨비' 등은 단순히 날씨와 기후를 시적 배경으로 제시한 것이 아니라 기형도 시인에게 안개와 눈은 거부할 수 없는 운명과 불행을 의미하는 직접적 상관물로 이는 시적 주체에게 정서적 등가물인 동시에 가까이 들러붙어 있으며 작품 내에서도 유기적으로 화자 자신에 밀착되어 있음을 알 수 있다. 유년기를 회상하고 기억하고 애도하기 보다는 시적 주체는 유년기의 불행한 사건들과 그로 인한 막연한 불안감과 두려움, 공포 등에 현재형으로 여전히 사로잡혀 있으며, 지울 수 없는 상처와 그림자들에 유아기적 자아가 여전히 단단하게 고착되어 있는 것을 알 수 있다. 특히 기형도의 시학에서는 현재의 서술 주체와 과거 기억 속의 '나' 사이에 시간과 공간의 갭조차 거의 존재하지 않는 것을 알 수 있다. 이에 기형도의 시 세계에 시간의 경과, 세월의 변화와 흐름에 의한 주체의 성숙과 달관은 애초에 불가능한 것임을 알 수 있다. 몸집만 커진 아이처럼 절망과 습관, 체념과 자조는 때론 어떤 원망의 정서와 울음으로 가득 차 있는 것인데, 이 무채색의 절망감과 우울감은 마치 단단한 '아교' 인양 그의 작품들을 둘러싼 채 하나의 성벽을 이루고 있다. 그의 시는 우울과 자조 등 염세적인 분위기와 눅눅하고 빛 바란 이미지들, 삶을 바라보는 일관된 시선과 정동으로 독자들에게 비슷하게 진동하며 시인, 시적 화자와 비슷한 정동과 회한을 독자들로 하여금 동시에 불러일으킨다. 이러한 공감의 메커니즘은 그만의 독특한 시적 감수성이 보편적 성장 서사와 만나 절묘하게 감동을 배가시키는 것인데 다소 베일에 감춰진 요절 사건 또한 그를 신화화하는 데 영향을 미친 주요 요인인 것을 부인할 수는 없겠다. 여러 가지 복합적인 요인들이 아마도 그의 시가 독자와 연구자들 나아가 대중에게까지 널리 사랑받게 한 원인이 되지 않았을까 한다. 그의 시학에는 분명 사랑(증오)의 대상들이 죽었지만 여전히 살아 있고, 시간은 흘렀지만 어제의 시간들이 미학적으로 아름답고 섬세하게 구축되어 오늘에 연접해 있으므로, 독자들에겐 이만한 치유와 안도의 시학이 또한 어디에 있을까. 상실과 이별, 훼손된 자아를 현재형으로 되새기는 것은 고통스럽지만, 고통의 재현이 텍스트를 통해 감각적으로 드러날 때 또한 미적으로 승화되어 드러날 때 이러한 순간의 미학이 치유의 시학에 닿아있는 것을 또한 우리는 부인할 수 없다. 기형도의 시학은 상처와 치유, 절망과 희망, 과거와 현재, 주체와 객체가 한데 혼재된, 아이러니하면서도 상호교섭적인, 혼융과 분리가 교묘하게 중첩되어 있는 홀로그램의 시학이라 할 수 있다.

2. 소환될 수 없는 기억, 그러나 여전히 우울과 절망의 시학

기형도의 시에 나타난 기억은 불수의적이다. 게다가 그의 기억은 시간의 선조성을 벗어나 있다. 즉 기형도 시는 정지된 시간에 고여 있거나 자폐된 채 "빈 집"에 갇혀 있다. 과거와 현재, 미래가 '지금 여기'의 한 점, 접점의 오목한 부분에 고름처럼 고여 있다. 상처와 진물, 신음의 시간은, 생체기를 남긴 어떠한 사건 이후에나 있어야 하지만 기형도에게는 '상처 앓이'가 사건 그 자체이다. 그 상처는 쉽게 봉합되지 않고 벌어진 채, 지금 현재에도 진물이 흘러내리고 있다. "벌어진 입"은 상처의 모양을 하고, 살아있으되 죽은 자의 입처럼 불수의적이다. 그 안에 무수히 많은 "검은 잎"들을 매달고 있는 입이다. 그 입은 시간이 고여 있는 웅덩이이기도한데 죽음에 대한 의식 역시 선조적 시간을 초월하여 고착되어 있다. 아버지의 시간과 누이의 시간, 엄마의 시간은 시적 주체인 '나의 시간'에 한 폐부(肺腑)를 이루며 착종되어 있다. 지혈과 봉합, 딱지가 앉고 흉터가 자리 잡는 게 상처의 내력이라면, 그리하여 상처와 앓이가 과거형으로 남고 상처는 이제 흉터로 아물어 기억 속 어딘가에 자리 잡아야 맞다. 오늘의 '나'와 그때의 '나'는 경험적 자아가 분명 달라야하는데, 기형도의 시 세계에서는 동일하다. 상처는 언제나 현재에만 재생되며, 공포와 두려움조차도 지금 여기에 고스란히 재현되기를 반복한다. 그러나 再現(재현)과 再演(재연)은 고통의 강도에 있어서만큼은 언제나 초연(初演)의 그것을 산출해낸다. 이는 환상통과도 다르다. 고여 있는 시간, 그러나 소용돌이치듯 역류하며 상처의 진앙으로 흐르는 진물의 고착, 이는 우울증의 시간이다. 언젠가 그날 그곳에 있었던 '나'는 지금 여기에도 똑같은 방식으로 존재하며 불안한 유년과 불행한 사춘기를 여전히 '앓고 있는 중'에 있다. 기형도의 시적 주체는 우울증의 시간에 고착되어 있으며 과거에 대한 회고와 정립, 애도는 불가능하다. 기형도의 텍스트는 읽는 독자들에게조차 언제나 현재를 앓게 한다. 이 기묘한 기시감은 주로 계절감이나 날씨 등을 통해 전경화되는데 이는 앞서 얘기한 바 있듯 주로 밤, 안개, 겨울, 눈, 진눈깨비 등의 이미지를 통해 형상화되곤 한다. 생에 대한 절망감은 주로 비루한 환경들과 일상의 비유들을 통해 드러나거나 "나는 불행하다"(「진눈깨비」), "나는 인생을 증오한다"(「장밋빛 인생」) 등과 같은 직설화법을 통해서도 종종 발화되는 것을 알 수 있다. 뇌와 가슴과 성대가 아닌 불행에 뿌리를 둔 '혀'가 직접 말하는 방식. 이는 자동차를 타고 질주하는 차창 밖으로 끊임없이 펼쳐지는 '실재계의 사막'과도 같이 지난한 장면의 연속인 것인데 기형도 시의 영상은 도무지 진앙의 색채가 바뀌지 않는다. 단 하나 검은색 물감, 색깔을 바꿀 기회조차 허락하지 않고 죽음은 그의 붓과 물감을 빼앗아 이른 나이에 데려가 버렸다. 그러나 그가 지닌 검은색은 '투명한 검은색'으로 그의 불행한 기억들과 우울한 가족서사를 고스란히 비추는 맑은 거울과도 같다.

한편 그의 시 속에서 변하지 않는 것, 거리를 두지 않는 대상은 공간과 장소, 날씨와 계절감, 색채 뿐만은 아니다. 텍스트에 등장하는 누이, 아버지, 어머니, 유년의 나, 사내와 아이들, '그'로 지칭되는 삼인칭의 대상조차, 글을 쓰는 현재의 1인칭의 '나'와 촘촘하게 결합되어 있다. 기억은 기억의 폴더 안에 순조롭게 순차적으로 저장되어 있지 않다. 같은 놀이를 반복하는 자폐아의 그것처럼, 정연하지만 질리지 않는 영상, 늘 새롭게 재생되는 생체기는 아이러니하게도 상처에 상처를 언어 안에만 오롯이 덧입힐 따름이다. 어쩌면 그 상처가 호흡을 멈추고 "검은 구름"이나 "진눈깨비", "겨울나무" 속에 흡수되는 날에야 비로소 "빗방울조차 두려워 않을"(「죽은 구름」) 순간에 이르게 될 종국의 안식. 시적 주체는 살아있는 순간에는 어떤 추억도 "경멸"에 바쳐질 수밖에 없었다고 고백한다. "추억은 이상하게 중단"(「추억에 대한 경멸」)되거나 "사진첩을 내동댕이"치는 방식으로만 그 기억에 대한 환멸과 절망의 모습을 잠깐씩 내비칠 따름이다.

> 갑자기 나는 그를 쳐다본다, 같은 순간 그는 간신히
> 등나무 아래로 시선을 떨어뜨린다
> 손으로는 쉴새없이 단장을 만지작거리며
> 여전히 입을 벌린 채
> 무엇인가 할말이 있다는 듯이, 그의 육체 속에
> 유일하게 남아있는 그 무엇이 거추장스럽다는 듯이
>
> — 기형도, 「늙은 사람」 부분

"비닐백의 입구같이 입을 벌린 저 죽음"(「죽은 구름」)이나, "사내의 혀"(「죽은 구름」) 그리고 위의 시에서의 '벌린 입'의 이미지 등은 반복되어 나타나는데 마지막까지 그의 존재를 증명하는 유일한 증거는 입과 혀

에 다름 아닌 것을 유추해 볼 수 있다. "유일하게 남아있는 그 무엇"은 어쩌면 거추장스럽지만 여전히 토해내야 할 "무엇인가 할말" 또는 비명일지 모른다. 어떤 시인은 생물학적으로는 죽었지만 삶과 죽음을 초월하여 영원히 이 세계에 불멸한다. 기형도 역시 그러하다. 그의 입은, 시의 입은 늘 벌어져 있다. 감탄과 비탄과 자조와 그 무엇으로도 그의 혀는 여전히 "할 말"을 품고 부지런히 발화한다. 잠들지 못하는 유령의 그것처럼 "잎 속의 검은 잎"은 영원히 지지 않고 버스럭 댄다. 시인의 입은 시인의 집이기도 하다. 검은 잎사귀들로 만개해 있는 시인의 집에 닫혀있거나 열려 있는 창문들 또한 집이 품은 입이다. 시, 현재이자 과거와 미래가 공존하는 집인 것이다. 기형도의 "빈 집"은 그러나 빈 집이 아니다. 우울의 정동으로 들끓는 붐비는 동시에 가득찬 공간이다. 시적 주체가 "나는 혐오한다", "그의 틈입을 용서할 수 없다"고 단언하게 거부하고 있는 "늙은 사람" 역시 그 집에 함께 있는 것인데, 그는 미래가 아닌 지금에 있다. 즉 "늙은 사람"은 미래의 '나'이면서 동시에 지금 현재의 '나'이며, 과거의 '나'이기도 하다. 이 친숙한 낯섦과 기이함은 기형도 시에서 우리가 자주 맞닥뜨리게 되는 그로테스크하고 언캐니한 장면들이다. 나와 나의 조우, 그와 나의 조우, 시와 독자와의 조우와 교감은 과거와 현재, 미래가 지금 텍스트 안에서 발화하는 '나'에 오롯이 집중되는 동시에 이내 한 지점에 모인다. 즉 시를 발화하거나 읽는 그 순간에만 형체를 드러내는, 뒤이어 곧 흩어져 버리고 마는 산종의 시간과 기억만이 기형도 시에 오롯이 기이하게 작동하는 것이다.

3. 시간은 0시, 기억 아닌 기억들에 포획된 검은 새

서울은 내 둥우리가 아니었습니다. 그곳에서
지방 사람들이 더욱 난폭한 것은 당연하죠.
어두운 차창 밖에는 공중에 뜬 생선가시처럼
놀란 듯 새하얗게 서 있는 겨울 나무들.
한때 새들을 날려보냈던 기억의 가지들을 위하여
어느 계절까지 힘겹게 손을 들고 있는가.
…(중략)…
우연히 마주친다 한들 어떠랴 누구나 겨울을 위하여
한 개쯤의 외투는 갖고 있는 것.
사내는 작은 가방을 들고 일어선다. 견고한 지퍼의 모습으로
그의 입은 가지런한 이빨을 단 한번 열어보인다.
…(중략)…
청년들은 톱밥같이 쓸쓸해 보인다.
조치원이라 쓴 네온 간판 밑을 사내가 통과하고 있다.
나는 그때 크고 검은 한 마리 새를 본다. 틀림없이
사내는 땅 위를 천천히 날고 있다. 시간은 0시.
눈이 내린다.

— 기형도, 「鳥致院」 부분

"鳥致院"이라는 특정한 지명으로서의 기표는 어쩌면 중요하지 않다. 독자들은 이 텍스트를 읽는 순간, 누구나 검은 새 한 마리를 눈앞에 그려 보게 된다. 기시감인 동시에 현장감이다. 새를 날려 보내는 곳, 조치원은 누구에게나 존재하는 본적지이다. 도망치듯 훌쩍 떠나왔거나 혹은 의기 양양하게 가족 친지들의 배웅을 받으며 성공의 포부와 원대한 다짐에 들 떠 기차에 올랐을 익숙한 풍경, 그러나 무겁고 어두운 기억의 플랫폼이

다. "시간은 0시" 언제나 그 지점에 멈춰있다. "0시의 시간"은 출발역인 동시에 정차역, 정착역인 동시에 종착역을 경유하는 시간, 결국 멈춘 시간이다. 이 시에 묘사된 사내의 행보 역시 독자에게 익숙하다. 어쩌면 나와 당신, 당신의 어머니와 아버지, 삼촌, 고모, 누이, 동생을 대입해도 낯설지 않은 풍경이다. 시적 화자는 그러나 조치원에서 내리는 그를 응시할 뿐, 함께 내리지는 않는다. 언제나 "시간은 0시" 지금의 시간은 차라리 고통의 시작을 알리는 전조일 뿐, 눈발이 시작되는 조치원을 지나 화자가 대전까지 간다는 보장 또한 없다. "일기예보에 의하면" 이후의 시간은 진눈깨비의 시간이지만 이는 죽음의 시간이기도 하다. 유일하게 다른 시간은 죽음이 도래하는 시간이며, 종착지 역시 죽음에 해당할 것이다. 기형도의 시는 악재의 날씨만을 정확하게 맞추는 "일기예보"와도 같은데, 눈과 안개와 겨울, 밤의 이미지는 그의 삶에 지독하게 들러붙은 흡반과도 같은 불행, 즉 유령의 그림자와 같다. "누구나 겨울을 위하여" 가지고 있는 "한 개쯤의 외투"와 "작은 가방" 또한 사실은 그의 묵중한 육신에 다름 아니다. 누구나 하나의 외투를 가지고 태어나지만, 그 외투의 질감과 두께, 재질은 사뭇 달라서, 어떤 이는 한 생을 사는 동안 내내 추위에 덜덜 떨다가 떠나기 마련이다. 가방 역시 텅텅 비거나 밑창이 없어서 무언가를 담을 수조차 없이 궁핍한 생을 살다가 가는 초라한 군상들, "하찮은 문장 위에 찍힌/방점과도 같은" 생들이 지금 여기에도 많다. 도시에 국가에 주민등록상 소속되어 있지만 어디에도 속해 있지 않은 배재되고, 소외된 채 "조치원"을 떠나왔거나 묵중한 날개를 질질 끌고 낙향해야 하는 "검은 새"들, 어쩌면 도시의 네온 하나도 켜지 못한 채, 쓰레기 더미에 던져지는 "톱밥"하나 만도 못한 생들이 지금 여기에도 비일비재하다. 기형도 시에 등장하는 생의 비루한 풍경들은 오늘에도 현재형으로 펼쳐져 있는 익숙한 풍경들이다. 기형도의 시 세계에 자리한 이 어둡고 습한 풍경들과 우울한 인물군상들은 아득한 기억 속에서 소환되기 보다는 시대를 초월해 늘 존재하는 사람들 즉 우리들의 모습에 다름 아니다. 현재에도 존재하는 이러한 익숙한 풍경들은 결국 소환할 필요가 없는 불수의적 기억에 들러붙어있다. 이를테면 기형도의 시에서의 '유년의 밤'은 과거의 한 기억으로 인출되거나 소환된 그것이 아니라, 현재, 지금 여기의 밤에 날것으로 접속해 있으며 상처는 시종 펼쳐진 채, 내일의 밤, 미래의 어느 밤에도 피를 흘리고 있을 일이다. 그러나 단 한 순간, 지금 여기에, 영원히 치유될 수 없는 환각의 원체험은 그의 시편들에 속속들이 녹아있는데, 그것은 "견고한 지퍼의 모습으로" 열려있거나 혹은 굳게 닫혀있는 그의 "입 속의 검은 잎"과 함께 독자들 앞에서 이따금 발화되곤 한다. 이 모든 "검은 잎"들은 여전히 게워내고 피워내는 지옥의 열매, 어쩌면 "악의 꽃"(보들레르), '안개'와 '어둠'이 배양한 기억의 산물, 그러나 이제 와서는 보석이 된 빛나는 '결정체'라 할 수 있다.

> 나는 여러 번 장소를 옮기며 살았지만
> 죽음은 생각도 못했다, 나의 경력은
> 출생뿐이었으므로, 왜냐하면
> 두려움이 나의 속성이며
> 미래가 나의 과거이므로
> 나는 존재하는 것, 그러므로
> 용기란 얼마나 무책임한 것인가, 보라
> …(중략)…

나는 기적을 믿지 않는다

— 기형도, 「오래된 書籍」, 부분

　소환 가능한 기억은 차라리 희망의 역설이다. 소환할 수 없는 기억, 기억할 수 없는 끔찍한 악몽에 사로잡힌 재현 불가능한 기억은 언제나 역습처럼 불시에 다가올 따름이다. 가위눌림, 불행에 포박당한 영혼은 "입속에 검은 잎"까지도 얼어붙어 어떤 언어로도 그것들을 형상화할 수 없다. 죽음이나 자살을 꿈꾸는 것도 불가능하다. 절망의 끝에 선 사람은 미수로 그칠 자살은 시도조차 할 수 없다. 더 악착같이 생을 살아간다. '출생뿐인 경력'의 저자, "검은 페이지가 대부분인" 책, 그것은 차라리 연도가 지워진 만년 달력에 가깝다. 자살은 외려 "스스로의 일생을 예언할" 수 있는 용기와 권리의 지분을 지닌 자들만의 것이다. 위 시의 시적 주체는 "두려움이 나의 속성"이기에 죽음조차 생각하지 못한 생이었다고 비루하게나마 고백한다. 도입 부분에 결말이 잘못 인쇄되어 나온 파본의 책처럼, 그에게 어떤 희망이나, 기적은 애당초 봉쇄되어 있다. 그러나 기이하게도 질긴 '습관'만큼은 무거운 일상의 하중을 견디게 한다.

안개 속을 이리저리 뚫고 다닌다. 습관이란
참으로 편리한 것이다. 쉽게 안개와 식구가 되고
멀리 송전탑이 희미한 동체를 드러낼 때까지
그들은 미친 듯이 흘러다닌다.

— 기형도, 「안개」 부분

이상하기도 하지, 가벼운 구름들같이
서로를 통과해가는

나는 그것을 습관이라 부른다

　　　　　　　　　　　　　　— 기형도, 「어느 푸른 저녁」 부분

습관은 아교처럼 안전하다

…(중략)…

무너질 것이 남아있다는 것은 얼마나 즐거운가

　　　　　　　　　　　　　　— 기형도, 「오후 4시의 희망」 부분

　단지, 습관만이 그를 무성한 안개 속에서도 다니게 하고 이리저리로 흘러가게 한다. 글쓰기만이 그를 두려움과 불안의 침수된 수면 위로 잠시 잠깐 건져낼 따름이다. 어둠과 안개는 불행한 자의 보호색, 그를 외려 견디게 했을지도 모른다. 하지만 그는 미래와 과거가 연접한 절망의 시인이었고, 결국 모든 기억을 현재 위에 펼쳐놓을 채 요절했다. 요절이란 말이 무색하게 그러나 시인은 너무 일찍 많은 양의 고통과 생의 무게를 과적한 채 이른 나이에 그 정신이 이미 늙어버린 것이다. 부지런하고 온전하게 자신을 모조리 소진시키고 그는 떠났다. 그의 자화상은 "여전히 입을 벌린 채" 우리에게 매순간 다가온다. 그의 시 속에 가득한 "입속에 검은 잎"은 아직도 못 다한 전언을 지금 여기에로 독자들에게 송전한다. 그의 타전은 온기와 빛을 감춘 채 검은 봉지 안에 담겨 있다. 기형도의 상처는 상흔(傷痕)도 상훈(賞勳)도 아니다. "개인적인 불행"(「안개」)의 소산일 뿐이라고 치부된, 단순히 "안개의 탓"이나 역사의 과오만으로는 돌릴 수 없는 불행의 검은 그림자는 그 자신에게서 기인하며 이는 시 세계 전반에 걸려 자욱하게 드리워져 있으며 화자 스스로 압도된 그 '검은 안개들'에 포박되어 있다. 또한 기형도의 시에 등장하는 누이, 어머니, 아버지는 시적 오브제가 아닌 시적 주체 그 자신이며 분신이다.

기형도의 '누이'는 영원히 안치될 수 없는 살아있는 시신 그 자체로서의 누이이며 그의 곁을 유령처럼 떠돈다. 원한으로 가득한 부패할 수조차 없는 시신, 차디 찬 골육이 만져지는 실상의 누이는 그 자신의 내면 안에 위치한 지하납골당에 생생하게 누워 있다. 누이의 죽음은 어떤 기억으로도 소환될 수 없고 어떤 시어로도 묘사되거나 애도될 수 없으며, 당사자가 아닌 이상 공유하거나 공감할 수조차 없는 범접 불가능한 깊숙한 곳에 놓여있다. 어머니 역시 마찬가지이다. 기형도의 '어머니'는 연민과 그리움의 대상이기 보다는 '두려움의 대상'으로 그려져 있다. "어머니 무서워요 저 울음소리, 어머니조차 무서워요"(「바람의 집─겨울 판화1」), 익히 알려진 친숙한 작품인 「엄마걱정」에서도 엄마에 대한 걱정보다는 자신의 운명에 대한 걱정과 두려움의 무의식이 저변에 짙게 깔려 있음을 짐작할 수 있다. 기형도의 시에서 상실의 원인과 불행의 원인은 외부에 있지 않고 자아에 내재해 있다. 잘 알다시피 멜랑콜리나 애도는 두 경우 모두 기억, 슬픔을 통한 고통스러운 과정과 리비도의 투여를 필요로 한다. 멜랑콜리의 경우 애도의 과정과 많은 부분 중첩되는데, 멜랑콜리의 경우 단한 가지 변별점이 바로 "자애심의 추락"이라고 프로이트는 논의한다. 멜랑콜리의 경우 상실과 불행의 원인은 바로 '나'에게 있으며, 따라서 "자애심의 추락"이 자아의 상실과 학대로 이어지는데 이는 상실 대상이 다른 어떤 대상으로 대체 자체가 불가능하며 오히려 자신과 동일시되기에 자학으로 이어지는 것이다. 사랑하는 대상을 상실하게 된 원인을 외부에서 찾지 않고 모든 불행의 원인을 주체의 내면 안에서, 혹은 가족 서사 안에서 찾는 것은 결국엔 절망과 파국을 초래한다. "진눈깨비 쏟아진다, 갑자기 눈물이 흐른다, 나는 불행하다/이런 것은 아니었다, 나는 일생 몫의 경험을 다했다, 진눈깨비"(「진눈깨비」)와도 같은 체념은 시적 고백인 동시에 이제 시적 진술로 남는다. 어떤 기억도 종국엔 개인적 슬픔과 정서에 연동, 연접해 있음을 알 수 있다. 시간이 아무리 경과해도 "진눈깨비"가 다른 무엇이 되기 힘들 듯 현실에서 달라진 것은 시를 빼고는 아무 것도 없는 그러한 절망의 그림자가 작품 전반에 드리워져 있는 것을 알 수 있다.

4. 기적(奇蹟)이면서 기적(奇籍)인, 기억의 숲을 나오며

단단하고 견고한 체념이 신념이었던 생을 우리는 기억한다. 불행과 불운의 기억으로 빼곡한 기형도의 시적 순간에는 다른 목소리 이를 테면 높은 위상의 신념, 희망의 의지 같은 것들이 끼어들 여지는 없었던 것으로 보인다. 그가 부려놓은 짐은 이제 우리에게 고통이 깃든 그러나 아름다운 기억으로 남아있다. "살아온 것"이 "기적"(「오래된 書籍」)인 사람에게 앞으로의 생을 향한 원대한 포부, 희망과 낙관, 미래 지향성과 전망 등의 파스텔의 색채를 기대하는 것은 애당초 불가능하다. 그가 물론 몇 몇 작품에서 "희망"이라는 단어를 사용하기도 했지만, 이를테면 "오후 4시의 희망"과 같은 작품에서 우리는 더한 절망의 무게만을 읽어낼 수 있을 뿐이다. "모든 것은 엉망이다, 예정된 모든 무너짐은 얼마나 질서정연한가"(「오후 4시의 희망」)라고 자조하는 그의 고백에는 불행이 이미 "질서정연한" 것으로 수용된 체념과 자조, 자학의 정서와 정동이 시적 주체를 장악하고 있음을 우리는 알 수 있다. 기적은 정말 없는 것일까. 불행한 주체가 살아있다는 것 외에 삶에 별다른 기적이란 존재하지 않는다는 것을 증명이라도 하듯 그는 만 서른의 나이도 채우지 못한 채 "검은 구름"이 되어 세상을 떠났다. 그가 아무리 불행을 쓰레기나 죽은 시체 더미에 빗대 노래해도 시인에게 기억은, 하물며 모든 불행조차 원석이 된 사실을 우리는 견지한다. 어떤 누추한 기억이라도 시가 되고 보석이 되고 별이 되는 순간이 있다. 그 별과 그 꽃은 애석하게도 때론 사후에 더욱 찬란하게 피어나고 반짝여서 영롱해진다. 고흐 또는 기형도의 경우에 그러하다. 그들이 피워낸 꽃과 별은 영원히 지지 않고 반짝일 것이다. 적어도 문학에서 특히 시에서 기억의 꽃이란, 훼손된 상처가 깊고 많을수록, 죽음을 머금을수록 더욱 선명하고 풍성하게 피어나는 아이러니의 꽃인 것만은 분명하다. 어떤 면에서는 아래의 시에서와 같은 그의 시적 진술 또한 독자들에게는 아이러니로 다가온다. 삶 자체가 아이러니의 연속이기에, 물론 우리는 이 숲을 벗어날 수는 없을 것이다.

기적을 믿지 않아도, 때론 믿지 않아야 오기도 하는 기적. 기적은 믿음의 여부와 상관없이, 때로는 뒤늦은 소포처럼 혹은 낡은 유물이 되어 불현듯 우리 삶에 찾아오기도 한다. 기형도, 그는 비록 이른 나이에 떠났지만 그의 작품들 즉 "오랜된 서적"들이 오늘 다시 낯설고 새롭게 끊임없이 읽히는 것 또한 기적(奇蹟)이면서 기적(奇籍)인 사건이다. 기억할 수 없는 것을 기억하는 기형도의 시학은 우울과 절망의 시학인 동시에, 어쩌면 기적의 시학이라 이름 부를 수 있은 것이다. 그는 충분히 불행했을지라도 그의 시를 읽는 우리는 충분히 행복하다. 지금 여기의 기형도, 이 또한 소중한 기적이며 아이러니이다. 삶과 더불어 기적은 언제나 지금 여기 당신 곁에 있다.

나를

한번이라도 본 사람은 모두

나를 떠나갔다, 나의 영혼은

검은 페이지가 대부분이다, 그러나 누가 나를

펼쳐볼 것인가, 하지만 그 경우

그들은 거짓을 논할 자격이 없다

거짓과 참됨은 모두 하나의 목적을

꿈꾸어야 한다, 단

한 줄일 수도 있다

나는 기적을 믿지 않는다

—「오래된 書籍」부분

균열, 그 틈에 비운으로 떠돌다간 시인

— 김민부의 시

1.

해마다 가을이 오면 목숨을 줄여서라도 몇 편의 시를 쓰고 싶었다던 시인, 그에게 목숨은, 생(生)은 얼마나 작은 질량을 지닌 것이었기에, 그토록 그는 그 자신의 목숨을 빨리 소진해버리고 불현듯 떠난 것일까. 시 몇 편과 생명을 맞바꿀 만큼, 이 생(生)이 그에게는 그토록 지리멸렬하고 무가치했던 것일까. 단연코 그러나, 아니다, 아닐 것이다. 누구에게나 생명은 무엇보다 소중하며, 우리의 삶은 온통 살고 싶은 욕망과 충동으로 충만하게 일렁인다. 다만 그에게는 종교와도 같은 시(詩)가 있어, 시가 그의 생의 총합 그 이상의 것이었기에 목숨과도 맞바꿀만한 절대적인 신념과 이념으로 작용했을 따름이다. 세상에는 오로지 시(詩)가 있어, 외롭고 비루하고 아픈 생의 명맥을 유지해나가는 불운한 인간군이 존재한다. 굳이 말하자면, 김민부 시인이 시집 『나부와 새』 후기에서 이 시대의 시인을 '광신도'로 비유한 바 있듯이, 그 부류의 인간들은 광신도 이상으로 시에 미쳐 있으며, 맹목에 가깝도록 시를 끊임없이 목말라한다. 굶주린 뱀파이어처럼, 시가 그들의 삶을 충족시켜주지 못할 때, 그들은 더더욱 창백해지고 야위어간다. 그들은 차라리 지난한 생(生)과 번뜩이는 시 몇 편을 기꺼이 바꾸고도 남겠다는 생각을 하게 된다. 김민부 시인 역시 그렇게 갈급해하던 시 몇 편을 남기고, 어느 가을, 짧은 생을 마감했다. 마치 그의 시에서의 죽음의 점괘를 물어 나르던 새처럼, 시인의 언어는 이미 자신의 죽음을 예언이라도 하듯, 죽음의 이미지로 가득한 일상을 예민하게 노래하고 있다. 시인이 지닌 감각의 돌기들은 온통 죽음을 수신하는 데에만 집중되어 있었던 것이다.

> 나는 때때로 죽음과 遭遇한다
> 凋落한 가랑잎
> 여자의 손톱에 빛나는 햇살
> 찻집의 鳥籠 속에 갇혀 있는 새의 눈망울
> 그 눈망울 속에 얽혀 있는 가느다가는 핏발
> 내가 살고 있는 아파트의 창문에 퍼덕이는 빨래…
> 죽음은 그렇게 내게로 온다
> 어떤 날은 숨 쉴 때마다 괴로웠다
> 죽음은 내 靈魂에 때를 묻히고 간다
> 그래서 내 靈魂은 늘 淨潔하지 않다
>
> ―「서시(序詩)」전문

시집 『나부와 새』에 실린 작품 「서시」다. 이 시는 짧지만, 이 시집 전체를, 그의 시세계 전반을 조망하게 해 주는 중요한 작품이다. 이 시집에 수록된 대다수 작품의 시간적 배경은 황량한 가을이며, 그것도 해가 지는 저녁 무렵이거나 어두운 밤이다. "조락한 가랑잎"과 "여자의 손톱에 빛나는 햇살", "갇혀 있는 새의 눈망울" 등은 자체로 죽음의 이미지를 표상한다. 또한 "조롱 속에 갇혀 있는 새"와 "아파트의 창문에 퍼덕이는 빨래"는 유폐된 자아의 불안한 의식을 잘 보여 준다. 마치 영화의 장면들처럼 연쇄되어 이어지는 파편화된 이미지들은, 새의 핏발 선 눈망울에까지 클로즈업되면서 을씨년스럽기까지 하다. 시인이 마주하는 일상과 소재들은 이처럼 하나같이 어둡고 창백하다. 위의 시에서뿐만 아니라, 화자에게 시시때때로 엄습해 오는 "죽음"의 이미지는 게다가 매우 동적(動的)이고, 활유적(蛞蝓的)인 대상으로까지 비춰진다. 그것은 어디서든 불쑥불쑥 튀어나와 화자의 눈앞을 가로막으며 그의 "영혼에 때를 묻히고 가"는 피할 수 없는 존재이다. 그리하여 "때때로 죽음과 조우할 때마다" 시인의 영혼은 점점 피폐해져 가고, 그는 "조락한 가랑잎"이나, "창문에 퍼덕이는 빨래들"과 같은 서늘한 이미지들을 긁어모아, 목숨과 맞바꿀 시 몇 줄을 겨우겨우 써 내려갔을 것이다.

2.

　　　　일출봉에 해 뜨거든 날 불러 주오
　　　　월출봉에 달 뜨거든 날 불러 주오
　　　　기다려도 기다려도 님 오지 않고
　　　　빨래 소리 물레 소리에 눈물 흘렸네

　　　　　　　　　　　　　　　　　　　ー「기다리는 마음」 부분

위의 작품은 장일남 작곡의 가곡 「기다리는 마음」의 1절 가사다. 「기다리는 마음」은 대한민국 국민이라면 모르는 사람이 없을 정도로 유명한 가곡이다. 중등교육 과정의 음악 교과서에도 수록되어 있어 필자도 학창 시절에 배운 기억이 있다. 그러나 이 곡의 작사가가 김민부 시인이라는 것을 아는 사람은 아마 거의 없을 것이다. 그가 고등학생이던 1950년대 후반에서부터 졸업 후 사회에 나와 활동한 1960년대 후반까지 10여 년에 걸친 짧은 시작(詩作) 기간과, 남겨진 총 60여 편의 작품은, 31세로 마감한 그의 짧은 생애처럼 어느덧 쉽게 세상에서 잊혀져 버렸기 때문이다. 그는 고등학교 1학년 재학 중 ≪동아일보≫ 신춘문예에 「석류(石榴)」가 입선해 당당히 등단했다. 학업 성적도 우수해서 일찍이 한 학년을 월반한 그는 고등학교를 또래보다 1년이나 조기 입학한 셈이므로, 실은 중학교 3학년의 나이에 신춘문예로 등단한 것이니 그에게 늘 따라다니던 천재 소리가 전혀 무색할 리 없었다. 그는 이듬해인 고등학교 2학년 때 시집 『항아리』를 상재(上梓)했고, 고등학교 3학년 때에 다시 한 번 ≪한국일보≫ 신춘문예 시조 부문에 당선되는 영광을 안게 된다.

없는 것, 그 어둠 밑에서
흘러가는 물소리

바람 불어…, 아무렇게나 그려진
그것의 의미는

저승인가 깊고 깊은
바위 속의 울음인가

더구나 내 죽은 후에

이 세상에 남겨질 말씀쯤인가

—「균열(龜裂)」부분

위의 작품은 1958년 ≪한국일보≫ 신춘문예 당선작인 「균열」의 일부다. 달빛이 바위를 비추고 있는 밤의 정경을 표현한 시조다. 달이 뜬 한밤에 "배곯은 바위는 말이 없어" 스스로 "제 어깨에" 생채기와도 같은 균열을 새기고 있다. 시인은 "배곯은 바위"를 비추는 창백하고 야윈 "푸른 달빛"을 "징역 사는 사람들의 눈먼 사투리"라고 표현하고 있다. 그마저도 이미 오래전 죽은 자들의 목소리인 양, "없는 것, 그 어둠 밑에서/ 흘러가는 물소리"에 묻힌 채, "바위 속의 울음"처럼, "저승"처럼 속으로만 깊어갈 따름이다. 이처럼 시인은 "없는 것", 즉 부재(不在)를 통해 균열의 현존(現存)을 드러낸다. 원래 균열이란 벌어지거나 찢어진 그 사이에 생기는 틈 또는 그러한 현상을 의미한다. 그러나 시인의 시선은 "없는 것" 단지 부재를 바라보는 데 그치지 않는다. 그의 시선은 "없는 것" 너머 "어둠 밑에서/ 흘러가는 물소리"와 "바위의 울음"에까지 깊숙이 닿아 있다. 한편, 바위가 "남 몰래 제 어깨에다/ 새기고" 있는 "꽃 같은 거/ 처녀 같은 거"라는 시구에서의 '꽃'이나 '처녀' 등의 시어 역시 일반적인 의미로 통용되는 아름다움이나 젊음을 뜻하는 용도로 쓰이지 않았다. 죽음을 의식한 "배곯은 바위"가 제 몸에 새기는 '꽃'이나 '처녀' 등의 이미지는 오히려 고통을 탐지(探知)한 환각(幻覺) 혹은 '환각(幻刻)'의 시적 상관물에 가까워 보인다. 그러나 그러한 자해와 자학에 가까운 일련의 '새김'들은 마지막 연에서 보이듯, "죽은 후에/ 이 세상에 남겨질" 소중한 "말씀"들이기도 하다.

이는 어쩌면 시인이 살아서 스스로에게 가한 생채기이자, 뼈아픈 생의 균열인 동시에, 사후(死後)에도 세상에 잊히지 않고, 고스란히 남겨질 소중한 작품들이기도 하다. '균열' 자체는 이렇듯 복합적인 의미를 지닌 것으로 해석할 수 있다. 비슷한 시기에 쓰인 「딸기 밭에서」란 작품에서 역시 그의 이러한 조숙하다 못해 조로(早老)하기까지 한, 심도 깊은 존재론적 사유를 엿볼 수 있다.

> 가만히 바람으로 分娩되어 가는 이 恍惚한 成熟 속에서 내 목숨의 그림자를 흔들어 들리어 오는 音響 …(중략)…
>
> 나는 무엇을 생각할 때마다 무엇인가 하나씩 잃어버리고 있었다
>
> ―그래서 나날이 가벼워지는 나의 슬픈 體重이여 重量을 잃은 나의 肉體 위에서 나의 고운 皮膚를 바래는 눈부시게 燦爛한 햇발의 향그러운 물결 속에서
>
> ―「딸기 밭에서」 부분

위의 시는 1957년 제1회 전국 학생 문예 작품 콩쿠르에서 시 부문에 특선으로 뽑힌 작품이다. 제목이 "딸기 밭에서"임에도 불구하고 그는 진부하게 딸기밭을 묘사하거나 어린 시절의 체험 따위를 소재로 하지 않고, 조숙하고 추상화된 그만의 언어적 사유를 깊이 있게 보여 준다. "나는 무엇을 생각할 때마다 무엇인가 하나씩 잃어버리고 있었다"라는 시구에서처럼, 시인은 인식을 통해 망각을, 존재를 통해 부재를, 혹은 그 역(逆)과 간극에서 생기는 균열과 모순조차 너무도 이른 나이에 충분히 내면화하고 있음을 알 수 있다. 게다가 고등학생임에도 불구하고 이미 그의 시에

는 죽음에 대한 인식의 그림자가 선명하게 드리워져 있음을 알 수 있다. 그의 문학에 대한 열정과 포부, 그에 대한 과도한 주위의 선망과 시선 집중이 겉으로는 "눈부시게 찬란한 향그러운 물결"처럼 그에게 강한 유혹과 자부심으로 다가왔을지 모르지만, 반면 이미 그는 그로 인해 "목숨의 그림자"가 언제고 "흔들"릴지도 모른다는 불안감 또한 느끼고 있었던 것이다. 시인은 그 시절에 벌써 '육체의 중량'과 맞바꾼 이 "황홀한 성숙 속에서" "화창한 언어의 행방"을 찾아다니는가 하면, "죽은 후에/ 이 세상에 남겨질 말씀"을 "남 몰래 제 어깨에다/ 새기는" 동시에 자기 자신만의 "영혼의 회화"를 채색하는 데 골몰해 있었다.

이처럼 이른 등단으로 화려한 조명과 관심을 받았던 그는 고등학교 생활을 마친 후, 서라벌예대 문예창작과에 입학한다. 지인들의 말에 따르면 그는 서울상대에 무난히 합격할 줄 알았으나, 낙방해 서라벌예대에 들어갔다고 한다. 이후 동국대 국문과에 편입해 졸업한 뒤 작고 전까지 그는 계속해서 MBC, DBS, TBC 등의 방송국에서 PD와 작가로 근무하며 생업을 이어 나가기에 바쁜 일상들을 보낸다. 게다가 그는 매일 상당량의 방송용 원고를 써 내려가야 하는 과중한 부담감과 스트레스에 시달렸다고 한다. 일찌감치 결혼해 가정을 꾸린 그는 상경 후, 자신의 가족뿐 아니라 처가의 식구들까지 7명의 식술을 혼자 도맡아 벌어 먹여야 했기에 가장으로서의 그의 고충이 적지 않았을 것으로 짐작된다. 게다가 고등학생 시절 비록 어린 나이였지만, 시집 『항아리』 후기에서 그는 "산문적인 요소와 감각적인 경험 세계를 배제함으로써 순백한 경지에서 감동의 미를 추구하는 것이 나의 시정신"이라고 확고한 시론을 밝혔던 바, "순수한 시 세계의 경지에서 우러나는 감동의 미를 추구"하고자 했던 그의 "순백한" 시심과 문학적 자존심은, 생계를 위해 불가피했던 대중적이고 상업적인 방송 원고 더미에 못 이긴 채, 수없이 꺾이고 훼손됐었을 것으로 짐작된다. 이로 인해 그는 극심한 수치심과 자괴감을 느꼈을 것이고, 결국 강박처럼 따라다니던 우울감과 자살 충동에 시달리다가 31세라는 아까운 나이에 화마(火魔)에 휩쓸려 자살인지 타살인지도 모를 죽음에 이르고 말았던 것이다.

생업에 바빠, 창작에 소원해졌던 그가 시집 『항아리』 이후, 10년 만에 38편의 시가 담긴 『나부와 새』를 간행한다. 앞서 말한 바 있지만, 그는 이 시집의 후기에서 "목숨을 줄이더라도 몇 편의 시를 쓰고픈 충동에 몸을 떨었다"라고 고백하고 있다. 따라서 그는 결국 목숨과 맞바꾼 38편의 시를 남기고, 남들보다 40여 년 가까이 일찍 세상을 떠났는지 모른다. 시작(詩作)을 향한 절실한 갈망에도 불구하고 그가 오랜 기간 시를 쓰지 못하고, 외려 시를 써야 한다는 강박관념과 극심한 죽음 충동에만 지속적으로 사로잡혀 있었던 것으로 보아, 어쩌면 그는 오래전부터 문학적으로는 이미 가사(假死) 상태에 빠져있었는지도 모른다. 생계를 유지하기 위한 가장으로서의 명목적인 생물학적 목숨만을 겨우 이어 오고 있던 것은 아니었을까. 그래서인지 그의 유고 시집이 된 『나부와 새』에는 유독 죽음, 저승, 화장(火葬), 상여 등 죽음과 관련된 어두운 정조의 시어가 자주 등장한다.

> 그것은 숱한 달빛이 착종하는 꽃밭이었다
> 램프가 켜져 있는 밀실
> 어디선가 새가 울면
> 風琴 소리를 들으면서

周圍의 달빛을 振動하며
짙은 꽃 내의 密度 속에서
裸婦의 肉體는 흔들린다

어디선가
새가 울면
裸婦의 손이 떨어진다

－「나부(裸婦)와 새」 부분

잿빛 하늘을
쪼아 먹는 새
새장 속에 거꾸로 매달린
瀕死의 새

－「은지화(銀紙畵) 1」 부분

때 묻은 새가 물어다 주는
종이 한 장…
대낮에
行人의 손아귀에
죽음을 쥐어 준다

－「구름」 부분

　앞서 살펴본 「서시」라는 작품에서와 같이, 살아 있지만 '죽어 버린' 새
의 이미지는 시집의 곳곳에서 찾아볼 수 있다. 실제로 시집에 수록된 총
38편의 작품 중에 18편의 계절적 배경이 가을이며, 15편의 시에서 새가

중심 소재로 묘사되고 있는 것을 알 수 있다. 그의 시에서 '가을'이나 '새'는 둘 다 죽음과 연관된다. 특히 새의 경우 화자에게 죽음을 암시하는 존재로서 현현하거나, 혹은 이미 '죽어 버린 새' 역시 화자와 동일시되어 우울하고 피폐한 시인의 심상을 직·간접적으로 드러내고 있음을 알 수 있다. 「구름」이라는 시에서 화자에게 "새가 물어다 주는 종이 한 장"에는 죽음을 암시하는 점괘가 들어 있다. 또한 "새가 울면 나부의 손이 떨어진다"라는 시구에서처럼 새는 죽음을 몰고 오는 사자(死者)의 역할을 하고 있다. 그런데 「구름」이라는 시에서 또한 알 수 있는 것은 화자 역시 새점을 쳐 주는 여인의 얼굴에서 그녀에게 다가올 죽음을 이미 읽고 있다는 것이다. 길바닥에서 "싸리 조롱을 놓고" 새점을 치는 여인의 얼굴이 화자의 눈에는 머지않아 "죽을 상"으로 보였던 것이다. 그 외에도 그의 시에서 '새'는 "찻잔 속에/ 남은 죽음을/ 핥"(「새」)고 있거나, "날개에 불을 적신 채, 잿빛하늘로/ 날아"(「엽서 1」)가거나, "황혼을 빨아들이"(「단장 2」)거나, "꽃상여가 밀리듯/ 저승을 건너가는" 등의 어두운 이미지, 죽음의 이미지로 묘사되고 있다.

> 네 肉體의 ¼쯤 죽음이 머물고
> 살아 있는 네 나머지는
> 내 몸 속에 들어와 있었다
> 철쭉꽃 냄새나는
> 입술의 여자야
> 그때 넌 알 리 없었지만
> 나도 ¼쯤은 죽어 있었단다
> ―「別離 I」부분

내가 구름이 된 연후에……

너 죽어
火葬幕의 굴뚝에서
한 점 바람으로 나와
먹구름인 나를 만났을 때는
너는
牛乳 냄새 나는 새 閣氏 구름……
우리의 첫 新房은
그때였었다

—「雅歌 II」 부분

푸줏간 딸년에게 請婚을 하자
너는 술청에서
술보다 더 많이 살을 팔고
나는 너의 기둥서방 되리……

—「木炭으로 쓴 詩 I」 부분

이처럼 시집 『나부와 새』에 실린 대부분의 작품은 죽음의 분위기로 일
관되어 있다. 그의 작품에 등장하는 연인으로서의 '너' 역시 죽음을 전제
로 할 경우에만 다가갈 수 있는 존재로 그려진다. 작품 「別離 II」에서 보
이듯, 반쯤 죽은 여자인 '너'와 반쯤 죽은 남자인 '내'가 만날 때, 만남과 죽
음은 비로소 온전한 합일지점에 이른다. 「雅歌 II」에서도 '나'와 '너'가 만
나는 "우리의 첫 신방" 역시 죽음 이후에나 가능하다. 이처럼 시인에게 삶
자체는 이별과 죽음으로 온통 점철되어 있으며, 대상과의 화해와 만남 또

한 오로지 죽음을 통해서만 이뤄질 수 있는 것으로 비춰진다. 그래서일까. 시인에게 죽음은 두렵고도 불가항력적이며 초월적인 세계임에는 분명하지만, 다른 한편으로 죽음에 대한 자살충동과 우울증, 자기학대로 인해 그가 이미 죽음을 향해 주도적으로 다가서고 있음을 우리는 또한 짐작할 수 있다. 시인은 「寄別」이라는 작품에서도 화자를 "쳐 죽이려고" 섬광으로 내리는 "마른번개"를 마치 스스로 기다리기라도 했다는 듯 "기별"로 표현하고 있다. 시인은 죽음을 거부하거나, 부정하기보다는 삶의 일부로 받아들이고, 일상과도 같은 죽음의 공기 속에서 오히려 단 하나의 '기별'을 기다리며 살고 있었다 해도 과언은 아닐 것이다.

요컨대 이처럼 그의 자의식은 "버리고 싶은 목숨과/ 살아 있는 나날의/ 이 끓는 진공"(「秋日」)의 틈 속, 그 "균열의 간격"(「나부와 새」)과 간극 사이를 끊임없이 드나들며, 괴로움과 희열을 동시에 혹은 교차적으로 감지하고 있었던 것으로 보인다. 그리하여 "죽은 후에/ 이 세상에 남겨질 말씀"에 대한 회구(喜懼)와 애증(愛憎)의 양가감정은 그를 더욱 고독하게 만들었을 것이고, 이로 인해 그는 죽음에 대해 더욱 병적으로 집착했던 것을 아닐까.

31세라는 젊은 나이에 "날개에 불을 적신 채"(「葉書 Ⅰ」) "육신 밖으로"(「바다」) 멀리 날아가 버린 비운(悲運, 飛雲)의 새, 비운의 시인 김민부, 그의 영혼은 비로소 자유로워졌을까 아니면 또 다른 조롱(鳥籠) 속에 갇혀버렸을까. 시 쓰기에 대한 지나친 결백증과 시 쓰기가 구원이 되지 못한 현실 바로 그 지점에 그의 요절의 의미가 있다고 김준오는 지적한 바 있지만, 오히려 그는 목숨과 맞바꾼 몇 편의 시를 통해 궁핍하지만 풍요한, 가장 순수한 자기 구원에 이른 것은 아닐까. 시집 『나부와 새』 후기에서 밝혔던 김민부 시인의 말마따나 물질주의가 팽배한 요즘 시대에 시를 쓴다는 노릇은, 어쩌면 유사종교의 광신도 노릇하는 것만큼이나 지난한 일이겠지만, 그래도 그가 추구했던 시에 대한 순수성과 정직성만은 영원히 잊지도, 잃지도 말아야 할 것이다.

우주가 된 벌레 시인

— 이성선의 시

아이와 시인 둘 사이에는 유사성이 존재한다. 아름답고도 오묘한 우주적 교집합. 만약 아이와 시인이 자연 앞에서 대화를 나눈다면, 아마도 아이는 엄마 다음으로 그들(시인, 자연 등)과 가장 잘 교감할 수 있지 않을까. 시인과 아이, 그들이 또한 자연이고 우주이므로 그들에게 자아와 타자의 경계짓기나 구획짓기 따위는 필요치 않으리라. 이제 막 말문이 터진 어린 아이가 해맑은 눈빛과 오종종한 입술로 꽃에게 나무에게 나비에게 아장아장 다가가 말을 거는 순간을 상상해 보라. 아이의 입에서 발화되는 비릿하지만 오동통한 순수의 말들은 자체로 화사한 꽃이 되어 뭉게뭉게 피어나고 푸른 나무가 되어 금세 울울창창 숲을 이룰 것이다. 옹알이들은 희고 노란 나비가 되어 우주의 저 무한한 공간으로 훨훨 날아갈 것이니. 그대여, 꽃피는 언어, 쑥쑥 뻗어가는 언어, 날아가는 언어야말로 시(詩)가 아니겠는가. 우주 만물을 바라보는 아이의 맑은 눈빛과 작은 입술에서 쏟아져 나오는 어눌하지만, 이 깊고 투명하고 둥그런 감탄사는 어느 유명한 시 한 구절, 유명한 노래 한 소절보다 아름답고 신비로울 것이다. 우주를 닮은 언어, 우주를 노래하는 언어, 모국어 이전의 모태어(母胎語)에 가까운 투명한 그들의 발성과 발화. 바라보고 듣는 모든 것이 새롭고, 만져보고 맡아보고 맛보는 모든 것이 처음이자 한없이 경이로운, 그리하여 꿈과 현실과 동화가 한데 어우러진 구획 없는 둥근 세계 속에 존재하는 작지만 커다란 그들, 이른바 어른의 아버지인 그들.

시인도 아이와 다를 바 없다. 사회적 동물로도 살아가야 하기에, 언어의 오염을 완벽히 피할 수는 없을 테지만 그래도 그들은 그날그날의 가장 아름답고 신선한 말을 고르기 위해 매순간 사물과 사건에 집중하며 심혈을 기울인다. 그들은 또한 동화책에 나오는 피터팬이나 틴커벨처럼 언제나 늙지 않는 아이마냥, 이리저리 돌아다니며 끊임없이 주변을 탐색하고 모험하는 것을 또한 두려워하지도, 마다하지도 않는다. 해가 지고 달이 뜨는 평범하고 진부한 일상들과 자연 현상에도 그들은 크게 감탄하고 노래하며 즐거워한다. 그들은 길가에 이름 없는 풀꽃을 만나 아이처럼 인사하며 마냥 기뻐하다가도, 어느 순간 작은 상실 앞에 마치 지구가 멸망이라도 한 듯 깊은 슬픔에 잠겨 탄식하며 이따금 홀로 괴로워한다. 사랑과 이별은 아무리 되풀이해도 그들에게 감정의 항체가 생기지 않는다. 모든 것은 시시각각 생경하고 아름답고, 그리하여 매번 슬프고 낯설고 절절하다. 사물과 언어를 대면하는 데 있어서의 영원한 순수성, 우주와의 운율적 교감, 편견 없는 소통과 공감, 전율과 감동의 정서적 매커니즘이야말로 시인과 아이 이 둘 사이의 가장 큰 유사성이 아닐까.

시인과 아이, 이 둘의 성격과 성향을 적확하게 포괄하는 시인이 있다. 그저 한 마리 벌레이고 싶고, 철모르는 아이이고 싶고 오염 되지 않은 자연 그대로의 날것이고 싶었으며, 우주이고 싶었던 시인, 이성선. 그의 생애와 그의 시는 그다지 다를 바 없다. 그저 벌레처럼 낮고 우직했고 아이처럼 순수했으며, 자연처럼 온화했고 우주처럼 넓고 깊었으므로 그의 서정 또한 그러했다. 일희일비하는 시끌벅적한 속세를 떠나 스스로 우주의 악기가 되었다가 마침내 공명음이 되어 날아가 버린 시인. 그가 떠난 지금에도 그의 작품들은 산소처럼 남아 여전히 독자들에게 맑고 투명한 울림을 전해준다.

이성선은 30여년의 긴 시작(詩作)기간 동안 비교적 고르고 일관되게 우주와 자연을 노래해온 시인이다. 그에게 자연은 유일한 벗이요, 생의 중요한 일부이자 전부였다고 해도 과언이 아닐 것이다. 그는 마지막 시집 『내 몸에 우주가 손을 얹었다』의 자서(自書)에서도 "문을 열면 언제나 // 거기 달이 떠 있지// 그에게 차 한잔 대접하듯// 이 시집을 나의 평생친구// 달에게 바친다"라고 하였는바, 이처럼 그에게 자연은 동화되고 싶었던 시적 대상에서 나아가 고락(苦樂)을 함께한 "평생친구"였음을 알 수 있다. 그러나 순수하고 맑은 영혼으로 달과 별, 꽃과 나무, 바람과 새, 하늘과 산을 꾸밈없이 노래하던, 그리하여 그 모든 것을 초월이라도 한 듯 수행자(修行者) 혹은 신선(神仙)과도 같은 시적 태도를 보여주었던 시인에게서도 우리는 죽음에 대한 두려움과 생의 본질적인 외로움을 곳곳에서 찾아볼 수 있다. 사실 삶과 죽음, 외로움과 슬픔에 대한 성찰과 달관의 과정 없이 시인이 곧바로 탈속의 경지와 우주율을 노래한다는 것은 어쩌면 불가능한 일일 것이다.

한밤에 죽음의 문을 두드린다.
위대한 밤은 나를 허공에 버려둔다.

죽음의 향기로운 꽃잎에 내가 갇힌다.
두렵고 빛나는 時間
무궁에 눈뜨는 나의 靈魂

— 「山賊 1」 부분

사람들의 발에 눈이 자꾸 내렸다
그날밤 나는 시를 썼다
길을 잃지 않으려고
나는 불도 끄지 않았다
눈은 내려 마을을 덮고 나를 덮는데
잠들지 않으려고 시를 썼다

— 「설악산 큰 눈」 부분

　　그동안 이성선의 시세계에 관한 평자들의 논의는 크게 세 가지로 나뉜다. 첫째, 불교의 선사상과 동양정신 또는 자연주의와 구도정신, 무(無)에 가까운 탈속(脫俗)과 자유정신 등을 논하면서 그의 시를 정신적인 것으로 고양하거나 신비화하는 등의 논의가 있다. 둘째, 전통을 잇는 순수 서정시로 보는 논의가 있으며, 끝으로 이러한 시적 태도를 지나친 현실도피적인 것으로 보고 비판하는 논의 등이 있다. 그러나 그가 아무리 자연 친화와 우주의 신비를 노래하여 시의 순결성과 순수서정을 지향해왔다 하더라도, 그리하여 다소 현실에서 멀어져 도피적이고 방어적인 모습을 취했다할지라도 그 역시 한 인간으로서의 근원적 고뇌와 죽음에 대한 두려움, 생에 대한 욕망을 완전히 놔버리진 못했음을, 하여 끊임없이 내적 투쟁을 치러 왔음을 우리는 그의 작품들을 통해 알 수 있다. 그러나 위의 작품들에서도 알 수 있듯 시인은 끊임없이 고뇌하지만, 결코 어둠과 외로움에 굴복하지는 않는다. 어지럽고 혼탁한 세상에서 마지막까지도 시인은 "길을 잃지 않으려고", "잠들지 않으려고 시를" 쓰며 지난한 밤을 끝까지 지새운다. 그가 초기부터 끈질기게 모색해온 정신적 지향성과 삶의 방향성을 끝까지 놓지 않고 있음을 우리는 그의 시세계 전반을 통해 알 수 있다. 또한 자의에 의한 것이든, 외부의 힘에 의한 것이든 "잠들지 않으려", 즉 죽지 않고 자연의 섭리로서의 '우주적 삶' 하나를 끝까지 지키고자 했던 시인의 생에 대한 의지 역시 "시를 쓰"는 행위를 통해 그만의 저항으로나마 이미 "죽음의 시간"에 충분히 맞서고 있었던 것으로 보인다. 그렇다면 그의 시에 나타난 이러한 고통의 근원은 어디에서 비롯한 것일까. 그의 초기 시를 살펴보자.

밤마다 그는
반은 가리고 반은 드러난
處容 아내, 고운 가랭이
달 솟는 海峽에
내려가
…(중략)…

巫衣를 걸치고
나와 山中을 드나든다.
풀잎과 나무를 드나든다.

절망에 쓰러져
황혼을 繡 놓다가, 다시

奧地의 풀밭에 내려

秘密히

日月의 出沒을 다스리던

그의 손도

지금, 樂器소리 삐걱이는 풀잎을

건너

내 가슴에 내려, 황홀히

文彩의 비를 뿌리고

—「시인의 병풍」부분

　위의 작품은 이성선의 첫시집의 표제작이자 그의 등단작이다. 그에게 시인으로서의 삶은 처용의 그것과 크게 다르지 않은 것임을 알 수 있다. "巫衣를 걸치고" 풀숲을 다니며 연주하는 처용의 "樂器소리"는 시인의 가슴에 "文彩의 비"가 되어 뿌려진다. "巫衣를 걸친" 처용과 병풍 앞의 시인은 병치되고 그러한 시인의 삶에는 처용의 그것과도 같은 거대한 "병풍" 즉 장애물이 존재한다. 처용과 시인에게 있어 "병풍"이란 온전히 진실을 다 드러내지는 않는, 절반의 상처만을 감추는 "비밀"스러운 것인 동시에 생의 '이쪽과 저쪽', '신과 인간'을 나누는 분리와 경계의 표지가 되기도 한다. 또한 "절망에 쓰러"진 시인에게 "병풍"이란 존재는 대항해야할 백지(白紙) 또는 그림 속의 여백과도 다르지 않다. 따라서 시인은 그 공간 안에 매일 밤 끊임없이 "황혼을 繡 놓"거나, 풀잎과 나무, 달과 피릿소리 등을 고통 가운데서도 "황홀히" 채워 넣어야만 하는 반복적이고 운명적인 과업에 시달릴 수밖에 없는 것이다. 물론 시인은 "병풍"의 여백에 꽃과 나비, 나무와 풀 등 갖가지로 채워 넣을 수는 있겠지만, "병풍" 안으로 온전히 몰입해 들어갈 수 없다. 반쯤 열린 방문의 문지방 앞을 서성이다 돌아서야하는, 처용이 넘지 못하는 그 경계와도 같이 시인에게 병풍이란 "반은 가리고 반은 드러난" 즉 진실의 절반을 보여주는 창인 동시에 나머지 절반은 은폐시키고 마는 일종의 차단막에 해당하기 때문이다. 그러므로 처용이 역신을 물리치지 못하고 아내와 끝내 합일될 수 없는 것처럼, 시인 또한 자연 또는 작품 세계 안에 동화되고자 하나 '병풍'으로 비유되는 물리적, 정신적인 장애로 인해 온전한 합일의 세계에 이를 수 없는 것이다. 여기에 비극적 간극(間隙)이 존재한다.

이성선의 초기 시에 나타난 이러한 비극적 간극, 존재론적 비극은 이후 '벌레'와 '밧줄'이라는 시적 대상으로 형상화 되어 후기시에 이르기까지 심화·확대되어 반복해서 나타난다. 그러나 여기서 중요한 점은 그의 작품들에 나타난 '벌레'와 '밧줄'이 비단 인간의 존재론적 비극을 형상화하는 객관적 상관물에만 그치는 것이 아니라는 점이다. 오히려 이 간극을 극복하게 되는 긍정적인 매개체로도 작용하고 있음을 주목해볼 수 있다.

> 세상의 온갖 밧줄에 묶이어 살아온 나를
> 죽어서도 끝내 굵은 밧줄로 다시 묶어
> 땅속에 버려둘 수는 없어
> 하늘로 가는 문인 아궁이에
> 장작처럼 누워
> 온몸에 불을 댕겨
> 어두운 땅 한번 환하게 빛내고
> 하늘로 가리
> 불이 되어 불이 되어 하늘로 가리.
> ― 「불타는 영혼의 노래」 부분

오히려 내가 나에 대하여 더 무서운 밧줄은 아니었던가? 내가 나의
문을 못질하는 영원한 형리(刑吏)는 아닌가?
　　나는 나에 대하여 무엇인가?

— 「서시」 부분

꿈에서 깨어났으나 아이 시인은 몸을 일으킬 수가 없습니다. 꿈 속
동아줄이 현실세계까지 따라와서 현실 속의 그를 풀어주지 않고 계속
묶고 조르는 듯합니다.
　　몸은 그렇게 조여들고 자꾸 아파옵니다. 큰 바위 덩어리가 가슴을
짓누르는 듯 많은 칼들이 몰려와 한없이 그이 몸을 찍어내는 듯.

— 『시인을 꿈꾸는 아이』 부분

　밧줄이란 시인의 삶을 옭아매는 부정적인 대상인 동시에 시인이 풀어
야 할 과제이며, "온몸에 불을 댕겨" 태워서라도 "하늘로 가"야 하는 일종
의 수단과 방법으로써의 '길'을 상징하기도 한다. 그것이 설령 '썩은 동아
줄'이라 할지라도 시인에게 밧줄은 꿈과 현실, 육체와 영혼, 내면과 외면,
천상과 지상, 자아와 타자, 인간과 우주를 이어주는 매개체이기 때문에
완전히 끊어버려야 할 속박이라고만 단정 지을 수 없다. 그것은 시인을
옭죄는 구속인 동시에 그가 끝내 구가해야할 자유이며, 또한 천상으로 타
고 올라가야 할 "동아줄"과도 같은 것이기에 놓쳐서는 안 될 중요한 이정
표와도 같다. 이처럼 밧줄의 의미는 불가피하면서도 중요한, 다분히 양가
적인 것이 된다. "벌레"의 의미 역시 이와 마찬가지이다.

　보이기도 하고 안보이기도 하는 손이

모든 사물 속에서 꿈꾼다.
그렇게 벌레처럼 땅을 기어간다.
우주 운행을 전신에 빛내며
멍청히 어딘가로 간다.
그는 바보이다.
바보이기에 하늘로 가는 문이다.

—「한 詩人」 부분

죽음으로 돌아가는 다리에 앉아서
풀줄기 꼭 잡고 노래한다.

여기 이르러 비로소 알았느니
껍데기만 보석을 품는구나.
내일은 부서져 무엇이 될지 모르는
찬란한 밤에 몸이 별밭으로 뜨는구나.

—「벌레껍데기의 노래」 부분

옷을 벗지 못한
나는 벌레.
촛불빛이 내 몸 위에
天刑의 물결로 출렁인다.
몇백번을 이렇게
죽음 곁에 돌아와 누워야
내 몸에 날개가 나는 것일까.
어느 산정에 아주 잠들어야
정화의 이슬로 산화될 것인가.

우주 이불을 덮고
두려운 사랑을 덮고
잠 속에서도 하늘로 귀 세우고
밤새도록 번데기로 움츠린다.

　　　　　　　　　　　　　　　　—「지리산 밤」부분

　위의 작품들에서 시적 화자는 벌레와 동일시된다. 벌레의 의미 역시
앞서 살펴본 밧줄의 의미와 마찬가지로 양가적이며 다의적이다. 벌레란
세상에서 가장 흔하고 비천한 존재 중 하나이다. 위의 시에서도 벌레는
척박하고 낮은 땅을 기거나 헤집어 끊임없이 "멍청히 어딘가로 가"거나,
스스로 "바보"이기를 자처하는 미물(微物)이자 자기혐오에 가까운 시적
상관물로 쓰이고 있다. 그러나 반면「한 시인(詩人)」에서처럼, 벌레란
"모든 사물 속에서 꿈꾸"는 가능태(可能態)로서의 존재, "우주 운행을 전
신에 빛내"는 중요한 존재를 의미하기도 하다. 또한 이는 번데기나 껍데
기로 잔뜩 움츠러든 채로 있거나, 속이 빈 채로 바삭하게 말라 언제 짓밟
히고 바스러질지 모르는 위태로운 상태로, 곧 떨어질 낙엽처럼 아슬아슬
하게 매달려 있을지라도 그의 존재 가치는 생명 그 자체로 이미 중요하
다. 단순히 한낱 벌레가 아니라, 벌레는 '시인의 촉수'(觸鬚)처럼 "잠 속에
서도 하늘로 귀 세우고", 언제까지나 "풀줄기 꼭 잡고 노래"하는 예민하
고도 강한 시적 존재이며, 역설적이지만 "바보이기에 하늘로" 갈 수 있
는 스스로 "문"이 되고 통로가 되기도 하는 값진 몸인 것이다.

　　진흙 누더기 벗어버린
　　벌레들이

청산 잎사귀에서 일제히 일어나

하얗게 나비 날개 달고 날개 달고
하늘 가득 산 가득 우주 가득
날아간다. 별밭으로

문득 산이 음악인 밤이다.

—「산구름꽃」 부분

　"天刑의 물결로 출렁"이는 비극적인 육체성을 지닌 벌레나 번데기는 쉽게 짓밟혀 죽을 수 있는 하찮은 존재이기도 하지만, 반대로 오히려 탈피(脫皮)와 변태(變態)를 통해 나비가 되어 시인이 그토록 지향해 마지않던 "별밭으로" 날아갈 수 있는 잠재력을 지닌 무한한 존재이기도 하다. 시인이 꿈꾸는 세상은 위의 작품 「산구름꽃」에서 보이듯 "진흙 누더기 벗어버린/ 벌레들이" "하얗게 나비 날개"를 달고, 저 높은 "우주 가득" "별밭으로" 날아가는 그러한 세상이리라. 그러나 화려하게 나비로 변신한 벌레만이 우주를 향해 날아갈 수 있는 것은 아니다. 아직 "옷을 벗지 못한" 징그러운 벌레의 몸뚱이일지언정 시인은 그 안에 우주를 충분히 담을 수 있노라고 노래한다.

꽃에는 고요한 부분이 있다
그곳에 벌레가 앉아 있다

—「벌레」 전문

　우주(宇宙)라는 '꽃'이 있다. 그리고 태풍의 눈과도 같이 고요한 우주의 중심에 벌레가 한 마리 앉아 있다. 이 시에서 '벌레'는 '고요'를 이루는 '부분'이자 '꽃'의 일부요, 우주의 일부이다. 헌데 이 시를 반복해서 읽다보면, 벌레와 꽃과 고요와 우주의 경계가 모두 지워지는 것을 경험할 수 있다. "고요한 부분"은 이내 우주 전체가 되어버린다. 참으로 단순하지만 한 편으로는 어려운 우주의 비밀이 이 시에 담겨있다. 좌선(坐禪)하듯, 평생을 벌레처럼 꼬부리고 앉아 고요를 듣고, 고요를 숨쉬고, 마침내 고요에 오롯이 동화되어버린, 묵묵하게 '우주의 꽃'을 노래하던 시인의 삶 또한 이 작품 안에 오롯이 들어있는 느낌이다. 우리는 벌레가 가닿은 눈부시고 찬란한 우주를 반짝, 볼 수 있게 된 것이다.

요컨대, 이성선 시인의 시세계를 한 마디로 규정할 수는 없다. 그러나 그의 시에는 인공적이거나 가공적인 치레들, 거추장스러운 수사나 장식적 기교가 없다는 되살림 알 수 있다. 얼핏 깃털처럼 가벼워 보이지만, 그 안에 담긴 영혼의 무게와 메시지는 결코 가볍지만은 않다. 순수한 자연을 지향하다 못해 그와 동화되어 있으며, 어떠한 대상과의 관계에 있어서도 경계를 허물고 들어가는 한 마리 애벌레와도 같이 작고 미미한 세계에, 같은 것에, 아니 외려 벌레보다 낮은 곳 척박한 곳에 그의 삶도 그의 시도 놓여있다. 그러나 모두 결코 추하지 않다. 오히려 숭고하다. 이처럼 우주를 담지한 채, 우주를 연주해주는 그의 시편들이 있어 우리의 영혼도 정화되어 한결 가벼워지는 것이리라. 가만, 영혼의 소리, 우주의 소리에 귀 기울여보라. 당신은 무엇이든 한 껍질을 허물인 듯, 짐인 듯 당장 벗어놓을 수 있다. 그 "맑은 리듬"에 나비가 되어 날아갈 수도 있을 것이다. 시인이 그러했듯 우주 저편으로 아름답게 찬란하게 훨훨 활활.

영혼의 소리가 내 안에 맑은 리듬으로 터져

불꽃처럼 아름답게 나를 열면

나는 껍질을 벗어요

굶주림의 껍질, 슬픔의 껍질, 욕망의 껍질, 고통의 껍질

죽음의 껍질마저 벗고 어둠을 벗어나요

어둠에서 벗어나 눈을 뜨면

하늘의 맑은 리듬이 샘물처럼 나를 열어요

이 몸이 하늘의 불꽃으로 타올라요

불꽃으로 온 하늘에 타올라

우주여, 당신 품안에 영원히 꺼지지 않는 눈빛

불이 되어요, 노래가 되어요.

　　　　　　－「불타는 영혼의 노래 － 벌레의 노래」 부분

허망의 광장에서 희망의 느릅나무에게로

— 김규동의 시

1.

　작고하기 불과 몇 개월 전 출간된 자전 에세이 『나는 시인이다』 서문에서 김규동 시인은 삶을 마르는 유언이라도 하듯, 다음과 같이 고백하였다. "혼돈과 무질서, 허위와 광기의 시대를 용케도 시라는 무기가 있어 그나마 오늘에 이르렀다. 시는 존재의 이유였고 삶의 목적이었다."라고. 식민지와 전쟁, 분단과 독재정치, 민주화, 산업화를 온몸으로 겪은 시인은 '시'를 다름 아닌 '무기'에 비유한다. 무기(武器)란 적을 위협하는 위험한 도구이기도 하지만, 대척의 상황에서는 목숨을 지키는 중요한 방패이자, 병기가 되기도 한다. 지금까지도 많은 논자들은 위기의 시대에 문학이 무엇을 할 수 있는가에 대해 질문하며, 심지어 문학의 무용론을 새삼 언급하기도 한다. 더군다나 그중에서도 시(詩)가 할 수 있는 일이 과연 무엇일까에 대한 회의주의적인 시선, 즉 무용론에 가까운 시선도 적지 않다. 그러나 격동의 한 세기를 살다간 김규동 시인은 단호하게 말한다. "혼돈과 무질서, 허위와 광기의 시대"에 시(詩)가 단연코 '무기(武器)'가 될 수 있노라고 말이다.

　실존의 위기, 생의 절박함과 극단의 상황 속에서 수많은 죽음을 목도하며 살아온 한 시인의 신산(辛酸)한 삶은 자체로 우리 민족의 뼈아픈 역사이며 산 증거이기도 하다. 한도 많고 유혈도 많았던, 그 지난하고도 잔인한 역사적 순간에 대항하여 맞서거나, 싸우거나, 버티거나 하는 그 고군분투(孤軍奮鬪)의 지점 지점에 그에게는 시(詩)가 있었다. 시가 곁에 있어 그는 적어도 외롭지 않았을 것이다. 시라는 단단한 무기가 있어 그는 세월의 창끝을 가까스로 버텨왔을 것이다. 그렇다고 해서 피냄새, 땀냄새가 나는 선동시나 참여시만을 무기라고 할 수는 없다. 순수 서정시라고 해도, 이를 무조건 음풍농월(吟風弄月)이라고 매도할 것은 아니며, 설령 음풍농월이라 할지라도 장신구처럼 화려하게 조탁한 언어일지언정 일말의 삶을 버티게 해준다면, 그 역시 한 시인에게는 이미 견고한 무기로 기능하고 있는 것이다. 한 시인의 무기가 한 시대의 무기가 된다면야 더할 나위 없겠지만, 모든 시가 참여시일 당위는 없다. 어쨌든 김규동 시인의 60여 년이 넘는 시력(詩歷)은 그의 삶 전체와 단단히 맞물려 있다. 그는 전쟁과, 전후의 삶 속에서 '무기'와 더불어 늘 고뇌하며, "현기증 나는 활주로의/ 최후의 절정에서" "아름다운 영토"를 꿈꾸며 끊임없이 "대결하"는 "한 마리의 나비"와도 같이 고단한 여정으로 지금에 이르렀으며, 이윽고 그는 그토록 염원해마지않던 고향의 "느릅나무에게"로 돌아갔다. 심지어는 본인 "스스로의 신화"(「나비와 광장」)와도, 매순간 치열하게 대척, 대결해온 자기 투쟁적 삶을 살아온 그였다. 끊임없는 자기부정과 자기갱신, 모색과 성찰, 극복, 변화와 변혁은 그의 삶과 시세계 전반을 이끌어온 모토이자 원동력이었으며 이는 문학사적으로뿐만 아니라 평범한 한 시인의 자기도정(自己道程), 그 자체만 놓고 봤을 때도 과히 높이 평가될 만하다.

　김규동(1925. 2. 13~2011. 9. 28)시인은 함경북도 종성에서 태어나 경성고보를 졸업하고 연변의대와 김일성종합대학에서 수학했다. 1948년 월남하여 전쟁 중에 피난지 부산에서 박인환, 김경린, 조향, 이봉래, 김차영 등과 '후반기' 동인을 결성해 활동하면서 전후 모더니즘을 주도했다. 시인이 초기에 보여줬던 모더니즘적 면모는 경성고보 재학 시절의 은사였던 김기림에게서 영향 받은 것으로 보인다. 북에 가족들을 두고 서울로 내려온 것도 그의 말마따나 실상 김기림을 만나 '한 삼년' 시공부나 하기 위해서였음을 인터뷰와 지면을 통해 그가 직접 밝힌 바 있다. '잠깐' 공부하러 내려온 그에게 분단은 생각지도 못했던 받아들이기 힘든 끔찍한 현실이었을 것이다. 정황상, 북에 두고 온 어머니와 누나들 남동생과의 생이별을 그가 자처했을 리 없다. 어쩄거나 하루아침에 실향민이 된 그는 결과적으로 혈육과 고향을 '시공부'와 맞바꾼 셈이 되어 버렸다. 시인이란 원래 불운과 더불어 사는 쓸쓸한 존재, 천형의 존재라고들 흔히 비유하지만 그에게 시는 분명 일종의 자책감, 자괴감에 가까운 죄의식과 결합된 복잡한 양가감정을 불러일으켰을 것이다. 어쩌면 이러한 죄의식과 도덕적 결벽성이 그를 부단한 자기 갱신과 변혁의 시인으로 이끌었는지도 모른다. 게다가 북에 두고 온 노모와 형제들에 대한 그리움과 회한 역시 그가 분단의 아픔과 민중을 노래하는 현실지향적 시인으로 돌아서게 하는 데 결정적 원인으로 작용했을 것으로 짐작된다.

2.

1948년『예술조선』에 시「강」을 발표하며 문단에 나온 그는 1950년부터 1953년까지『후반기』동인으로 활동했으며, 1955년에 첫 시집『나비와 광장』(산호장)을 1958년에는『현대의 신화』(덕연문화사)를 간행하였다. 또한 1959년 시론집『새로운 시론』(산호장)을 출간하였다. 그는 이후 십여 년 동안 작품을 거의 쓰지 못했으며 오랜 침묵 끝에 1970년대 무렵부터 다시 작품 활동을 재개하기에 이른다. 그러나 그의 작품 성향은 1950년대의 그것과는 전반적으로 판이하게 달라졌음을 우리는 한눈에 알 수 있다. 1977년에 간행된 그의 세 번째 시집『죽음 속의 영웅』에서부터 2005년에 간행된 그의 마지막 시집『느릅나무에게』에 이르기까지 그의 후기 시세계는 1950년대 그가 보여줬던 전기의 모더니즘적 면모와는 전혀 상반된 모습을 보여준다. 우리는 70년대 이르러, 그가 과거에 추구했던 언어적 실험을 비롯한 다양한 서구의 '이즘'들과의 단호하고 결연한 단절을 시도하고 있음을 시인의 작품과 평문들을 통해 알 수 있다.

그렇다면 그는 왜, 그러한 급격한 변화와 끊임없는 자기 갱신을 시도한 것일까. 달리 보면 급격한 단절과 변화가 아니라 그에게 있어 이러한 새로운 시도 자체가 어쩌면 필연적인 자기 모색의 과정일 수도 있었으리라. 그의 초기 시론과 작품을 면밀히 살펴본 바에는 그의 전기와 후기의 시세계를 관통하는 구심점이 역사적 현실에 기반하고 있으며, 따라서 크게 달라지지 않았다는 것 또한 알 수 있다. 사실 모더니스트를 자처했던 시절에 상재한 그의 첫 시집『나비와 광장』에서도 상대적으로 적은 편수이기는 하나 전통적이고 서정적인 시편들을 찾아볼 수 있다. 「열차를 기다려서」와 같은 작품은 서간체 형식을 빌려 쓴 시로 "육십오세의 흰머리 날리시며/어머니 /돌아가시면 안됩니다"라는 자식의 애절한 고백이 주된 정조를 이루는데, 여기서 우리는 시적 화자의 모정과 향수를 여과 없이 느낄 수 있다. 또한 「3·1절에 부치는 노래」에서도 시인은 "3·1에 바친/ 민족의 넋과 기개/ 또 한번 다시뭉쳐/ 분단없는 민족의 내일을 이룩하리라/ 위대한 민족의 의지여/ 삼월의 샛바람 속에/ 승리의 노래를 교향하라." 등에서 보이듯 민족 통일을 향한 애틋한 마음과 강열한 의지를 영탄과 감탄의 어조로 노래하고 있다. 그러나 초기 시집의 경우 이러한 리얼리즘적 경향보다는 초현실주의적이거나, 모더니즘적인 분위기의 작품이 압도적으로 많은 것은 사실이다. 하지만 김규동 시인의 경우 초기부터 줄곧 민족의 역사와 세계사적 현실을 외면하지 아니하고 적극적으로 이를 의식하고 강조하여왔던, 현실주의자이면서 진보주의자였음을 부인할 수 없다. 본고에서는 그의 60 여년에 이르는 유구한 시력(詩歷)을 살피는 동시에, 그가 추구해온 시적 방향 전환의 내·외적 원인과 변화 양상을 짚어보고, 더불어 그의 후기 시세계에 있어 두드러진 시적 특징과 현실 인식을 구체적인 작품분석을 통해 살펴보도록 하겠다. 후기 시세계를 살펴보기에 앞서 우선 그의 초기 대표작으로 알려진 「나비와 광장」을 잠깐 살펴보자.

현기증 나는 활주로의
최후의 절정에서 흰나비는
돌진의 방향을 잊어버리고
피 묻는 육체의 파편을 굽어본다

기계처럼 작열한 심장을 축일

한 모금 샘물도 없는 허망한 광장에서
어린 나비의 안막을 차단하는 건
투명한 광선의 바다뿐이었기에―
…(중략)…

신도 기적도 이미
승천하여버린 지 오랜 유역―
그 어느 마지막 종점을 향하여 흰나비는
또 한번 스스로의 신화와 더불어 대결하여본다.

― 「나비와 광장」 부분

　일반적으로 나비는 작고 연약한 존재, 혹은 영혼의 자유로움, 진정한
아름다움과 순수함 또는 인생의 덧없음과 무상함 등을 상징한다. 김규동
은 위의 작품 외에도 곳곳에서 '나비' 이미지를 시적 소재로 종종 차용하
고 있다. 그러나 그의 작품들에서 '나비'는 나약하거나 무상한 존재만은
아니다. 비참하고 잔인한 민족상잔의 극한적 상황에서도 나비는 죽음을
두려워하거나 겁내지 않는다. 오히려 위의 작품에서 보이듯 "현기증 나는
활주로의/ 최후의 절정"이거나 "한 모금 샘물도 없는 허망한 광장"의 한
가운데서라도 나비는 "기계처럼 작열한" 뜨겁고 강한 "심장"의 박동을 멈
추지 않으며, "하얀 미래의 어느 지점" "아름다운 영토"와 "푸르른 활주로
의" "화려한 희망"을 꿈꾸며, "또 한번" 아니 재차(再次) "스스로의 신화와
더불어 대결하여" 나아가는 진취적이고 강인한 존재로 그려진다. 첫 시집
에 실린 작품 「전쟁과 나비」에서도 "어린 나비들은" "새하얀 광선을 쓰며
전쟁의 언덕을" 힘겹게 올라 언제 죽을지도 모르는 "검은 사정권" 안에서
도 결코 포기하거나 주저앉지 않는다. 외려 가열 찬 날갯짓과 힘찬 낙하

로 "마그네슘처럼 투명한 아침을 폭발"시키는 능동적인 존재들이다. 그는 또한 같은 작품에서 이 같은 투쟁어린 나비들의 낙하를 "선수들의 포물선"이라고 표현한다. "공포의 계절을 넘어/ 찬란한 대위의 층계를/ 내려가는"(「대위(對位)」) 나비들의 그것은 "로켓의 포물선"이나 "제트기의 백선"과는 분명 다른 성격의 것임에 분명하다. 이러한 대결 의지의 발로는 그의 애초의 문학관과도 기실 다르지 않음을 알 수 있다. 그는 일찍이 시집 『나비와 광장』 서문에서 다음과 같이 당시 한국 시단을 비판한 바 있다.

> 그러나 나는 여전히 우리 시단을 지배해 온 낡은 「센티멘탈·로맨티시즘」의 분류와 상징주의의 완고한 잔재적 요소에 저항하여 전력을 다한 싸움을 감행할 수밖에 없는 비통한 운명 속에 있었던 지난날을 추억하며 기쁨과 그리움의 미소를 금치 못하는 심정 속에 있음을 솔직히 고백하련다. …(중략)… 이러한 기류 속에서 우리들은 세계와 역사, 또는 현실과 생활과의 관계에 항상 바른 통찰과 통일을 뜻하며 나아가서는 자신의 인생태도를 결정짓는 일에 전력을 다함으로서 현대문명의 정황에 대한 정당한 비판을 계획했어야만 맞는 것이다. //
> 청풍명월만을 노래하는 너무나 주관적인 태도와 동양적인 정적에의 귀의는 그러므로 혼란격동의 새 세대에 대한 예의가 아니었으며, 새 시대가 던지는 문명의 인상과 끊임없이 변모해가는 사회 현상의 옳은 파악이야말로 시인의 「카메라」에 부여된 고귀한 소재가 아닐 수 없었다.
>
> ─「시집 『나비와 광장에』 부치는 시론」 부분

이처럼 시인은 1950년대 전쟁으로 인해 폐허가 된 극단적 현실에서도 문학에 대한 반성적 사유와 현실 인식을 잃지 않고 있음을 알 수 있다. 또한 그는 시대에 대한 새로운 인식과 통찰, 비판적 태도를 견지하고 있었다. 현실에 대한 부정 정신, 낡은 것에 대한 거부와 반성, 문명 비판과 전통에 대한 반란, 새로운 실험 정신이야말로 그가 당시 표방했던 전위이며 모더니즘이었던 것이다. 위의 초기 시론에서도 알 수 있지만 그는 "세계와 역사, 또는 현실과 생활과의 관계"를 항상 염두 해 두고 그러한 토대 위에 자기반성과 자기갱신을 초지일관 일궈왔음을 확인할 수 있다. "신도 기적도 이미/ 승천하여버린 지 오랜 유역"에서 "하얀 미래"의 최근 지점에 이르기까지 끊임없이 "스스로의 신화와 더불어 대결하여" 보는 "흰나비"의 결연한 의지와 날갯짓이야말로, 김규동 시인의 시정신과 행보라 할 만하다. 그는 또한 시 역시도 시대와 더불어 진화하여야 한다는 입장에서 시대에 합당한 문학이 마땅히 있어야한다며 진보주의적 시론을 펼치기도 하였다. 시론집 『새로운 시론』(1959, 산호장)에서 그는 시인을 두 가지 타입으로 나누는데, 그 첫 번째 타입은 현실을 단순한 현실로 보는 것이 아니라 역사적 현실로 보는 "동적사고의 시인군"이며, 다른 타입은 단순한 현실에 교섭된 자아만을 움직이는 동력으로 생각하는 "자연발생적 사고의 시인들"이 바로 그들이다. 그리하여 그는 당시 전통서정시 쪽에 선 '청록파' 시인들을 두고 영감에 의존한 자연발생적 시인으로 보고, 이를 비판하고 있다. 이렇듯 그는 애초부터 영감(뮤즈)을 기다리는 시인이 아니라, 역사의식으로 무장(武裝)하고 시의 진보를 적극적으로 도모했던 목적의식 이 뚜렷했던 '움직이는' 시인이었던 것이다.

3.

기존 논의에서는 대부분 그의 시세계를 「후반기」 동인에 몸담았던 1950년대를 전기(前期)로 1920년의 공백기를 지나 70년대 이후를 후기 (後期)로 크게 분류하고 있다. 평자들은 그 변화의 간극을 대부분 비약적, 획기적인 것으로 보고 있지만, 월남하여 자신의 출생지조차 자유롭게 표기 못할 정도로(함북 종성이 고향인 그는 의도적으로 고향을 경성이라고 오기(誤記)했다고 한다) 북에 남은 가족의 안위를 평생 걱정하며 살아야했던 시인에게 분단에 대한 비극적 현실 인식과 통일을 향한 열망은 물리적 시간을 초월하여 분명 평생 가슴에 맺혀있었을 것이다. 다만 후기에 이르러 민족의 비극적 현실과 실향민으로서의 개인적 아픔과 울혈, 응어리들이 좀 더 직설적이고 간결한 언어로 표현되었을 뿐이다. 다음은 1958년에 상재한 시집 『현대의 신화』의 서시에 해당하는 작품 「위기를 담은 전차」이다.

갈수록 괴로워지는 현실 때문에
말이 없는 청년과
숱한 피곤한 얼굴을 부둥켜안은 그림자
모두가 제각기
붙잡히지 않은 행복을 서글피 여기며
밤의 어둠속을 굴러가고 있을 때
안전(眼前)에 어른거리는
내 가난한 가족들의 헐벗은 정경이
황폐한 지평에 쓸쓸히 남는다

학문과 직업과 생활
또는 애정과 죽음
그 모든 오늘의 위기를 한몸에 안고
그 속에서 오히려 살아남을 수 있는 가장 좁은 길을 찾는
정신의 쇠잔한 흐느낌이여
—「위기를 담은 전차」 부분

위의 작품에서도 이미 그는 과장된 언어에 대한 짙은 회의감과, "정신의 쇠잔함" 속에서 나약한 지식인으로서의 괴로움을 느끼고 있음을 알 수 있다. 또한 "안전(眼前)에 어른거리는/ 내 가난한 가족들의 헐벗은 정경이 / 황폐한 지평에 쓸쓸히 남는다"라는 직설적인 표현을 통해, 실향민으로서의 외로운 정서와 생활고를 드러내고 있다. "남북으로 갈라진 한반도의 서울/ 가난과 무지와 폭력이/ 강물처럼 흐르는 곳"(「나체를 뚫고 가는 무수한 구토」)에서 "한 마리의 짐승처럼 늙어가"던 시인은 급기야 십여 년간의 침묵을 깨고, "땅을 뚫고 치솟는 생명의 노래"(「그 소리는」)를 부르기 위해 거리로 직접 나오게 된 것이리라.

민족만이 남는다
사치를 모르는
말과 살아가는 지혜로 하여
움막 속의 지저분한
도구들과 더불어
민족의 향기는 남는다
…(중략)…
다시 태어나기 위해선

소멸되지 않으면 안된다
오직 하나의 죽음 속의 불씨를 위해
지하의 기계소리로부터 빠져나와
죽음의 고요를 지켜볼 필요가 있다
스스로의 생에 뒤엉킨
모순의 눈물을 귀중히 간직하고
오
차디찬 현실의 허무를 부감(俯瞰)하자
탈출의 용기는
죽음 속의 영웅들 가슴에
남아있는 유일한 혈흔
고독의 깊은 가슴에
검은 날개는
스스로 기쁨에 넘쳐 퍼덕인다.

— 「죽음 속의 영웅」 부분

위의 작품은 오랜 공백을 깨고 그가 20여 년 만에 상재한 시집 『죽음 속의 영웅』(1977, 근역서재)의 서시이자 표제작 「죽음 속의 영웅」 중 부분 발췌한 것이다. 이 시는 무려 160여 행에 이를 정도로 분량이 길다. 이 시에서 그는 "작은 파괴는/ 기술에 지나지 않았다"라고 고백한다. 그가 초기부터 재창해왔던 새로운 문학과 새로운 시정신 역시 '자기 파괴'를 기반으로 한 것이었다. 그러나 그는 민족현실과 분단문제를 무시하고 서구 문예사조나 근대정신, 언어적 실험만을 감행한 시도는 "작은 파괴" 이른 바 하나의 "기술"에 지나지 않는다고 반성하고 있다. 그는 사실 '후반기' 시절 전위성이나 실험정신에 조화되지 못한, 역사의식과 민족의식의 취약성을 깊이 반성하며 부끄러워한다는 고백들을 '후반기'(1951~1953)동인 활동을 회고하는 인터뷰와 발표 지면을 통해 누차 밝힌 바 있다.

> 우리는 다분히 전투적이었다. 또 어떤 권위와 전통에도 매혹되는 일이 없는 반면에 굴종보다는 반역과 파괴를 더 존중하였다. 젊었기에 두려운 게 없었다. 이성도 존중해야 할 미덕이었으나 저돌적인 공격정신이 더 매력이 있었다. …(중략)… 위기를 감지한 것 이상으로 한 시대의 역사현실에 대하여 능동적으로 대처하는 지혜를 이념이나 방법에 있어 구현하지 못한 것은 결과적으로 이 안온지대에 정신적인 안주를 거듭했다는 말로밖에 달리 설명할 길이 없다. …(중략)… 나의 시는 70년을 기점으로 많이 변모하였다. 나를 위하여 쓰던 시에서 벗어나 대중에게로 가까이 가는 시의 세계로 옮겨가게 되었다. 그러나 나는 '후반기' 시대의 실험정신을 늘 존귀하게 생각하여마지 않는다. …(중략)… 구라파의 문예사조에 지나치게 신경을 곤두세운 나머지 민족의 분단현실과 민중의 질곡을 제대로 체현하지 못했다는 과오는 깊이 뉘우치면서도 감성과 경험을 운동에 바쳤다는 것을 하나의 긍지로 삼고 싶다.
> —『 '후반기' 동인시대의 회고와 반성 – 부정과 우상파괴의 시학』[1]중 발췌

앞의 시에서 살펴본 바와 같이 "다시 태어나기 위해선/ 소멸되지 않으면 안된다"는 인식과 더불어, 단순히 "기술"에 지나지 않는다던 "작은 파괴"들마저 실상 매우 소중한 것이었음을 시인은 회고하며 되새기고 있다. 역사와 민중의 아픔까지 아우르지 못한 채 단순히 기성세대에 대한 반역과 파괴 정신만을 주창했던 과거라도 시인에게는 "감성과 경험을 운동에

---

1) 김규동, 「'후반기' 동인시대의 회고와 반성」, 『시와 시학』, 통권 제1호, 1991, 3, 시와시학사, p.362.

바쳤다는 것" 하나만으로도 충분히 긍지로 남을만하다. 이제 시인은 "모순의 눈물을 귀중히 간직하고", 이제라도 "차디찬 현실의 허무를 부감(俯瞰)"하고 죽음을 불사한 "탈출의 용기"를 감행한다면, 영웅은 죽음 속에서도 "검은 날개"를 "스스로 기쁨에 넘쳐 퍼덕"일 수 있을 것이라는 가열찬 희망에 도달한다. 실로 그는 1970년을 기점으로 "나를 위하여 쓰던 시"에서 벗어나 "대중에게로 가까이 가는 시"의 세계로 기꺼이 옮겨가게 된다. 시와 삶이 비로소 하나가 된 셈이다. 당시 김규동 시인에 대한 소설가 박태순의 회고(『느릅나무에게』 발문, 192쪽)에 따르면 그는 "자유실천 청년문학운동의 현장에 백의종군하다가 닭장차에 끌려 10일 구류를 살아야 하는가 하면 한일출판사 장부를 압수당하여 문을 닫아야 하는 일을 만나"기도 했다는 것이다. 그는 1975년 3월 15일 자유실천문인협회 '165인 문인선언'에 서명, 참가 이후 자유실천문인협회와 민족문학작가회의 고문에 추대되었으며, 중앙정보부에 연행되거나 책을 모조리 압수당하는 등의 고충을 겪었다고 한다.

> 38도선은 어머니의 유방을 갈랐다
> 무덤까지 가지고 가야 할
> 허무와 이기주의
> …(중략)…
> 골동품같이 밴질밴질한 시는
> 고물상에 갖다 맡겨라
> …(중략)…
> 새여 깃이 무거우냐
> 침몰하는 거대한 도시를 박차고

날아보아라
마그리뜨의 대가족같이
오, 좁은 지구를 박차고
네 중심을 떨쳐보려무나.

—「달리는 선(線)」부분

20세기는 잘 정리되었다
잊어버린 것도 없이
떨리는 손으로 그대의 밤을 더듬는
양심이여 달려나가자

—「절대에의 통로」부분

　이 무렵, 그는 더욱 현실에 밀착한 시인이 된다. "골동품같이 밴질밴질한 시는/ 고물상에 갖다 맡겨라", "양심이여 달려나가자" 등의 과격하고 다소 선동적인 표현들은 삶은 물론 문학적으로도 그가 준엄한 자기반성과 거침없는 현실 비판을 통해 '과거의 시'를 배격하고 '새로운 시'에의 지향과 결의를 도모하고 있음을 보여준다. "무덤까지 가지고 가야 할/ 허무와 이기주의"가 빚은 전쟁의 폐해로 말미암아 "38도선은 어머니의 유방을 가"르고 민족에게 "탄환자국 같은" 씻을 수 없는 상처를 남겼다. 그러나 시인은 말한다. "모든 재능이 질식하여 죽은" 가엾은 시대에도 불구하고 "너는 달려야 한다"고. 거추장스러운 언어의 장식을 벗어버리고 "진실의 낯짝"에 가까운 "원시적인 언어"로 다시금 비상(飛上)을 꿈꾸는 "달리는 선(線)"이 되어야 한다고 말이다. 남과 북을 이간(離間)하고 둘로 가르는 고정되고 폭력적인 경계로서의 선(線)이 아니라, 달리는 선(線), 움직이

는 선(線) 끊임없이 경계를 허물고 부수며 확장되는 역동의 선(線)이야 말
로 진정한 자유임을 그는 역설하고 있는 것이다.

> 40년 동안
> 시를 생각하며
> 살았다지만
> 고향 돌아갈 때
> 갖고 갈 것은 아무것도 없다
> …(중략)…
> 손을 깨끗이 씻자
> 그것만이 우리들의 만남을 위한
> 참 예절이거니.
>
> —「아침의 예의」부분

> 이 손
> 더러우면
> 그 아침
> 못 맞으리
>
> —「아, 통일」부분

> 시를 읽지 못한 날은
> 손을 씻어본다
>
> —「운명 앞에서」부분

손도 씻고
발도 씻고 가리
이제야 가는 이 길
금강산, 백두산 가는 이 길

―「북행길」 부분

　자본주의와 물질주의로 물든 이 시대에 욕망이라는 괴물은 아무리 비워내도 우리의 양손 가득 자꾸만 넘쳐난다. 반성에 반성을 더하며, 자기를 비워내는 과정 끝에 시인에게 남은 것은 오직 빈 손 뿐이다. 그러나 부끄럽지 않은, 따뜻하고 깨끗한 '빈 손'이다. 그는 오랜 시작(詩作) 끝에도 막상 "고향 돌아갈 때/ 갖고 갈 것은 아무것도 없다"라고 겸손하게 말한다. 다만, 늘 손과 발을 깨끗하게 씻고 마음을 정갈하게 가다듬는 일만이 통일을 위한 "참 예절"이며 이는 그에게 만남을 준비하는 기다림의 작은 순간마저도 숭고하게 다뤄져야하는 소중한 시간이었음을 알게 한다. 그것은 깨끗한 죽음을 준비하는 노년의 그것과도 다르지 않다. 실상 우리는 고향이 아니라 죽음 앞에서도 시 아닌 그 어떤 것도 가져가지 못한다. 그래서 일까. 이제 김규동 시인의 마지막 시집 『느릅나무에게』로 오면 시인은 많은 것을 놓아버리고, 통일에 대한 마지막 바람과 "깨끗한 희망" 만을 더욱 절제되고 잘 마름질된, 간결하고도 무구(無垢)한 언어로 형상화하기에 이른다.

　규천아, 나다 형이다.

―「천(天)」 전문

몽롱한 의식을 뒤덮은 숱한 깃발

깃발에 싸여 박봉우는

이 땅에 오는 통일을 보았을 것이다.

—「시인의 죽음」 부분

    간명한 언술이지만, 감동과 여운을 불러온다. 수만 마디의 말보다 혹은 장황한 산문시 한 편 보다도, "규천아, 나다 형이다."로 끝나는 이 한 마디의 강렬함, 고희를 훌쩍 넘어선 그의 긴 삶을 8개의 글자로 압축해서 보여주는 이 통렬함이라니. 또한 그는 마지막 시집에서, 먼저 돌아간 시인들의 이름을 작품 안에서 여럿 소환한다. 위의 작품 「시인의 죽음」에서도 그는 박봉우 시인의 죽음을 상기한다. 죽음의 순간에까지 꼭 붙들고 놓지 않았을 통일 조국의 깃발은 비단 박봉우의 것만은 아니리라. 김규동 시인 역시 마지막 순간에 "이 땅에 오는 통일을" 무수한 깃발들 속에서 보았을 것이다. 그는 시인을 일러 "거짓말쟁이"라고 장난처럼 이야기한 바 있지만, 거짓말마저 진실로 만드는 힘이 시에 내재해 있음을 그는 믿어 의심치 않았을 것이다. 남과 북이 통일되는 그날이 거짓말처럼 다가오리라 굳게 믿었던 그였다. 그는 이 시집 후기에서 "시는 정신의 청정작용"을 한다고 하였는 바, 누구보다 명징하고 청명한 정신과 언어로 깨끗하게 살다간 그의 삶은 그의 시와 사뭇 닮아 있다. 마지막까지도 "나는 시인이다"라는 단호한 언명을 통해 시인으로서의 자부심과 긍지를 내세웠던 그, 꿈에도 그리던 어머니와 형제들이 있는 그곳, 느릅나무에게로 날아간 시인이여, 그곳에서 부디 도란도란 두루두루 평안하시라.

공명(共鳴)하는 생명의 노래

— 김형영의 시

1. '앓는'(症) 시와 '안는'(抱) 시

글을 시작하기 직전 깊은 숨을 내쉬곤 한다. 아니 깊은 숨과 함께 글쓰기는 시작된다. 창문을 열어놓아도 도시의 밤공기는 여전히 텁텁하고 매캐하다. 그래도 숨 쉬는 일만큼 쉬운 일이 또 어디 있을까 생각해본다. 하지만 병원의 중환자실에 가보면 상황은 다르다. 그들은 인공호흡기로 겨우 숨을 쉰다. 콧줄로 미음을 받아먹고, 목에 뚫린 구멍 사이로 쉴 새 없이 가래를 뽑아내줘야 그들은 겨우 고른 숨을 쉴 수 있다. 문학이 취미이거나 부업인 사람들도 있겠지만, 어떤 이들에게 문학은 분명 '콧줄'이고, '인공호흡기'이다. 그들은 모두 깊은 병을 앓고 있다. 그들은 대개 가난으로 허덕이거나, 불행한 유년의 기억 따위에 붙들려 있거나, 혹은 타나토스의 범람으로 인해 자해와 자살충동에 끊임없이 시달리는 환자들이다. 그들에게 문학은 수혈이고, 약이고, 호흡이다.

여기 한 시인이 있다. 그는 죽음의 고비를 여러 차례 넘겼고, 그 때마다 시를 썼고, 아직 숨을 쉬고 있다. 나무에게서 마신 들숨은 그의 폐를 돌아시(詩)의 날숨이 된다. 그래서 그의 시는 살아있다. 흔히 종교인에게 기도가 호흡으로 비유되듯, 그에게 자연이란, 시란, 호흡이고, 생을 연장해주는 중요한 생명장치인 셈이다. 그 뿐 아니라 그의 시를 읽는 독자들 역시 평온함과 치유의 숨결을 느낄 수 있다.

> 정녕 나무는 내가 안은 게 아니라
> 나무가 나를 제 몸같이 안아주나니,
> 산에 오르다 숨이 차거든
> 나무에 기대어
> 나무와 함께
> 나무 안에서
> 나무와 하나 되어 쉬었다 가자.
>
> ―「나무 안에서」 부분

 '앓는'(症) 시가 있고, '안는'(抱) 시가 있다. 2000년대 많은 젊은 시인들이 '앓는' 시를 쓰고 있다. 그들은 매우 냉소적이고 어딘가 불안해하며, 정체성 혼란과 복잡다단한 증상의 언어로 요설을 내뿜는다. 시단(詩壇)에 유행처럼 번진 이 난해하고, 기괴한 시들을 읽으면서 고통에 공감할 수는 있지만, 고통의 무게를 덜 수는 없다. 하지만 김형영의 시는 다르다. 그의 시는 '앓는'시가 아니라 '안는'시다. 다시 말해 상처를 껴안아주고, 고통을 "쓰다듬고 다독여"(「나무들」)주는 시인 것이다.

2. 존재의 울음, 그 소리를 보는 눈(目)

김형영 시인은 1966년 『문학춘추』 신인상에 당선되어 문단에 나온 이래 반세기에 가까운 짧지 않은 시작(詩作) 기간 동안 총 9권의 시집과 1권의 시선집을 낸 바 있다. 유기체가 생을 유지하는 동안 호흡이 일정할 수만은 없듯이 그의 시세계 역시 45여년의 시간동안 조금씩 변화를 겪어온 것 또한 사실이다. 그의 초기시의 세계는 짐승의 울부짖음처럼 거칠고 숨가빴다면, 최근 그의 시세계는 매우 평온하고 고른 호흡을 보여준다. 그것은 사물과도 경계나 장애 없이 교류하고, 신과도 밀접하게 교감하는 영적(靈的)인 호흡이며, 우주적인 소통에 가깝다.

그의 초기시[2]는 확실히 동물 이미지들로 가득하다. 첫 시집과 두 번째 시집의 목차만 보더라도 시의 제목이나 부제의 상당부분이 동물들인 것을 알 수 있다. 크게는 '짐승들의 울음'에서 작게는 '모기들의 소리'에 이르기까지 그것들은 소통하기 위해 혹은 고통을 인내하기 위해 부지런히 온힘을 다해 "죽으면서도" 아니 죽어서도 "죽음은 곧 사는 길인 듯" "넋으로" 울음을 운다.

> 회색 하늘을 머리에 이고
> 까마귀가 운다
> …(중략)…
> 아, 우리들의 넋으로 우는 까마귀
>
> —「까마귀」 부분

---

2) 『침묵의 무늬』, (샘터사, 1972), 『모기들은 혼자서도 소리를 친다』, (문학과지성사, 1979).

늑대가 울고 있다.
내 혈관을 뒤지며 온 몸에 퍼진
늑대의 울음소리,
그 소리는 나를 잠재우고
멀리 달아나고 있다.

—「늑대」 부분

모기들은 죽으면서도 소리를 친다
죽음은 곧 사는 길인 듯이
모기들,
모기들,
모기들,
모기들은 혼자서도 소리를 친다

—「모기」 부분

아으 배 터지는 소리
아으 피 흐르는 소리
…(중략)…
터진 배 움켜쥐고
부러진 허리 매만지며
여름 어느 비 오는 날
우리는 우우우 소리치며

—「지렁이」 부분

이처럼 그의 초기시에서 두드러지게 나타나는 통렬한 울부짖음이나 절박한 소리침은 모기와 같은 작은 곤충에서부터 지렁이, 개구리, 까마귀, 박쥐, 늑대, 풍뎅이, 올빼미, 뱀 등등 수많은 동물들의 것으로 이 "하찮은 것들의 울부짖음"은 "햇빛으로도 지울 수 없는" "살기 위한" 미약한 존재들의 "꿈틀거림"이자, 마지막이면서 "영원한" "온몸으로"의 함성이 된다. 그러나 "개구리 소리,/ 그 소리는 언제나 개골개골 울어대지만/ 내 앞을 가로막고 울어대지만/ 나는 네게로 갈 수가 없다."(「개구리」)에서처럼 '울음소리'를 넘어 "나는 네게로 갈 수가 없다." '나'는 '들을' 수는 있지만 '단절'을 넘어설 수 없기 때문이다. 이 같은 동물들의 '울음'은 육체 안에 갇혀있는 것으로 보인다. 특히 김형영의 초기 시에 자주 등장하는 '뱀'의 경우 온몸이 '울음'이고 그는 "죽어서도 숨어서" 끊임없이 울어야 할 숙명에 처한 비극적 존재로 그려진다.

여름을 지낸 아이의 무덤 속에서
능구렁이가 운다.
누런 하늘이 그 울음 끝을 떨며 지나간다.

― 「능구렁이」 부분

순수한
네 부름에 불려간 육체는
미지의 하늘에 박힌
뱀이여, 언제나
널 따르는 動亂을 노래한다.

― 「뱀」 부분

살모사의 혓바닥으로
울부짖는 널 본다.

　　　　　　　　　　　　　　　　—「滿月」부분

내가 뱀이 되어
저승에 어둠을 만들 때
내 껍데기 벗겨지고
피 흘려서
어둠의 향기로 피어라.
…(중략)…
너 또한 뱀이 되어 울어라.
뱀 중에서 그 중 서러운
능구렁이 되어 울어라.

　　　　　　　　　　　　　　　—「기다림 以後」부분

　위의 작품들에서 보면 김형영의 초기시에서의 '뱀'은 상대에게 공격을
가하는 가학적 이미지 보다는 "서럽게" 우는 한 마리의 짐승과 다름없음
을 알 수 있다. 다만 다른 짐승들에 비해 그 울음은 "끝이 없어 다시 돌아
와 우는" 반복성을 지니고 있다. "묻어 버린 추억들"마저 "수만 마리의 하
얀 뱀이 되어 날름거"린다. 그렇기에 "죽어서"까지 끊임없이 울어야 하는
비극적이고 연쇄적인 이 '울음'은 제 꼬리를 문 우로보로스의 그것이다.
"울음 끝을 떨며 지나가"는 뱀(구렁이)은 온몸이 '울음'이고 설움이며, "한
몸이 되고 싶"은 "널 그리는"행위이자 사랑하는 너에게로 가는 '길' 자체
이다. "그래 이 몸 구렁이 되어서/ 네 몸 친친 감고 싶구나./ 네 가장 깊은

곳,/ 어둠 속으로/어둠 속으로/ 내 대가리를 처박고/ 한몸이 되고 싶구나.//
(「나는 네 곁에 있고 싶구나」)에서 보이듯 '뱀'은 비록 천형의 육신으로 태
어났지만 그럼에도 불구하고 존재의 '몸부림'과 울음을 통해 '너'와의 "한
몸"을 지향하고 있음을 알 수 있다.

'뱀' 소재와 관련하여 김현은 제 2시집 해설[3]에서 능구렁이의 울음을
세계와 자아 사이의 근본적인 단절을 해소할 수 있는 가능성으로 보고 있
다. 또한 그는 서정주의 '뱀'과 김형영의 '뱀'을 비교하는데, 그 차이점을
서정주의 뱀이 '물어뜯음'에 있다면 김형영의 뱀은 자아 밖에 있는 존재를
그리워하는 '울음'에 있다고 본다. 즉 김형영 시에서의 뱀의 '울음'은 '단절
의 범주'에서 '사랑의 범주'로 넘어가는 것을 가능케 해주는 일종의 화해
를 암시한다. 실제로 자아와 세계가 단절되어 있을 때, '나'와 '너'가 닿을
수 없는 거리와 상황에 처해있을 때, 우리가 취할 수 있는 유일한 제스처
는 통렬한 부르짖음이나 울음밖에 없을 것이다. 세상에 무방비상태로 갓
태어난 아이가 할 수 있는 유일한 생명의 몸짓과 언어가 '울음'밖에 없듯
이 절박한 시적 자아의 소통 방법은 통곡밖에 없었을 것이다. 하지만 이
"하찮은 것들의 울부짖음"은 그러나 "죽어도 죽어도 죽지 않"는 나약하지
만 강인한 존재의 끝없는 "외침"인 것이다.

이러한 그의 초기 시세계가 지닌 통렬한 목소리, 예민한 청각과는 달리
시적 자아의 '눈'은 멀어있으며, 게다가 그에게는 이렇다 할 '얼굴'의 형상
조차 없다.

---

3) 김현, 「자아 파괴의 욕망과 그 극복」, 『모기들은 혼자서도 소리를 친다』, (문학과지
성사, 1979), pp.84—89 참조.

나는 눈이 멀어 이젠 아무것도 볼 수 없으니
강아지야 강아지야 방울을 흔들어라.
…(중략)…
나는 얼굴이 없어도 행복하다
　　　　　　　　　　—「서시」부분 (『침묵의 무늬』, 샘터사, 1972)

밤을 기다리는 올빼미여
허공 같은 눈구멍이여
그는 끝끝내 보지 못한다.

　　　　　　　　　　　　　　　　　—「올빼미」부분

그리고 나는 보았다.
내 눈이 썩어가는 것을.

　　　　　　　　　　　　　　　　　—「뱃사공」부분

나는 눈 멀었다.
바라보면서
눈 멀었다. 떨면서.

　　　　　　　　　　　　　　　　　—「恐怖」부분

　뱀이 징그러운 몸뚱어리를 인식하는 것은 다름 아닌 시각을 통해서이
다. 누구나 눈을 통해 거울이나 물에 비친 자신의 모습을 보게 된다. 또한
'눈'을 통해 우리는 타자를 보기도 한다. 그러나 시선은 분명 폭력적이다.
푸코를 거론하지 않더라도, 시선은 존재를 감시하고, 구속하고 규정하는

일종의 억압임을 알 수 있다. 이러한 시선은 '나'를 "수인(囚人)"으로 만들며, "백개의 얼굴"과 시선을 가진 "그들"은 약자를 "죽일 수 있는 權利"이면서 "법"이 된다. "내 눈구멍에선 돌이킬 수 없는 잘못이" 깃들여 있으며, 이 "징그러운 눈"은 다름 아닌 원죄의식에 닿아있다. 신의 금기를 어기고 선악과를 먹은 아담과 이브는 이전과는 다른 '눈'을 뜨게 되는 최초의 죄를 짓게 된다. 따라서 시인은 "두개의 구멍을 파" '눈멀기'를 자처한다. "누구도 보는 이 없을 때 내가 되는 것,// 구름은 급히 지나간다./ 그대들의 이름이 지워진다./ 이제 부릅뜬 눈의 불을 끄고" 거듭나 '소리의 눈'을 뜨게 된다.

> 절망을 넘어
> …(중략)…
> 그의 가는 발소리만
> 가는 소리 보인다.
>
> —「飛天」부분

> 보이지 않는 당신
> 보이지 않는 육체
> 그럼에도 당신은 살아있다.
> 어둠 속 깊이깊이
> 내 마음 속 깊이깊이
> 내가 당신을 꿈꾸는 것처럼
> 당신은 나를 꿈꾸고
>
> —「내가 당신을 얼마나 꿈꾸었으면」부분

땅 밑으로
밑으로 흐르는 물소리
눈 감는 소리
눈 뜨는 소리

—「풀밭에서」부분

그 소리에 빠져 잠기면서
그는 미소짓는다
非現實的인
행복한 미소를

—「달밤」부분

아이러니하게도 저 너머에 있는 "보이지 않는 당신"을 시인은 이제 "눈이 멀어" 볼 수 있다. 애당초 시인에게 '당신'은 육신의 눈으로 볼 수 없기에 존재하며, 그래서 무엇보다 존귀하다. "청맹과니"의 눈을 지닌 시인은 이제 누구보다 소리에 민감할 수밖에 없다. 그는 소리와 울부짖음을 듣고, 소리와 울음으로 '그'의 존재를 본다. 그는 소리뿐만 아니라 '침묵의 무늬'까지도 본다. 그에게 시각은 곧 청각이고 청각은 곧 시각이다. 그는 제6시집 『홀로 울게 하소서』 자서에서 이 같은 그의 초기시의 세계를 광기와 악마주의 그리고 저항과 고발의 시라고 스스로 정의내린 바 있지만, 그는 이미 애초부터 광기와 저항을 넘어선 '소리의 눈'을 타고난 시인이었으며, 그는 누구보다 끊임없이 "당신을 꿈꾸"고 갈망해 왔던, 단절보다는 소통을 회구하는 대화지향의 시인이었던 것이다.

3. 소리와 침묵 너머, 꽃 피우기

앞서 살펴본 바, 60~70년대에 쓰여진 그의 초기시는 80년대에 제 3시집『다른 하늘이 열릴 때』에 들어서면서부터 다소 변화를 겪는다. 그의 시에서 더 이상 짐승의 울부짖음이나 통렬한 부르짖음은 찾아볼 수 없게 된다. "무릎을 꿇어야 겠지요./ 두 손을 모아야 겠지요./ 마음 속에 저문 하늘이 보일 때까지/ 다른 하늘이 열릴 때까지//"(「저문 하늘」) 그는 이전에 볼 수 없던 '기도'와 '참회'를 통해 마음을 비우고 대상에게 한층 가까이 다가선다.

> 떠나가고
> 떠나가고
> 또 떠나가고,
> 지금 남은 건
> 빈 하늘
>
> ─「빈 하늘」 전문

> 아름다운 하늘의 별
> 어느 별 하나
> 혼자서 아름다운 별 없구나.
> 혼자서 아름다우려 하는
> 별 없구나.
>
> ─「별 하나」 부분

님의 품이
곧 하늘이기에

―「내사랑」 부분

단조롭게
어두워가던 하늘에
번지는
평화

―「上里 1」 부분

시인은 육체적 고통과 죽음충동, 세계를 향한 통렬한 울음마저 걷어내고, 초기시에서 보였던 "죽음을 위한 하늘"과 피로 물든 "내가 죽이는" "하늘의 무덤"이 아니라 투명한 기다림의 "빈 하늘"을 지향한다. "빈 하늘"은 그러나 비어있음으로 인해 "아름다운 별"들로 가득 찬다. "다른 하늘"에 "별이 하나 둘 돋아나고", "별들 사이사이에서" "하나"가 아닌 어울어진 여럿들 '사이'에서 "네 모습 또한 떠오"른다. 그래서 시인은 "올해의 하늘은 더욱 아름답습니다."라고 고백한다. 또한 중기에 이르면 짐승이나 곤충이 아닌, 꽃이나 나무와 같은 식물들과 더 친화된 모습을 보여준다.

나를 바라보는
꽃
바라보고 있으면
나는 비로소
나를 본다.

―「꽃밭에서」 부분

창밖에 목련꽃이 피었다고
어서 와서 보라고

— 「목련꽃 1」 부분

그냥 배추밭에 앉아
배추꽃 바라봄만으로 행복하오나
어머니
한 말씀만 하여주소이다.

— 「배추꽃의 부활」 부분

나무가 바람이 되는 즐거움에
바람은 즐거워
바람이 나무가 되는 즐거움에
나무도 즐거워

— 「즐거운 하루」 부분

위의 시편들에서 보이듯, 그는 자연에게 화해의 손을 내밀기 시작한다. 이제 "죽음도 하나의 꽃잎이 되는" "은총"이며, 피어있는 것은 "꽃"인 동시에 "성모"이며 신의 "말씀"이 되기에 이른다. "꽃을 보는 웃음/ 웃음 보는 꽃/ 서로 마주보니/ 하늘 문 열리네//"(「無念頌 1」 전문)에서처럼 그가 꿈꾸는 "다른 하늘"은 자연과 교감할 때, "너는 나를 부르고/ 나는 너를 부"(「별」)를 때에 비로소 개화(開花)하듯 활짝 열리게 되는 것이다. 그리하여 제 5시집 『새벽달처럼』에 이르면 세상의 만물은 살아있음으로 인하여 "우리는 다 아는 사이"가 된다. 시인은 겨울날 위태롭게 매달려 있는

"홍시 하나"에서 외롭게 십자가에 "매달린 예수"를 보고, "기쁜 일에 자꾸 나는 눈물" 속에서도 베드로의 고뇌와 속죄를 본다. "베드로의 남은 눈물을/ 내 마음속/ 두 손바닥에 받으면서/ 나는 비로소 나를 보네//"(「행복」)에서 알 수 있듯, 시인은 참회의 눈물 속에서 잃어버린 자아 역시 되찾고 있는 것이다. 더불어 주목할 점은 초기 시에서 주로 청각 이미지에 의존했던 '눈 먼' 시인은 이제 단절을 넘어서서 대상은 물론 자아까지도 '바라보게' 된다는 사실이다. "내가 살아서 가장 잘 하는 것은 멍청히 바라보는 일이다. 산이든 강이든 하늘이든, 하늘에 머물다 사라지는 먹장구름이든, 그저 보이는 대로 바라보는 일이다./···(중략)···//보이지 않으면서도 보이는 것들까지도 멍청히 바라보기만 한 이 일 하나는 참 잘한 것 같기도 하다.//"(「나의 시 정신」, 『낮은 수평선』)와 "바라보고 바라보고 바라보나니/ 너를 바라보듯/ 나를 바라보는 나조차도//"(「보이지 않아도」)에서처럼 시각과 청각을 넘어 마음과 관계맺음으로 '너머'를 보게 된 것이다. 작은 나뭇잎 하나조차 더 이상 홀로 떨어지지 않는다. "세상을 통해서 떨어지는 나뭇잎이여/ 세상과 함께 떨어지는 나뭇잎이여/ 세상 안에서 떨어지는 나뭇잎이여/ 오늘 나와 함께 떨어지는 나뭇잎이여//"(「나뭇잎이여」 전문). 이처럼 작은 나뭇잎 하나에게서 발견되는 관계 맺음과 교감의 사유는 8시집 『나무 안에서』[4]에 오면 더욱 심오해진다.

---

4) 김형영 시인은 시집 『나무 안에서』로 최근 육사시문학상(2009. 11)과 구상문학상 (2009. 12)을 동시에 수상하였다.

4. '나—너'의 포옹, 그 공명하는 생명의 노래

마르틴 부버는 세상에 '나' 자체는 없으며, 오직 '나—너', '나—그것'의 존재만 있을 뿐이라고 하였다. '나—그것'을 말하는 것은 어디까지나 타자를 객체화하는 '경험'이나 '이용'을 뜻하며 이는 어디까지나 관찰과 대상화에 의해 이뤄지는 일방적인 만남이다. 반면 '나— 너'의 만남은 타자를 객체화하는 것이 아니라, '관계'를 세우는 것이며, 이는 상호적인 것이고 인격적인 소통과 대화를 통해 이뤄진다. 예컨대 그에 의하면 내 앞의 나무 한 그루는 결코 어떤 인상이나 표상의 장난도 아니고, 기분에 따르는 가치도 아니다. 내가 나무를 관찰하면서 나무와의 관계에 끌려들어가는 일이 일어나고 그러면 더 이상 나무는 '그것'이 아니다. 나무는 '나'와 마주서서 살아있으며, '내'가 그 나무와 관계 맺고 있듯이 나무 역시 나와 관계를 맺고 있는 것이 된다.[5] 여기, 대화와 만남 그리고 '관계맺음'의 시편들이 있다.

그날 꽃잎의 속삼임은
안 보이는 것을 본 놀라움이었지요.
너도 없고 나도 없는
두 영혼의 꽃 속에서의 만남,
그건 생명의 노래였습니다.

— 「생명의 노래」 부분

---

5) 마르틴 부버, 표재명 역,『나와 너』, 문예출판사, 2001, pp.7—14 참조.

네가 내 안에 머물고
내가 네 안에 머무니

—「마음이 흔들릴 때」 부분

나무들을 하나씩 껴안아본다.
쓰다듬고 다독여준다.
올해도 안녕하자고.
너도, 너도, 너도 모두 다 건강하자고.

—「나무들」 부분

너와 나 사이
이승과 저승을
우리의 자로 재지는 말자.

—「너와 나 사이」 부분

　　김형영의 여덟 번째 시집 『나무 안에서』에는 '나―너'의 만남이 있고 그 '사이'에 사랑과 평온이 있다. 그의 시를 읽을 때, 우리는 자아와 대상, 주체와 객체의 경계가 허물어지고 둘이 아닌 자연스럽게 합일된 존재 자체의 즐거움을 발견하게 된다. 거기에는 어떠한 우월한 시선이나 열등한 자각도 없으며, 이해나 계산을 하는 거리 두기도 없다. 이러한 "두 영혼의 꽃 속에서의 만남"은 "생명의 노래"가 되어 울려 퍼지고, "하늘과 별과/ 풀과 나무와 새,/ 물고기와 시냇물"은 "한몸의 지체와 같이 서로 사랑하기에"(「시골 사람들은」) 이르는 것이다. 부버는 사랑이란 개념 역시 '나'에 집착하여 '너'를 단지 '내용'이라든가 대상으로서 소유하는 것이 아니라고 했다. 사랑은 '나'와 '너' '사이'에 있다. 이것을 모르는 사람, 곧 그의 존재를 기울여 이것을 깨달은 사람이 아니면 비록 그가 체험하고, 경험하고, 향수하고, 표현하는 감정을 사랑에 돌린다 하여도 그는 사랑을 모른다. 사랑이란 하나의 우주적인 작용6)인 것이다.

시인은 앞서 발간한 시선집『내가 당신을 얼마나 꿈꾸었으면』7)에 실린 자서「나는 낫지 않는 병을 가지고 있으므로」라는 글에서, "세상의 모든 것을 처음 보는 듯이 놀란 눈으로 보기 위해서는 배운 것을 지워야 하고 또한 보이는 모든 것들이 하나의 거룩한 생명임을 깨닫는 그런 눈으로 보기 위해서 예술가는 종교적일 수밖에 없다"고 말한 바 있다. 실제로 독실한 가톨릭 신자인 그는 이번 시집 표지에 실린 짤막한 산문에서도 "만물은 하느님의 사랑으로 창조되었으므로 만물 안에는 하느님의 영이 깃들어 있으리라고 나는 굳이 믿고 싶기 때문이다."라고 하였는 바, 그에게 세상의 모든 만물은 신성이 깃든 경이롭고 소중한 존재인 것은 알 수 있다. "천년을 산 나무에"도 "나비도 벌도 산들 바람도", "한 눈 뜨고 꿈꾸는 이슬방울에도", "개나 소"에도 "피 없이 태어난 생명"인 "석상"에도 "님은 머무시고" 또한 "그래, 그래 흔들리거라./ 네가 내안에 머물고/ 내가 네 안에 머무니" "뿌리 깊은 나무처럼만 흔들리거"라고 신은 그에게 음성을 들려주기도 한다. 이제 '나—너'의 관계의 가능성은 신(神)뿐만 아니라 모든 '사물들', '피조물'들과의 관계에서도 동등하게 성립된다.

---

6) 앞의 책, 24쪽.
7) 김형영,『내가 당신을 얼마나 꿈꾸었으면』, 문학과지성사, 2005.

정녕 나무는 내가 안은 게 아니라
나무가 나를 제 몸같이 안아주나니,
산에 오르다 숨이 차거든
나무에 기대어
나무와 함께
나무 안에서
나무와 하나 되어 쉬었다 가자.

—「나무 안에서」 부분

　시적 자아는 나무를 끌어안는 주체로 머무는 것이 아니라, 나무에 의해
안겨지는 객체가 되고 마침내는 주체와 객체의 경계가 지워지는 합일의
경지에 이르게 된다. 나무는 더 이상 대상으로서의 나무가 아니라 '신과
맺는 참된 관계' 안에서 근원적이고 상호적인 '나와 너'의 대화와 만남에
의해 존재하는 참되고 신성한 '생명'이 되는 것이다. 이 시에서 화자의 목
소리는 어느새 지워지거나, 나무의 목소리가 되기도 하며, "수고하고 무
거운 짐 진 자들아 다 내게로 오라 내가 너희를 쉬게 하리라(마태복음 11
: 28)"와 같은 예수의 목소리가 되기도 하며, 동시에 이들 전체가 화음을
이루기도 하면서 잔잔한 여운을 안겨준다. 이런 의미에서 이 시집의 작품
의 대부분은 평화롭고 우주적인 교감의 순간을 잘 보여준다.

나는 나를 걷어치우고
무엇에 홀린 듯 꿈길을 간다.

—「이런 봄날」 부분

한 눈 뜨고 꿈꾸는 이슬방울

—「이슬」부분

꿈에 지쳐 숨 고르는 사이
꿈에 부푼 내 몸

—「나비」부분

몸속에 피 흐르는
생명을 꿈꾸는 구나

—「석상에 바치는 송가」부분

그에게 '낫지 않는 병'이 있음을 알 수 있다. 그것은 다름 아닌 '바라보는 병', '꿈꾸는 병', '보이지 않는 것을 희구하는 병'이다. 이 낫지 않는 병이 그에게는 시 쓰기 즉 문학이고, 독실한 신앙이면서, 자기 구원이다. 그런데 『나무 안에서』로 오면서 시인의 이러한 불치병은 더욱 깊어진다. 실제로 그는 폐에 병이 생겨 수술직전 죽음의 문턱을 경험한다. 그리고 마침내 시인은 꿈속에서 그야말로 그 병을 실컷 앓다가 마침내 죽어버린다.

수술 전날 밤 꿈에
나는 내 무덤에 가서
거기 나붙은 내 명패와 사진을 보고
한생을 한꺼번에 울고 또
울었다.
…(중략)…

그랬구나
그랬구나
이것이 나였구나.
좀더 일찍
죽기 전에 죽었으면 좋았을걸.

— 「나」 부분

그는 자신의 영전에서 "육신 자루에 가득" 찰 정도의 눈물을 흘리며 "죽기 전에 죽었으면 좋았을걸"하고 후회한다. 애절하게 통곡하고 나서야 다시 살아난 시인은 "세상 어둠에 멀어버린 눈"을 버리고, 이전보다 더 깊은 울림과 "이슬 눈 초롱초롱한" 맑은 시선(視線)으로 만물의 생을 노래하게 된다. "안 보이는 것의 힘"과 "없는 것의 깊이"를 이제 그는 감지하게 된 것이다. 죽음 근처에 가보거나 어떤 형식으로든 죽어본 사람은 그 누구보다 생명의 소중함과 존귀함을 안다. 시인은 이제 피가 돌지 않는 무생물에서도 생명을 느낀다. 그는 소리를 보기도 하고 꽃과 나무와 새의 마음도 보고, 그 안에서 하느님도 본다. 시인은 더욱 투명해지고 깊어진 마음의 눈으로 '하느님의 영이 깃든' 자연 하나 하나를 꿈꾸고 바라보고 교감하고 노래한다.

5. 비밀을 소문내는 詩, 에 안기기

뱀이 허물을 벗듯, 시인 또한 성장을 위해서는 고통어린 탈피와 부단한 노력이 필요하다. 그러기 위해서 시인은 눈의 껍질 또한 벗겨내야 한다. 김형영 시인은 그런 의미에서 탈피와 개안(開眼)의 시인이다. 그는 끊임없이 소통하기 위해, 꿈꾸기 위해 온힘을 다해 울고, 침묵하고, 충분히 앓은 후에 그때마다 허물을 벗어왔다. 그도 분명 초기에는 '앓는 시'를 썼다. 그러나 시가 계속해서 '앓는 시'의 차원에만 그쳐서는 고통 안에 유폐되어 더 이상 성장할 수 없다. 그는 충분히 '앓은' 후, 죽음과도 같은 몇 겹의 허물을 벗고, 이제 인식의 폭과 깊이를 더해 '안는' 시의 차원에 이르렀다. 지금 그의 시는 어느 때 보다 투명하고 가볍다. 그러나 그 가벼움이 전해주는 감동과 여운만큼은 결코 가볍지 않다.

> 그 가벼움,
> 세상 가득 깨어난 생명의 율동,
> 배추밭에 앉으면 배추꽃이 되고
> 가시밭에 앉으면 가시도 꽃이 되는
> 만물의 꽃잎,
>
> ―「나비」부분

그에게 자연은 "가시밭에 앉으면 가시도 꽃이 되는" 평화이고 "생명의 율동"이며, 그 존재 자체로 하나의 큰 비밀이다. 그는 신비하고 아름답고 성스러운 이 '비밀을 누설' 하고 싶은 충동을 참지 못하고, 이번 시편들을 통해 소박하지만 투명하고 단아한 시어로 조심스레 발설해 내고 있다. 어찌 보면 정말 대단하고 신비로운 비밀을 말하는 그의 시이지만 거추장스러운 장식이 없다. 요란한 수사도 현란한 지식이나 이론도 없고, 화려한 기교나 통쾌한 울부짖음도 없다. 그는 여전히 말을 아끼고 아껴 정제되고 겸허한 언어로 시를 쓴다. 그래서 기도에 비유하자면 그의 시는 통성기도가 아니라 묵상기도이다. 조용히 두 손을 모으고 고개를 숙인 채 침묵하는 기도는 어느 커다란 목소리의 부르짖음의 기도보다 진폭과 전달력과 감동이 크다.

그는 언젠가 「나의 시」8)라는 작품에서 그의 시가 지나치게 짧고 단순하다고 뭐든 좀 더 붙이고 비틀라는 다른 시인들의 질타에 그런 것들은 다 "썩어버릴 것들"이라고 응수한 바 있다. 그의 시는 평이하고 짧은 언어로 씌어져있어 간이역처럼 무심코 스쳐 지나쳐가기 쉽다. 그러나 마음을 비우고 천천히 멈춰서 곱씹어 읽다보면, 오감으로 다가오는 그의 시를 만날 수 있다. 화선지에 그린 수묵화처럼 담백하고 은은한 색채와 펜을 든 시인의 떨리는 손끝의 느낌, 깊은 숲에서만 들이 쉴 수 있는 산소의 상쾌한 맛과 향 그리고 따뜻하게 감겨오는 체온과 시선, 작은 꽃의 옹알거림까지 마음껏 보고, 듣고, 만지고, 느끼고, 마셔볼 수 있다.

당신도 한 번은 들었을 텐데요.
언젠가 처음 엄마가 되어
아기와 눈 맞췄을 때
옹알거리는 아기의 생각,
본 적 있지요?
그 기쁨은 너무 유쾌해서
말문을 열 수가 없었지요?

어떤 시인이

8) 김형영, 『낮은 수평선』, 문학과지성사, 2004, pp.60−61.
"그건 시가 안 된다고/ 앞뒤로 뭔가 붙어야 한다고/ 살인지 된장인지 돼지껍데기인지/ 그래 뭐든 좀더 붙이고/ 비틀어 꼬면 좋겠다고 한다/ 나더러 썩어버릴 것들을 붙이라 한다/"(「나의 시」중 부분)

그 순간을 표현할 수 있을까요.
그날 꽃잎의 속삭임은
안 보이는 것을 본 놀라움이었지요.
너도 없고 나도 없는
두 영혼의 꽃 속에서의 만남,
그건 생명의 노래였습니다.

—「생명의 노래」부분

위 시에서 "어떤 시인이/ 그 순간을 표현할 수 있을까요."라고 시인은 경이롭게 묻고 있지만, 그 숭고하고 유쾌한 '만남의 순간'을 노래할 수 있는 흔치 않은 "어떤 시인"이 바로 김형영 시인 자신임을 알 수 있다. 이처럼 그의 시에는 무심코 들여다 본 "꽃잎" 하나에도 "오물오물"한 속삼임이 있고, "만남"이 있고, 생명에 대한 놀람과 감탄의 노래가 있다. 그는 "숨이 차거든" "나무에 기대어 쉬었다가"자고 '당신'에게 손을 내민다. 그의 시에는 "아낌없이 주는 나무"의 그루터기와도 같은 편안한 온기와 쉼표가 있다. 잠시 거기, 시의 그루터기에 앉아 무거운 고통은 내려놓고, 가쁜 숨을 고르자. 그리고 나서 하늘을 바라보면 거기에 당신을 안아주는 가장 큰 우주가 보일 것이다. 가까이 그 하늘에 그 우주에 조용히 안겨보라. 지금, 여기의 당신!

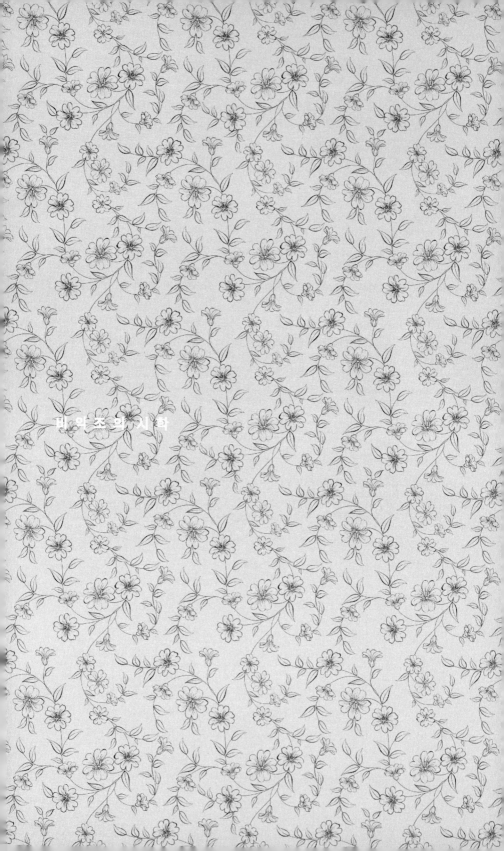

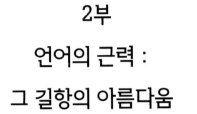

2부

언어의 근력 :
그 길항의 아름다움

일상, 비루하고 아름다운 풍경을 위하여

시의 근력, 생을 당기는 파르마콘의 시학

경중과 원근 그 사이의 시인들

접사(接寫)의 시학을 위하여

일상, 비루하고 아름다운 풍경을 위하여

― 이강산의 시

1.

시인의 촉수와 더듬이는 쉴 틈이 없다. 그들은 또한 항상 무언가를 응시하게 마련이므로 분주하다. 대상이 무엇이건 간에, 이를테면 그것이 숭고한 이념이건, 불안한 내면이건 혹은 아름다운 자연의 풍경이건, 맹렬한 사회 비판이건 간에 그들은 언제나 부지런하게 그것들을 응시하며 노래하고 읊을 데 여념이 없다. 심지어 잠들어 꿈꾸는 무의식의 세계에서도 그들의 펜은 항상 무언가를 썼다 지우기를 괴로운 심사와 함께 강박처럼 반복하는 것이다. 또한 그들에게는 대개 어떠한 시를 쓰겠다는 시론과 의식, 나름의 고집스러운 지향점이 있게 마련이다. 여기, 처음부터 "이름 없고 집 없는 사람들의 이야기"를 시로 쓰겠다고, 사회의 변방에 소외된 채 비루한 일상을 살아가는 이들에게 끊임없이 눈길을 주며 시작(詩作)을 멈추지 않는, 소박하지만 사람 사는 냄새나는 시를 쓰겠노라는 고집스런 시인이 한 사람이 있다. 이강산 시인은 초기부터 일관되게 유독 병들거나, 가난하거나, 이리저리 떠돌거나 혹은 늙고 힘이 없거나, 억울하게 해직되거나 죽은 사람들에 관한 이야기를 시로 써왔다. 그래서 그의 시에는 화려한 수사나 그 흔한 언어유희조차도 없다. 다만 꾸밈없이 일상을 있는 그대로 소탈하게 보여줄 뿐이다. 그래서일까 그가 그려내는 일상은 가끔 외려 벌어진 상처마냥 적나라하다. 그는 첫 시집에 실린 「목련꽃」이라는 시에서 "시 쓰는 일도 그렇게 제 살점 드러내는 일"이라고 말한 바 있다. 그는 이웃의 상처까지도 마치 제 살점인 양, 측은하고 아픈 눈으로 바라보며, 가까이 다가가 말 건네고, 손 내미는 훈훈한 시를 쓴다. 신작시를 살펴보기에 앞서 우선, 첫 시집 『세상의 아름다운 풍경』에 실린 시 한 편을 읽어보자.

변두리 마을에서나
어둠의 모퉁이에서나
불 끄고 조용조용 잠드는 사람들의 이야기가 아닌
이름 없고 집 없는 사람들의 이야기가 아닌
일반 독자든 전문 문인이든
읽어서 좀 잔인하게 느껴질 만큼의 특별한 것
모난 돌이 정에 맞듯
그래서 눈길이 가고 손길이 닿는
그런 시를 써야 했다
…(중략)…
시가 개성이 없어 출판이 어려운 것 같다
전화통화를 한 뒤, 술을 마셨던가
그 즈음의 일이다

두어 편, 사람들의 안부를 다시 묻고 있던

—「이를테면」 부분

　요즘에도 "읽어서 좀 잔인하게 느껴질 만큼의 특별하"고 화려한 시가 단연 평단의 주목을 받는다. 가난하고 소외된 사람들의 소소한 일상을 묵묵히 담아내는 시인들에게는 "시가 개성이 없어 출판이 어려울 것 같다"라는 차가운 냉대와, 문단의 무관심이 대부분이다. 그리하여 시인 역시 위의 시에서 "모난 돌"처럼 "눈길이 가고 손길이 닿는" 그런 요란하고 좀 잔인해 보이는 시를 써야 했다라고 신세 한탄하듯 말하고 있으나, 이는 어디까지나 다분히 반어적임을 알 수 있다. 그는 오히려 시인이기보다는 "노동자가 되었거나/ 싸움꾼이 되었"어야 했다라고 하며, 변두리 어두운 모퉁이에서 "조용조용 잠드는 사람들"과 "이름 없고 집 없는 사람들"의 애환을 그래도 꿋꿋하게 써나가겠노라고, 그래서 아름다운 사람들의 안부를 끊임없이 묻겠노라고, 반어적으로 다짐하듯 작품을 써내려가고 있는 것이다. 그의 시에 담긴 일상은 이렇게 지극히 눈물겹고 비루하고 아픈 일상이 대부분이다. 그러나 사람 사는 정이 깃들어 있고, 무엇보다 그들 틈바구니 사이에, 더불어 그의 시의 행간 사이에 희망이 여기저기 꽃망울져 있기에 아름다울 수 있는 것이리라. 그 꽃망울이 비록 다음 시에 나오는 '무녀리'처럼 불안하고 아슬아슬하게 엄동설한에 홀로 피어있을 지라도 말이다.

한파주의보 내린 줄 모르는지 베란다 창밖 화분에서 영산홍 핀다

저것, 두 해 째 춘삼월 활짝 피어 꽃다발 이루었던 것, 월동越冬 잘
하려나 훔쳐보던 것
딱 한 송이 핀다

나는 초겨울 아침의 개화가, 저 무녀리가 불안하다
볼수록 춥다

반가움이 아니다
내게 꽃이 그랬던 것처럼 나도 그에게 가슴 서늘한 무녀리겠는가,
생각뿐이다

내게 마른 호수가 그랬던 것처럼 그에게 내 밑바닥 드러낼 수 있는
가, 생각뿐이다

내 정수리에 떨어진 은행잎
은행잎 덮고 죽은 고양이

나도 그에게 부르르 몸 떨리는 주검이겠는가, 생각뿐이다

저것, 날 더러 보라고, 한파주의보 내린 줄 번연히 알면서가던 길
내처 걸어가는 꿍꿍인 양
팔다리 휘휘 젓는다나는 초겨울 아침의 개화가, 저 무녀리가 불안
하다

—「무녀리」전문

「무녀리」라는 작품의 일부분이다. '무녀리'란 국어사전을 찾아보면,

한 배(腹))에서 먼저 태어난 무리 중에 가장 보잘 것 없고 작은 짐승의 새끼, 또는 말이나 행동이 좀 모자란 듯이 보이는 못난 사람을 일컫는다고 설명되어 있다. 작고 보잘 것 없고 못났지만, 그래도 가장 먼저 '문을 열고 나오다'라는 뜻으로 '문열이'라는 어휘가 변형되어 '무녀리'가 되었다고 한다. 위의 작품에서 화자는 한파주의보가 내린 초겨울 아침에 피어난 영산홍 한 송이를 마주하고 있다. "두 해 째 춘삼월 활짝 피어 꽃다발 이루었던 것"이 엄동설한에 한 송이 꽃으로 피어난 것이다. 시인은 "월동(越冬) 잘 하려나 훔쳐보던" 가녀린 가지 끝에서 느닷없이 한파주의보가 내린 추운 날씨에 꽃망울이 피어난 것이 놀랍기도 하지만 한편으로, 언제 죽을지 모르기에, 불안하고 춥다라고 그래서 반갑지만은 않다고 이야기 한다. 그러다가 4연에 이르러 급기야 시인은 한 겨울에 핀 영산홍을 '무녀리'로 안쓰럽게 바라보는 자신 역시, 꽃에게 무녀리로 비춰질 수 있음을 인식하는 데에 이른다. 시인에게 "마른 호수가 그랬던 것처럼" 마른 호수에게 시인 역시 밑바닥을 다 드러낸 채 나약하게 서 있는 "가슴 서늘한 무녀리"일 수 있다는 것이다. 유기체로 살아 있지만, 보기에 따라, 대상에게 '나'는 어쩌면 "부르르 몸 떨리는 주검"일 수도 있다는 논리는 섬뜩하지만, "은행잎 덮고 죽은 고양이"처럼 일면 측은하기도 하다. 그러나 '무녀리'라는 말의 속뜻처럼, 작고 가녀리지만, 맨처음 문을 열고 나오는 용기와 힘은 혹한(酷寒)보다도 더한 세상의 풍파를 견디게 하는, 단단하고 따뜻한 아름다움인 것을 그의 작품들에서 우리는 확인할 수 있다.

2.

「아카시아」와 「기저귀」라는 작품은 둘 다 늙고 병든 가장을 바라보는 화자의 시선을 담고 있다. 먼저 「아카시아」라는 작품을 보자.

어젯밤 부들부들 손 떨며 쌀밥에 숟가락 꽂던 늙은 가장이 보란 듯 꽃을 피웠다

상추쌈이 흔들려 된장덩어리가 엄지발톱 위로 떨어졌는데, 발가락이 떨렸는데

대추씨 같은 몸속으로 상추쌈 밀어 넣은 맹물이 젖 먹던 힘 쏟은 게 분명할 꽃이 피었다

꽃씬 줄 모르고 된장 주워 삼킨 손자 놈 고추에도 몽글몽글 꽃망울 맺히는 꽃이 피었다

— 「아카시아」 전문

위의 시에서 화자는 다소 측은하면서도 해학적으로 상황을 묘사하고 있는데, 어젯밤에 "부들부들 손 떨며 쌀밥에 숟가락 꽂던 늙은 가장"이 오늘은 보란 듯이 활짝 꽃을 피웠노라고 하며, 아카시아의 개화 장면과 노인의 웃는 모습을 병치하여 묘사하고 있다. 거동이 불편한 노인이 상추쌈 하나도 제대로 싸지 못한 채 불안하게 된장을 한 덩이 엄지발톱에 떨어뜨린 것을, 마치 씨앗 하나가 땅에 떨어진 듯 묘사하여 재미있게 표현하고 있다. 아카시아꽃이 한 송이에 여러 개의 꽃이 매달려 있듯, 시인

은 또한 노인과 어린 손자가 한데 어우러져, 함께 생명으로 꽃피어 있음을 노래하고 있는데, 이 역시 누구나의 인생을 담은 한 장의 흑백사진처럼 정겹고도 보편적인 여운을 준다.

철 바뀌어 묵은 옷 담아놓은 장롱이 텅 빈다
야반도주하듯 괴나리봇짐 몇 번 들고나더니 어머니가 써 붙인 '아
버지 기저귀' 하나로 꽉 찬다

집안 어른이 누워 대소변을 가리니 아랫것들 스스로 떠난 것이다
참 훌륭한 가계(家系)다, 생각하니
아흔 살 어린이 혼자 두고 떠난 식구들이 잔인하기도 하다

김장독 묵은지마냥 쟁여있는 기저귀들
귀 먹은, 귀 없는 아버지 배냇저고리 같다
어머니의 숨겨둔 초경 같다

새록새록하다, 기저귀 층층마다 식구들 탄생 설화가 구구절절이다
삼베 호박잎 무명 광목 노랑고무줄……
그렇다, 일곱 식구 너나없이 기저귀부터 시작이었다 김장독 묵은지
마냥 쟁여있는 기저귀들
　　　　　　　　　　　　　　　　　　　　—「기저귀」전문

「기저귀」라는 작품에서 또한 화자는 대소변조차 못 가리는 늙은 아버지를 "아흔 살 어린이"라고 표현한다. 늙고 병든 노인을 버려두고, "야반도주 하듯" 떠나간 다섯 자식들을 두고 화자는 "잔인하기도 하다"라고 직설적으로 감정을 표출하고 있다. 한 때 일곱 식구의 옷으로

가득 찼던 장롱은 텅 비었고, 이제는 "아버지 기저기 하나로 꽉 차"있을 뿐이다. 시인은 그러나 "아버지의 기저기"를 "배냇저고리"와 "어머니의 초경"에 비유한다. 그들에게도 분명, 생명의 첫 시작과 젊음이 있었기 때문이다. 누구나 '기저기'부터 시작해서 '기저기'로 끝나는 게 인생이라고 시인은 이야기 한다. 시인은 "기저기 층층마다 식구들 탄생설화가 구구절절" 넘쳐나 "새록새록하다"고 하지만, 그래도 홀로 남은 노인네들의 '기저기'는 미리 준비해 장롱에 넣어둔 수의(壽衣)처럼, 쓸쓸하고 적막하다.

3.

「생닭」과 「호수 가정식백반」에서는 후미지고 지저분한 도시의 골목길과 그 안에서 서로 부대끼며 살아가는 서민들의 일상을 가볍게 스케치하고 있다.

> 불법 영업하는 닭집에서 닭 한 마리 잡아 나서는데 초롱다방 아가
> 씨들이 배드민턴을 친다
>
> 서른여덟까지 셋집 옮겨 다닌 여관촌 골목은
> 고요하거나 소란하거나 늘 이마마하여 코끝부터 쾡해지는데
> 부러 골목 한 바퀴 더 돌아보는 까닭은 아가씨들 틈에 끼어 배드민
> 턴 치고 싶은 속내지만
>
> 꾹 참고 가야한다
> 엄나무 삶아놓고 어머니 기다리신다

그 저녁만 아니라면 당장이라도 배드민턴 채를 낚아채고 싶어 제자
리걸음인데
　내 맘 알아챘는지 아가씨들은 셔틀콕 버려두고 손 뽀뽀를 날린다
　셔틀콕은 막 끓는 물에서 꺼낸 암탉마냥 거지반 털이 뽑히었다

　오오라, 닭집 달려가 내 닭털 주워 와서는 셔틀콕 만들어주었으면
　그러면 아가씨들은 삼촌, 배드민턴 쳐요, 팔짱 낄 것을

　나는 못 이기는 척 어두워질 때까지 푸드득, 푸드득 날갯죽지를 적
실 것이며
　슬그머니 이름도 주고받을 것이며
　사흘에 한 번씩 투석하느라 닭털 뽑는 짱구 형님 왕년의 전설도 풀
어놓을 것이며

　그러면 엄나무닭이고 배드민턴이고 다 잊고 초롱다방 병아리 같은
아가씨들과 고 향이며 눈물이며 쏟기도 할 것을
　　　　　　　　　　　　　　　　　　　　　　　　　　 ─「생닭」 전문

　먼저 「생닭」에 등장하는 인물들만 봐도, 배드민턴 치는 "초롱다방 아
가씨들", "불법 영업하는 닭집에서" 생닭 한 마리 사들고 나서는 "서른
여덟까지 셋집 옮겨다니"는 화자, "엄나무 삶아놓고 기다리는 어머니",
"사흘에 한번 씩 투석하느라 닭털 뽑는 짱구 형님" 등, 이들은 모두 어
딘지 모르게 몸이 불편하거나, 가난하고 힘겹게 근근이 살아가는 소외
된 계층의 사람들임 알 수 있다. 이 작품의 공간적 배경이 또한 "여관촌
골목"이니, 어느 도시를 막론하고, 낡고 허름한 여관과 여인숙, 다방이
밀집한 곳에는 여기저기 떠돌아다니며 막노동을 하는 뜨내기 노동자들

이나 불법체류자, 다방 레지, 월세방을 전전하는 빈민들이 모여살기 마련이다. 하지만 그들에게도 "고향이며 눈물이며 쏟기도 할" 많은 사연과 우여곡절들이 있기 마련이며, 또한 어딘가에 피를 나눈 가족들이 존재한다. 그러나 이 시에서 보여주는 그들의 일상은 결코 신파적이거나 눈물겹지만은 않다. "고요하거나 소란하거나 늘 이마마한" 여관촌 골목에서 "초롱다방 아가씨들"은 자기네들끼리 히히덕거리며 배드민턴을 치며 저녁시간을 즐기고 있다. 서른여덟의 나이에 홀어머니를 모시고 사는 노총각으로 보이는 화자는 그 옆을 지나가다가, 아가씨들 사이에 끼고 싶어 연신 기웃거리며 안달이지만, 닭 삶을 물을 올려놓고 기다리는 어머니 생각에 차마 그 길을 힐끗거리며 그냥 지나칠 수밖에 없다. 시인은 아가씨들의 셔틀콕을 두고 "막 끓는 물에서 꺼낸 암탉마냥 거지 반 털이 뽑히었다"고 묘사하고 있는데, 이는 어쩐지 그들의 삶처럼 군데군데 털이 빠지고 다쳐 벌어진 생채기마냥 볼품없고 안쓰러운 모양을 하고 있다. 아직 "병아리 같은 아가씨들"과 '사흘에 한 번 투석하는 짱구 형님' 그리고 서른여덟의 '나'에게도 "왕년의 전설"은 있었을 것이니, 그네들끼리 모여앉아 한 잔 기울이며 풀어놓을 이야기 또한 "여관촌 골목"처럼 굽이굽이 굴곡지고 긴, 인생의 파노라마 사진 같은 것이리라.

　　　백반 쟁반 두 판 거머쥐고 발발발, 배달 가는 동현 엄마는 장수하늘
　　소다
　　　팔뚝은 뿔, 다리는 갈쿠리다
　　　토란국생선찜누룽지, 파문 한 점 일지 않는 수평이라니

저 수평이 장수하늘소를 호수 뒷골목까지 끌고 왔다

스크린골프장, 카센터 밥그릇 쓸어 모아 뿡뿡뿡, 달려가는 상주댁
은 소금쟁이다
축지법으로 단박에 물 건너간다
그 속도가 아니면 익사라도 할듯하다
부랴부랴 소금쟁이 좇아가면 호수는 청둥오리숲이다 꾸룩꾸룩, 꾹꾸

벌목장에서 아파트 공사 현장에서 호수 건너오느라 깃털 절반이 얼
어붙었다
밥상 밑에서도 물갈퀴를 휘젓는지 탈탈탈, 밥상이 떨린다
다시 호수 건너려면 어떻게든 깃털이 녹아야 되므로
당장 소금장수라도 삼킬 기세다

소금쟁이와 청둥오리가 한 몸이 되면 입춘까지는 호수에서 견딜 수
있을까
꾸우꾹, 청둥오리숲 흔들리는데
쟁반 든 장수하늘소 다시 수평이다
　　　　　　　　　　　　　　　—「호수 가정식백반」 전문

　「호수 가정식백반」에서도 시인은 "호수 뒷골목"에 사는 사람들의 소
박하지만 다소 거친 삶의 일상을 꾸밈없이 보여준다. "백반 쟁반 두 판 거
머쥐고 발발발, 배달 가는 동현엄마", "밥그릇 쓸어 모아 뿡뿡뿡, 달려가
는 상주댁", 한겨울 "아파트 공사 현장에서" 막일하는 사내, 이들은 각각
장수하늘소와 소금쟁이와 청둥오리 등에 비유 및 해학적으로 묘사되어
있다. 마치 조선후기 사설시조 한 수를 읽는 것처럼 다소 외설적인 느낌

마저 풍기는 듯한 이 시는 풍자와 해학이 재미있게 녹아 있다. 먹고 살기 위해 '얼음 호수'라도 분주하게 건너야하는 이들의 삶은 춥고 고단하지만, 몇 마디 주고받는 농지거리와 눈길만으로도 얼어붙은 서로의 깃털을 녹이기에는 이미 충분해 보인다.

요컨대 이처럼 이강산의 시는, 비루하지만 소탈하고 훈훈하고 정겨운 일상을 거침없이 보여준다. 소외되고 가난한 사람들의 삶을 단지 동정하는 시선이나 시적 대상으로만 관조하듯 시혜적으로 바라보는 것이 아니라, 그들의 삶 속에 함께 어우러져 부대끼며 직접 온기를 나누는 시, 절망을 넘어선 희망이 깃든 시를 쓰는 그의 삶도 시작(詩作)도 아름답고 풍요롭다. 비록 팍팍하고 녹록치 않은 인생이고 문학이지만, 세상을 아름답게 바라보는 '힘'만은 '무녀리'의 그것처럼 가열(苛烈)하고 준엄(峻嚴)한 것임에 틀림없으리라. 그 힘이 곧 삶의 힘이고, 또한 시의 힘이 아닐까.

시의 근력, 생을 당기는 파르마콘의 시학

— 강희안의 시

1. 팽팽한 시의 근력은 어디에서 오는가

근력 없는 삶이란, 근력 없는 유기체란, 근력 없이 납작 엎드린 시란 얼마나 무료하고 무기력한가. 반면 근력으로 충만하고 팽팽한 삶의 힘줄은 얼마나 생을 튀어 오르게 하는가. 탱글탱글하게 무르익은 언어의 근력은 작은 기지개 동작만으로도 독자에게 얼마나 짜릿하고 생동감 있는 긴장감과 활력을 주는가. 근력(筋力)은 자력(磁力)이나 인력(引力)과는 다르다. 자력과 인력이 대상에 대한 방향과 영향력을 바꿀 수 없는 일방향의 포괄적인 힘이라면 근력은 보다 복합적이고 양방향적이라서 대상에 대해 주체가 버티는 힘인 동시에 무언가를 당길 수도 있는 완고하고도 그러면서도 상황에 따라 힘의 강약과 방향을 바꿀 수 있는 가변적인 속성을 지니는, 보다 조절 가능한 능동적인 힘이라 할 수 있다. 근력은 여러 신체 기관들과도 유기적으로 연관되어 있어 단순히 그 힘의 발원이 하나의 핵에 기원하지 않는다. 사람의 경우 근력은 체력에 속해 타고나는 유전적 요인도 있긴 하나 후천적인 노력에 의해 강화되거나 약화되기도 하는데, 운동과

식이가 이에 중요한 영향을 미친다.

필자는 시인의 근력과 시의 근력 역시 신체의 근력과 유사하다고 생각한다. 시인으로서의 기질이나 재능을 체력 특히 근력에 비유할 때 분명 선천적으로 타고난 체력과 근력이 존재한다고 본다. 그러나 천부적인 재능은 젊은 시절 반짝이며 기지를 발휘할 수는 있겠지만 시의 생명력이 영원히 건실하게 보증되지만은 않는데, 이는 랭보의 경우처럼 대부분 젊은 날의 혈기와 함께 광기와 착란의 힘이 또한 소진되기 때문인 것으로 보인다. 이후의 시인의 삶, 특히 유구한 시력으로 이어지는 대가들의 창작의 근력과 생명력은 시인 자신의 부단한 자기 갱신과 언어에 대한 시험과 탐색, 자기만의 시론의 정립, 사유의 확장과 삶에 대한 냉정과 열정을 동시에 잃지 않는 힘의 균형감을 유지하는 등 후천적 노력에 기인하는 경우가 많다. 따분한 매너리즘과 일상의 안이함에 안주하지 않고 끊임없이 저항하는 거부의 힘과 자기 갱신이야말로 '안티 에이징의 시'를 가능하게 하는, 즉 시인의 근력을 연장시키고 노화를 방지하는 최선의 방법이라고 생각한다. 따라서 오히려 시인이 되기 이전의 습작 시절이나 혹은 등단 직후의 활동보다도 그 이후에 시인은 시인이 아닌 상태를 지양하기 위해, 다시 시인이 되기 위해 부단히 아니 이전보다 더 혹독한 훈련과 공부를 필요로 하는 영원히 불완전한 존재가 아닐 수 없다. 시인이야말로 언어의 바윗덩이를 끌어올리고 또 다시 절망 아래로 추락하기를 무한 반복하는, 자발적 형벌을 즐기면서도 그 극심한 고통을 묵묵히 감내하는 중증의 사도마조히즘적 시지프스가 아닐까. 그럼에도 불구하고 우리, 겨우내 웅크리고 주린 당신에게도 나에게도 메마른 영혼의 대지에 단백질 같은 봄비를 기다린다면, 강희안의 탄성 있는 작품들을, 그 근력 있는 찰진 언어의 요리, 언어의 성찬들을, 그 맛과 향과 질감을 마음껏 맛보시라.

2. 시의 힘줄을 당기는 언어의 힘

젊은 냄새는 힘이 세다 빽빽 담배를 빨아대도 뒤돌아서면 종적이
묘연하다 늙은 냄새는 근력이 없다 생마늘 한 톨 분량의 냄새도 굼뜬
동작만을 거듭한다 싱싱한 냄새가 페로몬 향기로써 아리몽롱 최면에
걸리는 증상을 동반한다면 묵힌 냄새의 경우 지방산 불연소로서 골착
지근 세대의 갈등을 불러일으키는 주범이 된다

아버지 냄새는 저항의 힘이 세다 일본의 한 실험 결과에 따르면 딸
들은 아버지 냄새를 밀어낸다 여성의 경우 젊으면서 유전자와 먼 남
성일수록 달디단 페로몬 향기에 취한다 남동생 또한 자신의 친누나와
는 사뭇 다른 취향의 여성이나 성격에 끌린다 한국 최고 미인의 상징
인 김태희 동생 이완까지 누나를 멀리한단다

가까울수록 멀리 근친의 법을 일깨운 몸의 냄새와 멀리 떨어져 그
리운 어머니의 냄새에 따라 도덕의 입법자인 인간은 결코 도가 지나
치지 않는 위대한 사상을 낳던 것이다
—「냄새의 근력」 전문

강희안의 근작시 「냄새의 근력」은, 인류가 이룩한 문명과 문화의 꽃이
라 불리우는 법과 도덕, 그 밖의 위대한 사상과 체계들이 결국엔 "어머니
의 냄새"와 "아버지 냄새"에 의한 장력의 부산물이라는 단순하고 말초적
인 사실에 독자들은 다소 허무하고 통쾌한 실소를 짓게 된다. 우리가 진
보하여 이룩하고 충분히 이뤘다고 생각하는 이 시대 문명의 위대함은 어

쩌면 대단한 착각과 착시일지도 모른다. 어찌 보면 사실상 인류는 아직 생물학적인 수준에 초보적 상태에 머물러 있거나, 오히려 퇴보하여 보다 지독한 냄새의 역학 안에 갇혀있는 미개한 동물들 중 한 종일지 모른다. 최근의 국내 정치만 하더라도 어떠한가. 유신시대와 전혀 다를 바 없는, 아니 오히려 더한 냄새들이 진동하는 작금의 상황이라면 사회와 정치는 오히려 퇴보했다고 진단하는 게 맞다. 권력의 냄새는 얼마나 지독하게 수 세기에 걸쳐 일말의 진화도 없이 악취를 풍겨 왔는가. 수많은 해충들이 그 악취에 이끌려 그 끈적한 라인의 더러운 꽁무니에 줄을 서는 꼴을 우리는 미디어를 통해 목도하고 있다. 먹이의 냄새에 의해 동물적으로 좌우되는 미개한 종족의 탐욕스런 왕국이 오늘 날 현재의 우리의 시국이 아닌가. 차라리 사회의 최소 단위인 가족에게 있어 냄새는 가족 구성원들로 하여금 최소한의 근친의 법규를 따르게 하고 본능적으로 선을 지키며 서로의 도리와 최소한의 거리를 유지하게 하는 등 긍정적으로 기능한다. 더군다나 "어머니의 냄새"는 냄새에 대한 그리움만으로도 인간을 충분히 인간적이게 하는 도덕성의 작용을 약효로 지니고 있다. 적어도 냄새의 돌림병이나 유전병에 감염되어 전멸하지 않도록, 냄새의 방역이 최소한 지켜지는 곳이 가족 아니던가. 반면 냄새의 역학이 권력의 지배에 절대적 역할을 미치는 지점은 언제나 정부였고 우매한 대중들은 그 냄새들에 현혹되어 주야장천(晝夜長川) 속아왔다. 바야흐로 냄새의 역학이 이룩한 냄새의 공화국에 우리가 살고 있는 것이다. 이제 우리는 우리 스스로가 냄새가 되지 않으려면, 최소한 냄새를 반성하는 반성적 주체가 되어야 할 것이다. 다시 말해 냄새에 어울려 냄새에 동화되기 보다는 냄새를 분별할 줄 아는 주체가 되어야 하는데, 강희안의 텍스트에는 이러한 탐색과 반성을 통해 균열의 지점을 발견하여 독자가 직접 비판적 주체가 되게 하는 힘이 내재해 있다.

강희안의 텍스트는 부정의 부정을 통해, 결국 우리가 그동안 숭고하다고 믿어왔던 성스러운 대상 즉 이념, 성벽, 언어의 바벨탑 등을 한꺼번에 무너뜨리는데 이를 통해 독자를 반성적 주체로 거듭나게 한다. 언어에 대한 시인의 태도 역시 풍자적이며 비판적이고 신랄한 관점을 취하고 있다. "시적인" 언어, 초월적이고 숭고한 절대적 언어가 별도로 존재하는 것이 아니라, 평이한 일상 언어의 이면을 뒤집어, 사소한 기표들의 차이와 대체유희에 주목한 시인의 상상력과 기지, 위트는 다음의 텍스트에서도 최대한 발휘되고 있다.

> 분리배출을 분리수거라 부르는 건 정부적이다 상처한 일을 상처받았다고 통일한 말과 같다 정부의 입장에서 모든 관계는 불륜으로 치부된다 그들이 치부한 재산도 그녀의 은밀한 사생활과 관련이 깊다 기둥에 사슬을 건 그네도 뒷배의 도움을 받았다는 풍문이 돌았다 힘껏 밀어주다 조금이라도 방심하면 정직한 이마 깨지기 십상이다 분리수거를 분리배출로 바로잡는 것은 민주적이다 그러나 여기에는 인민과 시민을 분리하고픈 반정부적 통증이 수반된다 사적인 루머를 야기한 무리의 머리가 물의를 빚는 사건도 터졌다 정부의 결정은 자신의 복음과 소금을 추출할 때 빛나는 법이다 그들이 사랑에 대해 독재적이라면 시민은 증오에 관해 독자적이다 분리수거와 분리배출을 통용하는 것은 무정부적인 발상이다
>
> —「분리배출과 분리수거의 차이」전문

"정부적인 것"과 정치적인 것은 다르다. "정부적인 것"은 시적 화자의

논리대로라면 다분히 정부적(情夫的)인 것에 다름 아니다. 불과 몇 해 전 우리는 정부(情夫)들의 등살에 속고 그 정부들의 농단에 전국민들이 함께 놀아난 꼴이 되고 말았다. 치정(治定)이 아닌 치정(癡情), 우리가 그간 풍문으로 들었던 "그녀의 은밀한 사생활" 혹은 '그녀들'의 "은밀한 사생활"과 "그들이 치부한 재산"의 거대한 빙산은 가장 치명적인 일각과 불륜 사건에 의해 풍문이 아닌 진상(眞相)으로 결국 모습을 드러내지 않나. "기둥에 사슬을 건 그네"의 기둥은 무엇이고 그 "그네의 뒷배"는 또 어디 바다에 매어놓은 비상 탈출용 "뒷배"일지 알 수 없다. 매섭게 진실을 밝혀내고 썩은 뿌리를 낱낱이 캐내어 처벌하지 않는다면 오히려 "정직한 이마"들만이 더더욱 산산히 "깨지기 십상"인 형국인 것이다. 결국 "분리수거와 분리배출을 통용"하든 오용하든 중요한 것은 "수거"와 "배출" 이전에 "분리"와 '분별'을 잘 해내는 것이 아닐까. 그것이야말로 이 텍스트의 제목에 해당하는 "분리배출과 분리수거의" 가장 큰 "차이"가 아닐까. 언제까지나 "증오에 관해 독자적"이기만 한 국민은 이 정부(情婦)의 독재를 정부(政府)의 민주주의로 바꾸지 못할 것이다. 언어유희가 유희로 끝나지 않는 지점, 일상과 사회와 정치에까지 균열을 내는 그 틈과 사이의 지점에 강희안의 텍스트가 자리한다. 강희안의 텍스트는 시적 언어 혹은 대상들뿐만 아니라 삶의 구석구석에 뭉뚱그려지거나 가려져 있던 작은 진실의 틈, 미묘한 차이'들'에 주목한다. 그것은 단순한 기표의 언어유희에 그치는 것이 아니라 텍스트를 통한 실천과 비판, 나아가 윤리적 사유를 가능하게 하는 하나의 가능성의 지점을 보여준다.

3. 지독한 은유들

앞서 말했듯 강희안의 시적 주체들은 사소한 기표들의 차이와 효과를 간과하지 않는다. 기표들의 간극에 함의된 의미들을 찾아내는 관찰력의 힘이 유독 세다. 이 또한 그의 시가 가진 장점, 시의 탄탄한 근력 중 하나일 것이다. 아래의 시에서 "농약 사이다"와 '사이다 농약', 또는 '농약 사이(間)' 사이에는 어떤 간극이 있을까. 그러나 결국 어떠한 단어에 힘을 싣더라도 결론은 살인 사건이라는 "지독한 은유"로 귀결될 뿐이다. 최근에 특히 '사이다'는 각광받는 신조어로 등극했다. 퍽퍽한 '고구마'로 상징되는 즉 지지부진 하고 막혀 있는 상황을 시원하게 뚫어주거나, 거침없이 진행되는 드라마나 정치 또는 그에 해당하는 연예인이나 정치인을 네티즌들은 '사이다'라고 부른다. 그런데 '농약 사이다', 혹은 '사이다 농약'이라는 표현은 오히려 가장 극단적인 대립 자질을 가진 두 단어를 합성하여 "낯선 발상"의 효과와 부작용을 한꺼번에 보여주는데, 텍스트 내에서는 한 마을의 살인사건 자체가 발상의 결과와 원인을 동시에 내포하는 하나의 극단적 사례로 제시된다.

요즘 매스컴을 떠들썩하게 제조한 '농약 사이다'는 지독한 은유다
그는 '사이다'와 '농약' 중 어떤 말로 선을 잡을지 늘 망설인다 머리에
농약을 친다는 것은 사이다의 김을 빼는 일이기 때문이다 가까스로
선한 사이다를 내밀 경우 명사의 포즈를 취했던가 소액을 건 화투를
치다가 언쟁을 벌인 일로 박씨 할머니(83세)가 사건의 주어로 낙인찍
혔다 조만간 그가 어떤 패를 내밀지, 앞으로 무슨 패가 따라붙을지 지
켜볼 일이다 이 비정한 명사의 서술어가 '사이다'이므로 또 다른 두 할

머니는 이미 고독성 삶을 주검으로 요약했다 사소한 화투에서 끄집어
낸 잔혹한 어투는 얼마나 낯선 발상인가 깊은 혼수에서 깨어난 피해
자 신모 할머니(65세)는 용의자인 "박씨 할머니와 사이좋았다"고 진
술했다 우리말의 성격상 피해자는 가해자의 심리와 동떨어진 농약 사
이였다 그의 은유가 아름다운 건 '농약 사이다'를 '사이다 농약'으로 뒤
집었기 때문이다

　　　　　　　　　　　　　—「농약 사이다는 지독한 은유다」 전문

'농약 사이다 사건'은 2015년 7월 상주에서 실제로 일어났던 살인 사건
으로 "박씨 할머니"가 사이다에 농약을 타 동네 주민 6명의 사상자를 낸 비
교적 유명했던 일화로 최근 대법원은 "사건의 주어로 낙인찍"힌 "박씨 할
머니(83)"에게 무기징역을 선고했다고 한다. "사이다"는 명사이기보다는
"서술어"였던 것인데 결국 주체들 간의 "사이"는 정작 중요하지 않아 보인
다. "농약 사이다를 사이다 농약으로 뒤집"었다 한들 그 은유는 지독한 포
즈 하나로 귀결되기 때문이다. 노인이 대부분인 농촌 마을에서 푼돈 내기
화투는 어쩌면 목숨을 내걸 만큼 중요한 일과였을 것이다. 그들의 무료한
일상을 채워주던 화투는 단순한 놀이를 벗어나 결투와 알력 다툼이 되었을
것이다. 그들이 쌓아온 오랜 우정과 증오 "사이"에는 "농약"과 "죽음" 외에
는 남지 않았다. 심각한 상황을 표면적으로 묘사하면서 "지독한 은유"를 아
름답다고 반어적이고 냉소적으로 말하는 시적 주체의 이 같은 발화 태도는
독자로 하여금 시쳇말로 '웃픈'(웃기면서 슬픈) 현실을 관조하게 한다. 게다
가 심각한 사건의 주요한 물증에 해당하는 "주검으로 요약"되는 "고독성
삶"은 누구나의 미래를 내포하는 꽤나 보편적이고 흔하디흔한 노인이 되면
누구라도 피할 수 없는 당연 "패" 중 하나에 해당하기 때문이다.

4. 다채로운 오해와 편견 '들'

　　비타민C가 시다는 오해는 C에서 비롯되었다 비타민C는 레몬보다
유자에 3배 가량 많다 시다는 맛과 쉬다는 말은 동의어로 간주된다 시
가 시인 것은 비타민 A보다 상큼하기 때문이다 시의 씨는 다른 씨와
는 달리 C의 형상이 풍부하다 흔히 시다는 주방장의 허드렛일을 도맡
는다 비타민 씨가 붉은 과일에 많다는 것도 소문에 불과하다 브로콜
리란 야채에 2배 정도 많기 때문이다 이것은 시고 저것이 달다면 비타
민 C는 소설이자 칼럼이다 비타민이 시라는 편견은 C에서 말미암았
다는 견해도 있다 비타민B도 시린 만큼 젖산이 된 기억도 있다 그간의
풍문에 따르면 비타민 씨의 눈은 편견으로 가득하기 때문이다

　　　　　　　　　　　　　　　—「비타민C에 관한 오해와 편견」 전문

　　"비타민C가 시다는 오해"와 '편견'의 발단을 시적 주체는 "C"라는 음성
기표 때문이라고 본다. "C"의 발음은 씨(씨앗), 시(詩), 시다(미각), 시다(보
조원) 등 다양한 이미지로 발음의 유사성에 의해 기의가 확장된다. 메타
적으로 봤을 때, 시적 주체는 "비타민 씨"를 언어 자체만을 가지고 곧 시
화(詩化)하는데, 이는 강희안 근작시들이 지니는 공통적인 특징이라 할
수 있다. 기존의 언어 체계가 지니는 기표와 기의의 결속 관계는 강희안
의 시적 체계 안에서 끊임없이 회의되고 부정되며, 붕괴된다. "비타민B도
시"가 될 수 있고 "비타민A"도 시가 될 수 있지만 우리가 "비타민C가 시
다"라고 인식하는 것은 어쩌면 오해와 편견, 풍문이 아니라, "비타민 씨"
와 기표 "C"가 발아(發芽)와 발화(發話)의 과정을 거쳐 시적 주체에 의해
반성적으로 다시 사유되고 있기 때문이다. 그러나 여기서 중요한 것은
"시가 시인 것은 비타민 A보다 상큼하기 때문"이어야 하는데, "상큼"함이

없다면, 결국 독자를 긴장하게 하는 언어의 근력과 쫄깃함이 없다면, 시는 변질된 상태를 의미하는 "쉬다"와 "주방장의 허드렛일을 도맡는" "시다" 외에 설 곳이 없을 것이다. 결국 위의 텍스트는 기성의 탄성 없는 '쉬어버린' 시를 반성하게 하는 메타시로 볼 수 있을 것이다.

5. 달아나는 꽃이 아름답다

얼마 전에 자살한 그녀는 꽃에게 꽂힌 여자라 불릴 만큼 꽃을 좋아했다 어떤 남자도 그녀의 이름을 부르지 않았으므로 꽃에 집착했던 것일까 그녀는 노오란 카카의 창에 제 목을 꺾어내고 오똑 칸나를 꽂아놓기도 했다 사내들의 눈짓 밖으로 밀려난 게 오롯이 성격보다는 외모 탓이라 믿었던 것이다 최근 몇 번 소개 자리에 나갔는데 모두 그들의 슬픈 눈웃음, 턱을 괸 팔의 각도, 트림의 음정, 욕설의 맛 등등 각기 다른 매력에 빠져버렸단다 일반적 관점에서 삼십대 중반 여성의 현실적 태도와는 사뭇 달랐다 그녀의 비현실적 취미가 꽃의 선호라는 악성 징후와 맞물렸던 것이다 그 남자들에게 꽂힌 그녀는 하루에도 몇 번씩 꽃을 선물했다 그래서 꽃을 든 남자의 화장품을 충동적으로 구매했던 것일까 추측성 기사로 매스컴에 떠돌던 대로 그녀의 표적이 된 남자들은 하나같이 꽃이었다 자신만의 정체성을 찾기 위한 트랜스젠더였던 것이다

—「꽃에 꽂힌 여자」 전문

위의 텍스트에서 이를테면 "꽃"은 끊임없이 달아나는 도주하는 꽃이다. 꽃의 "표적이 된" 꽃, 꽃을 뒤쫓는 꽃, 끊임없이 "자신만의 정체성을 찾기 위"해 "트랜스"를 트랜스 하는 꽃, 김춘수의 '꽃'도 김수영의 '꽃'도

아닌, 자신의 색과 향을 무한 변주하는, 달아나는 '꽃'. 이를테면 '꽃'이라는 기표와 기의의 영원한 술래잡기 같은 유희와 도주의 꽃이 아닐까. "꽃에 꽂힌 여자"는 꽃에 꽂혔기 때문에, 술래에게 사로잡혔기 때문에 "자살"이라는 파국에 이른 것은 아닐까. 고백하건데, 시인이 풀어놓은 꽃은 너무 분방하여, 그 꽃의 꼬리를 잡기가 여간 힘든 것이 아니다. 머리에 꽃을 꽂은 그녀가 아니라, 그녀가 꽃의 머리에 꽂혀버린 이 발상의 전환과 낯선 착상은, 그의 시력의 힘이 단단한 언어의 사원을 짓고 붕괴하기를 반복하는 데에서 연유한 것임을 우리는 추측할 수 있다. 강희안의 시 세계를 구축하고 있는 이러한 쫄깃하고 단단하고 팽팽한 시의 근력은 그의 시를 '안티 에이징' 하게 하는 비결이리라.

강희안의 시를 읽으며 시라는 강력한 파르마콘을 떠올린다. 생의 환부를 치유하고 단련시키는 생생한 시의 꽃, 삶의 어두운 이면을 뒤집고 까발리고 고발하는 그 시의 꽃은 논리와 상식을 뒤집는 힘으로 가득하다. 그의 시를 골몰하여 자세히 읽으면 읽을수록 의미는 더더욱 손에 잘 잡히지 않고 멀리 날아가 버린다. 하지만 달아나는 '꽃'이 진정 아름답다. 달아나는 꽃들이 지평선 멀리까지 달아나 이 봄에 저만치서 만개하기를 바란다. 시(詩)는 시에 꽂힌 생이 존재하기 위해 존재하는 자가당착의 단 하나, 달아나지 않는 초월적 이유 그 자체이므로.

경중과 원근 그 사이의 시인들

— 이정원 · 조현숙 · 이초우의 시

1.

이정원의 시는 경중(輕重)과 원근(遠近)이 잘 교차하여 적절히 조화를 이룬 안정된 시선의 세계 및 그윽한 인식의 깊이를 보여준다. '영혼의 무게 21그램'(「망상어를 키우다」)으로 시의 입질을 기다리는 그녀의 낚싯대는 가볍지만, 그녀가 건져 올리는 시어(詩魚)는 튼실하여 들어올리기가 결코 만만치 않다. 시어를 길어 올리고 낚아채는 그녀의 시선은 정확하고 날카롭고 민첩하다. 이에 더불어 둥글고 깊은 성찰과 느리지만 여유 있는 사유의 세계로까지 독자를 이끄는 힘이 텍스트에 내재해 있다. 다시 말해 그녀의 시는 풍경소리처럼 고요하지만, 어느 순간 뇌리를 뚫고 지나가는 명중의 깨달음이 깃들어 있는 것이다. 시인의 시선은 우리가 무심코 스쳐 지나가는 평범한 일상과 사소한 풍경 한 컷도 놓치지 않고 잘 포착하여 그곳에 자주 오래 머물며, 카메라의 시선으로 또는 내시경과 현미경의 시선으로 투시하곤 한다. 이를테면 나뭇가지에 쌓인 눈이나 박물관의 화석, 연못에 있는 배롱나무 한 그루와 같은 자연과 일상의 가벼운 풍경들을 바라보는 시인의 응시는 소재의 가벼움에 반해, 세밀하고, 깊은 관찰력과 통찰력을 지니고 있음을 그의 작품들을 통해 알 수 있다.

밤새 눈이 내렸다

너무 은밀해
어깨에 쌓이는 눈, 눈치 못 챘다

소나무가지마다 무방비로 눈을 떠메고 있다
팔 다리 찢어지거나
쓰러져 길을 가로막은 소나무 둥치도 있다

한바탕 순백과 겨루기라도 할 듯
추위를 찌르는 비수 시퍼렇게 벼리고 있다가
작고 보드라운 눈 무게에
그만, 허를 찔리고 말았나보다

언 땅에 단단히 박았던 뿌리가 뽑힐 때
숲에는 신음이 우거졌을 것이다
산짐승도 밤새 몸을 뒤척였을 것이다
아직도 솔잎 끝엔
생의 종지부를 찍을 때 쏟았을
언 눈물이 방울져 있다

폭설이 훑고 간 솔숲에 들어서야 비로소 안다
몸을 포개면
가벼움도 저렇게 폭력이 된다는 것을
　　　　　　　　　　　　　　　　　　—「가벼운 것들의 힘」 전문

「가벼운 것들의 힘」에서 시인은 나뭇가지에 내려앉은 깃털보다 작고 가벼운 눈송이에서 "무거움"과 "폭력" 그리고 "비수"를 발견한다. "작고 보드라운 눈 무게"에 그만 "허를 찔"린 나무들은 팔다리가 찢기거나 심지어 뿌리째 뽑혀 쓰러지기도 한다. 그녀는 이처럼 작은 눈송이들도 모여서 몸을 포개면 가벼움도 비수가 되고, 잔인한 폭력과 강인함 힘, 그리고 육중한 무게가 될 수 있음을 역설한다. 티끌처럼 은밀하게 내려앉는 가벼움도 쌓이고 또 쌓이면, 태산이 되기도 하고, 저항할 수 없는 막강하고 무서운 힘으로 돌변하기도 하는 것이다. 하지만 그녀는 눈송이가 폭설이 되고, 추위와 무게를 이기지 못한 나무가 다치고 뿌리 뽑혀 죽어가는 그 폭력의 순간에도 솔잎 끝에 맺힌 눈물 한 방울을 절대로 놓치거나 모른 척하지 않는다. 그녀의 시선은 숲 전체의 "신음"소리로 줌아웃(zoom out)되다가도 어느 순간 "산짐승"들의 미세한 뒤척임이나 나무가 "생의 종지부를 찍을 때 쏟았을/언 눈물" 한 방울로 클로즈업, 줌인(zoom in)되기도 한다. 이처럼 그녀의 시선은 자유자제로 원근과 경중의 세계를 오가며, 시선과 사유의 풍요로움과 따스함 그리고 섬세함을 잡아낸다.

> 개심사(開心寺)에 가면 저절로 열리는 줄 알았네
> 마음의 문(門),
> 산문이 어림없다고 세심동(洗心洞) 표석을 세워 어르고 있네
> 씻을 마음을 찾았으나 고놈의 것
> 벌써 휘적휘적 돌계단 앞서 오르고 있네
> 뒤쫓는 몸만 가쁜 숨으로 빵빵하네
> 씻을 마음이 어디에 있느냐고
> 있으면 내놓아보라고

연못가에 가부좌 튼 바람에게 묻네

씻을 것도 씻길 것도 없으니

열 것도 열릴 것도 없지 않느냐 따져 묻네

아하,

백 년쯤 제 속을 들여다보며 마음 닦아

환골탈태하고도

씻을 것 있다고 연못 속에 몸 담그고 있는 배롱나무

불쑥 심검을 들이대는데

굽으면 굽은 대로 휘면 휜 대로 흘러가게 두라네

멀찍이 고개 끄덕이는 심검당(尋劍堂) 배흘림기둥

마음의 문고리 슬쩍 잡아당기고

고놈의 마음, 열릴 듯 말 듯 하고

—「마음이라는 것」전문

위의 작품「마음이라는 것」에서 시적 화자는 "마음의 문(門)"을 찾아
나서는 내면의 성찰 과정을 보여준다. 시적화자는 세심동(洗心洞) 앞에
서 "씻을 마음을 찾았으나" 몸보다 빠르게 또는 제 멋대로 "휘적휘적 돌
계단을 앞서 오르"는 마음을 뒤따라가기에 바쁘다. "씻을 것이 없으면
열릴 것도 없지 않느냐"고 "연못가에 가부좌 튼 바람에게 따져 묻"는 화
자의 물음에 대한 답을 시적 화자는 이내 "연못에 몸 담그고 있는 배롱나
무"에게서 얻어낸다. "환골탈태하고도" "씻을 것 있다고" 연못에 몸 담
근 채, 마음을 닦고 있는 배롱나무 한 그루를 보고서야 시인은 "굽으면
굽은 대로 휘면 휜 대로 흘러가게 두라"는 절묘한 인식과 깨달음에 이르
며, 비로소 "열릴 듯 말 듯 한" "마음의 문고리"를 찾게 되는 것이다. 첫
행에서 보이듯 "개심사(開心寺)에 가면 저절로 열리는 줄 알았"던 "마음

의 문"은 이처럼 쉽게 열리는 만만한 존재가 아니었음을 알 수 있다. 그것은 부단한 마음 수련과 오랜 성찰 끝에 이르러서만 열 수 있다. 그것도 자력에 의해서도 아닌 "심검당(尋劍堂) 배흘림기둥"에 의해 겨우 열릴 듯 말 듯한 형태로 "마음의 문고리"를 슬쩍 내비칠 정도이니, 쉽게 생각했던 개심(開心)의 과정은 그토록 어렵고 고된 훈련의 과정임을 뒤늦게 깨닫게 되는 것이다.

꼬리가 사라졌다
치렁치렁하던 이다*의 꼬리는 어디로 갔나

꼬리의 행방에 관하여 떠도는
무성한 소문을 알고 있다

더러는 세상 모든 요설을 수집하다
목구멍 속으로 말려들어가기도 하고
더러는 서로를 탐색하다가
능구렁이처럼 가슴속에 똬리를 틀었다고도 하지
엉덩머리로 꼬리치다
눈꼬리에 들러붙어 눈웃음의 주범이 되었다고도 하네
당신이 내뱉으려다 슬쩍 삼켜버린 말
꽉 깨문 어금니사이에서 꼬리를 사리고 있는지도 몰라

분명한 건 꼬리가 짧아질수록
꼬리의 기능이 몸안 어딘가로 차곡차곡 스며들었다는 것
꼬리 감추는 방법을 터득할수록
인간은 점점 완벽한 영장류가 되어 왔다는 것

종(種)의 진화는
꼬리에 꼬리를 물고 따라온
꼬리의 변천사일지도 몰라

감춘 꼬리의 습성이 갑자기 튀어나올 것 같아
슬그머니 꼬리뼈에 손이 간다
꼬리가 눌러 붙었던 흔적, 도돌도돌 만져진다
(꼬리치고 싶다)

그리운 꼬리,
먼 고향처럼 아득한 원시의
유적
　　　　　　　　　　　　　—「꼬리에 꼬리를 물고」전문

　한편「꼬리에 꼬리를 물고」라는 위의 작품에서는 한때 인간과 유인원
의 조상이었던 긴 꼬리를 지녔던 '이다'의 화석을 시적대상으로 관조하여,
오래전 인간이 가지고 있었지만, 이미 지워지고 퇴화된 '꼬리'라는 원시의
습성과 흔적에 대해 묻고 있다. 진화를 거듭해 지금은 사라진 꼬리가 어
쩌면 인간의 몸 안 깊은 곳에 욕망의 심연으로 말려들어 갔거나, "슬쩍 삼
켜버린 말" 속에 감춰져 있거나, 아니면 눈꼬리로 남아 "눈웃음의 주범"
이 되었을지도 모른다는 시인의 상상은 재치 있으면서도 다양한 발상의
기발함을 보여준다. 시인은 "꼬리를 감추는 방법을 터득할수록 인간은 점
점 완벽한 영장류가 되어 왔"지만 인간에게 여전히 꼬리는 "아득한 원시
의 유적"이면서 그리운 "먼 고향"을 불러일으키는 촉매이자 동시에 금기
와 욕망의 연결고리임을 일깨워준다. "이다"라는 기표가 가진 존재사로

서의 특이한 품사 기능과 더불어 긴 꼬리를 지닌 유인원의 명칭으로서의 "이다"라는 화석의 실종된 꼬리에 대한 물음에서 기인한 '꼬리에 꼬리를 문' 시인의 발상 자체는 숙련된 시 쓰기의 과정 역시 '꼬리에 꼬리를 물고' 따라오는 혹은 지난하지만 깊이 있는 사유와 순간적 기지와 영감의 찰나, 그 사이에서 얻어지는 것임을 보여 준다. 이정원이 지닌 이러한 사유의 긴 '꼬리'들과 가볍지만 무거운 '영혼의 무게 21그램'을 통해 앞으로도 무한히 건져 올릴 시의 월척들을 기다려 본다.

   2.

   이초우의 작품 세계는 신화적 상상력과 우주적 상상력으로 점철되어 있다. 이번에 발표하는 신작 세 편 뿐 아니라, 그의 첫 시집 『1918년 9월의 헤겔 선생』에서도 이 같은 특징의 작품을 곳곳에서 발견할 수 있다. 시집 자서에서도 언급한 바와 같이 그는 "자주 신전으로 향"하는데, 그곳에서 그는 밭을 일구고, 씨를 뿌리고 김을 맨다. 이는 그에게 단순한 노동이 아니라, "태양을 잡아매는 의식"이고, 고통을 인내하고 꽃피우는 시작(詩作) 활동이기도 하다. 이는 매일 매일 허물기와 짓기를 다시 하는 즉 '시의 집'을 세우는 건축이기도 하다. "못 박힌 채 녹물 베인 폐목, 그 위에 붙어 있는 박테리아가 그의 시혼"(「하루하루」)이라고 시인은 말한다. 누군가 갖다버린 볼품없이 추한 건축폐기물이지만, 폐목은 "남새밭 호박넝쿨 성큼성큼 기어"오르게 하고, "강아지풀, 금잔화 꽃"에게도 넉넉한 집이 되어준다. 이 다시는 쓸모없을 것처럼 버려진 "폐목"은 "새집"을 완성시켜주는 "마지막 화장"이 되며, 이는 한때 포크레인에 으깨지고 다친 "수난 당한 그의 시심"이기도 하다. 아무도 거두지 않던 상처 많고, 지저분한 폐목더미에서 꽃을 피우고, 그 폐목 더미에서 완성되는 집이야말로 그가 말한 시심과 시혼이 깃든 신성한 '살림의 시', '생명의 시'로 지어 올리는 시의 신전(神殿)이 아닐까. 이초우의 「오르페우스의 문」과 「가을 별자리」, 「다섯 가지 무늬의 자화상」은 신화적 인물들을 모티프로 하여 쓰여진 작품들이다. 먼저 「가을 별자리」를 읽어보자.

> 반짝반짝 여기저기 이기대(二妓臺) 늦반딧불이
> 별자리 신들의 축제가 벌어졌어
>
> 영웅 페르세우스가 은빛 날개 달린 천마(天馬)를 타고 질주한다 한 번 반짝 α 성(星),
> 또 반짝 β 성, γ, δ, 깜박깜박 보일 듯 말 듯, 가을 창 같은 페가수스 사각형 별자리, 2등성 밝기로 껌벅거린다
> 또다른 반딧불이 가족, γ 별자리에 깜박 점 꾹 찍고, 죽— 죽— 선 그어
> 괴물 고래 별자리 만들며 춤을 춘다 안드로메다 안드로메다, 어머니 카시오페이아 애타게 부르는 소리 울려 퍼지고
> 수도 없는 별들 깜박깜박 산기슭이 나부낀다
> 페가수스 별자리 남쪽 지평선이다
> 아프로디테 늦반딧불이, 100개의 뱀머리 괴물
> 티폰이 다가온다 품고 있던 1등성 별 하나
> 허공에 알 슬어 큰 점 찍고, 티폰이 한눈 파는 사이 내 매듭까지 물고, 물고기 별자리 그리며 얄랑얄랑 달아난다
> 한바탕 춤을 춘 별들 힘이 달렸나 깜박깜박 희미하게 3등성 밝기로,

신주(神酒) 따르는 여신 어디로 가고, 물병 든 왕자 물 따르는 소리만
들리는가

　여기는 이기대 장자산(山)

　저 위쪽 반딧불이들 W자 모양 줄을 이어 날아가고, 카시오페이아
카시오페이아, 언제까지 그렇게 거꾸로 매달려 껌벅거릴 거야 지금도
나를 안쓰럽게 하는 너의 허영

　오만한 광안대교 불빛을 향해 당당히 횃불 치켜들고 춤을 추는 올
림포스의 별들

—「가을 별자리」 전문

「가을 별자리」는 "늦반딧불이 축제"에서 반딧불이의 다양하고 신비로
운 불빛을 바라보고 이를 별자리와 신들의 축제에 비유하여 쓴 작품이다.
다양한 신화 속 주인공들이 마치 눈 앞에서 말을 타고, 괴물과 결투를 벌
이고, 향연을 벌이는 듯이 시각적으로 묘사된 이 작품은 한 편의 에니메
이션을 떠올리게 하며, 그 자체로 하나의 거대한 성좌를 그려낸다. 다른
작품 「오르페우스의 문」에서 또한 시적 화자는 "한여름 밤의 대중목욕
탕"에서 "오르페우스"와 "지옥의 문"을 떠올린다.

언제나 문과 창에는 질서의 신이 서 있나보다
아내를 데리고 나가되 뒤돌아보지 말라던 저승신
한여름 밤의 대중목욕탕
두리번거려 봤더니 문이란 문은 모두 닫혀 있었다
숨이 막힐 듯 답답해 견딜 수가 없었다
오르페우스가 비명을 지르고 지금 막 뛰쳐나간 문인가
나는 직사각의 창 하나를 열고 시원한 공기를 마시러 서 있었다
아내의 손을 잡고 저승을 뛰쳐나간 오르페우스,

허 헉헉, 헐떡이는 그의 숨소리 거칠게 들린다
어디 오르페우스뿐이랴
문이란 문은 나가는 자의 권리가 우선이다
섬짓한 저승문지기 케르베르스도
나가는 자에겐 모르는 척했다
빛이 무서웠나 오르페우스, 넌 왜 저승 문을 눈앞에 두고
아내를 뒤돌아봤나
한참 서 있어도 찬공기가 들어온다는 전갈은 없었다
이성을 잃은 더운 공기들,
목숨 걸고 빠져나가는 소리 아비규환이다
내 숨통 열어줄 바깥 공기, 나는 기다릴 수밖에 없었다
조급한 시간이 꽤 지난 뒤
찹찹한 공기가 뒤늦게 소록소록, 내 콧속을 간지럽혔다
드나드는 공기도 나가는 열기가 냉기보다 우선이었다
에우리디케 에우리디케*, 슬픈 비파소리 울리며
두고 온 저승의 아내 목 놓아 부르는 소리
자지러지게 들려온다
                                              ―「오르페우스의 문」전문

위의 텍스트에서 "문이란 문은 전부 닫혀" 있다. 답답하고 숨 막히는
찌는 듯한 수증기 속에서, 현실은 지옥과 다름없다. 시적 화자는 밀폐된
공간에서 출구와 창문를 찾아 사유의 거친 숨을 내쉬며, 오르페우스와
에우리디케를 상상한다. 지옥의 문을 바로 눈앞에 두고, 그는 왜 아내를
뒤돌아보았을까 하고 시적 화자는 질문을 내던진다. 그러나 그에 대한
명확한 답은 알 수 없다. 다만 시인은 "언제나 문과 창에는 질서의 신이
서 있나보다"라고 진술하는데, 그 "질서의 신"이나 "저승신" 조차 허락

한 탈출의 기회를 스스로 놓쳐버린 주체는 다름 아닌 오르페우스 자신이고, 이는 어디까지나 "이성을 잃은 더운 공기"처럼 아내를 저버리고 혼자서만 빠져나갈 수밖에 없는 비극을 자초한 그의 어리석은 행위에서 비롯된 것이기에 어느 누구를 원망할 수도 없다. 저승에 두고 온 아내 에우리디케를 그리워하며, 혹은 자신의 죄과를 자책하며 하프를 켜는 오르페우스의 행위는 어쩌면 시인의 운명과 시인들의 시작(詩作) 행위와도 그 비극성이 일면 닮아있다.

육체의 지붕 위에 뱀들이 우글거린다
그녀의 머리는 신화의 숲, 네 마리의 뱀이 제각각 구물구물 꿈틀거리는 동안, 그녀의 얼굴은 누렇게 뜬 철판처럼 굳어 있다 한 송이의 장미꽃과 네 마리의 뱀은 그녀의 영혼이자 무의식의 형상

그녀의 이마가 으스스 간지럽다 이마 위에서 맨몸으로 서로 몸을 꼬아 사랑의 유희를 하는 붉은뱀과 초록뱀 바람둥이 제우스 신과 그의 내연녀 라미아*,
긴 몸을 끌어안고 뒹굴며 사랑의 깊이를 뽐내고 있다 머리 정수리 동산에서 몰래 훔쳐보던 청색 꽃뱀, 제우스의 아내 헤라의 얼굴이다 더 이상 참을 수 없는 질투
날름거리던 혀마저 감추며 지금 막 공격할 태세다 가까이 가까이, 무섭다 섬뜩하다 금방이라도 독이 뿜어져 나올 것만 같다

그녀가 악몽을 꾸고 있는 걸까 햇살 파들거리는 물결 같은 눈은 슬프도록 초롱초롱하다
왼쪽 귀 뒤편 숲 속, 머리카락 가지 사이 허공에서 혀를 날름거리며 요염하게 돌아 나오는 붉은 꽃뱀 라미아,

혜라의 저주는 계속되고, 더 이상 제우스의 사랑 믿을 수가 없다 허
공이 찢어지도록 절규하는 그녀의 영혼, 팜 파탈이다

왼쪽 가슴에 피어 있는 한 송이 붉은 장미,
그녀의 사랑은 불 꺼지지 않는다 여자는 달마다 은밀한 나팔관이
피워낼 한 송이 붉은 꽃이 있기 때문이다
　　　―「다섯 가지 무늬의 자화상 ― 내 슬픈 전설의 22페이지」 전문

이초우의 「다섯 가지 무늬의 자화상」은 천경자 화백의 '내 슬픈 전설의
22페이지'라는 그림을 시로 표현한 작품이다. 이 그림은 천경자 화백의
자화상으로, 그림 속 여인은 머리카락을 길게 늘어뜨리고, 가슴엔 장미
한 송이를 품은 채 정면을 응시하고 있다. 피부색은 죽은 사람의 그것처
럼 파리하고 보랏빛을 띠고 있으며, 유난히 길고 가는 목에 진한 군청색
바탕과 대비되는 하늘색 티셔츠를 입고 있다. 또한 네 마리의 뱀이 마치
화관처럼 이마에 둘려 있는데, 그림 속 여자는 전혀 뱀을 징그러워하거나
끔찍해하는 표정이 아닌, 오히려 무표정해 보이면서도 다소 글썽이는 듯
한 밝은 눈빛으로 태연하게 정면을 응시하고 있다는 점이 특이하다. 시인
은 이 같은 자화상을 다시 응시하며, 익히 알려진 신화의 한 장면을 떠올
린다. 그림 속 네 마리의 뱀은, 그의 시 속에서 제우스, 헤라, 라미아의 현
신으로 그려지는데, 그들은 각각 내연과 관능, 질투와 복수로 얽히고 섥
혀 있다. 그런데 시인은 왜 네 마리의 뱀을 세 명의 신에 빗대어 명명한 것
일까. 특히 시에서 라미아를 두 마리의 뱀으로 각각 다르게 묘사하고 있
는데, 한 마리는 제우스와 "몸을 꼬아 사랑의 유희를 하는 붉은 뱀"의 라
미아로 다른 하나는 "왼쪽 귀 뒤편 숲 속, 머리카락 가지 사이"에서 나오

는 붉은 꽃뱀" 라미아로 표현하고 있다. 그리스 신화에서 라미아란 여신은 제우스를 유혹하는 요마였지만, 이후 헤라의 저주로 자식들도 죽임을 당하고, 평생 아이들을 잡아먹으며 사는 괴물이 되었기에 각각 두 마리의 뱀으로 표현한 것은 아닌지 독자 중 한사람으로서 다만 짐작해 볼 따름이다. 이 작품은 시인이 감상한 그림을 그리스 신화에 빗대어 구체적으로 표현하려고 시도하고 있으나, 지나치게 사실적인 묘사에만 그쳤다는 아쉬움이 남는다. 이를테면 "한 송이의 장미꽃과 네 마리의 뱀은 그녀의 영혼이자 무의식의 형상"이라는 표현에서 볼 수 있듯, 진술 자체가 설명적인데다가, 천경자 화백에 대한 여타의 작품평과 변별되지 않는 시점으로 시상을 전개하고 있다는 점이 바로 그것이다. 마지막 연에서도, 그림 속 여인이 가슴에 품은 장미꽃을 두고 이는 '꺼지지 않는 사랑의 불'이며 나팔관이 피워내는 일종의 '생명의 꽃'이라고 해석하고 있는데, 여인이 지닌 장미를 비단 '잉태의 꽃'으로 해석한 것은 단순하다는 느낌이 든다. 자화상의 주인인 천경자 화백의 사적인 생애나 이력에 비추어, 신들의 사랑, 질투, 내연, 저주, 관능으로만 자아상(自我狀)을 바라보기 보다는 「내 슬픈 전설의 22페이지」라는 작품을 바라보는 시인 자신의 독특한 응시와 시적 주체의 22세 자화상까지 홀로그래피처럼 투영되어 드러났다면 작품이 더 풍부해지지 않았을까 하는 아쉬움이 남는다.

3.

조현숙은 '사이'의 경계와 그 경계를 넘나드는 사유의 확장과 응축에 능한 시인이다. 이를테면 그녀는 '삶과 죽음'(「이그드라실」), '음(陰)과 양(陽)', '인도와 차도'(「인도와 차도 사이」), '황금뿔과 뿔황금'(「심우도」) '사이'에서 세계와 존재의 문제에 천착하여 두 영역의 '사이'에 관한 혹은 '사이'를 포괄하는 밀도 있는 탐구와 통찰의 인식을 보여준다. 먼저 「이그드라실」이라는 작품을 살펴보자.

> 세계의 중심을 꿰뚫는 생명나무, 이그드라실이 이 도시의 중심에도 뿌리를 박고 있다 햇살을 튕기는 녹색의 커튼 사이로 신과 나, 거인과 난쟁이가 함께 기거한다 거대한 혀를 날름거리며 두 마리 뱀도 똬리를 틀고 있다 두리번두리번 쉴 새 없이 무엇을 노리는가 찰랑찰랑 하늘을 뒤덮는 가지 아래 서늘한 기운이 감돈다 무수하게 딸린 객실마다엔 투숙객이 넘실거린다 가만히 들여다보면 두 마리 뱀 사이에서 누군가 동동대고 있다 통로마다 즐비한 방들 중에는 분만실과 신생아실이 물관부다 바로 위층은 산소마스크를 쓰고 할딱이는 중환자실, 밭은 숨 내뱉는 그 한 치 앞도 내다볼 수 없었던가 아차, 벼랑을 딛는 순간 지하 영안실로 굴러 떨어졌다 웅성거리는 장례식장을 뛰쳐나와 무지개 대신 간신히 엘리베이터 뿌리를 붙잡았다 신생의 울부짖음을 통과해야만 갱년은 극복되는가 허겁지겁 분만실을 휘돌아 폐경클리닉에 당도했다 날이면 날마다 앰뷸런스에 실려 온 산모와 추락한 죽음에 대한 경의로 장내는 온통 꽃사태다 연꽃 한 송이 피우기 위해 비 슈누는 눈을 감지만, 푸르디푸르게 잠들 수 없다 생명의 24시 편의점 물푸레나무병원에서는,
>
> ─「이그라드실」 전문

시의 제목이기도 한 이그드라실은 북유럽신화에 나오는 우주를 떠받들고 있는 거대한 세계수(世界樹)인데, 이를 소재로 하여, '삶과 죽음', '자연과 도시', '천상, 지상, 지하', '인간과 신', '거인과 난쟁이' 등이 그 나무 하나에 모두 공존하고 있음을 시인은 보여준다. 이들은 "거대한 혀를 날름거리며" "무엇인가를 노리"면서 "똬리를 틀고 있는" "두 마리의 뱀"이기도 하고, 이 "두 마리의 뱀"은 분만실과 신생아실, 중환자실과 장례식장을 지키고 있다. 사실 이 거대한 "물푸레나무"는 현대 이 도시의 한복판에도 존재하는데, 그것은 다름 아닌 "병원"이라는 공간이다. 시인은 병원을 "생명의 24시 편의점"이라고 표현하고 있는데, 알다시피 편의점에는 없는 것이 없다. 간단한 의약품에서 생필품에 이르기까지 웬만한 물품들은 다 구비되어 있으며, 게다가 편의점에는 밤낮 구분이나, 휴점일(休店日)이 따로 없다. 생성과 소멸, 재생과 부활이 순환하고 반복되는 '잠들 수 없는 비슈누'의 공간이 바로 "물푸레나무병원"인 것이다. 시인은 이 우주라는 거대한 생명나무의 생태가 다름 아닌 여성의 출산과 폐경에 의해 순환하는 것임을, 또한 여신(비슈누)의 배꼽에서 피워내는 연꽃이야 말로 생명의 나무를 지탱하는 신성한 원동력임을 강조하고 있다. 이 우주목을 시인은 모든 피조물이 탄생과 생장, 소멸하는 거대한 자궁으로 보고 있는 것이다.

구순(狗脣)의 혈을 잠재우기 위해 세웠다는 귀신사 뒤뜰
남근석이 도심 한복판에 서 있다 한두 개도 아니고
여러 개가 나란히 서 있다 미니스커트 아가씨가
그 앞에서 발길 멈춘다 신호등 붉은 생리혈에 발목 잡혀
기다린다 사내가 오금이 저린지 좌회전 청신호에 한발
내딛다 멈칫 물러선다 그 곁 아낙 하나가 기우뚱

쓰러진 경계석을 넘어 황급히 길을 간다 황색불이 급히
깜빡거린다 아이가 횡단보도를 피아노 건반 두드리듯
텅텅텅 건너간다 저 리드미컬한 걸음을 삼키려는
구순, 그러니까 개의 입술이라는데
입술을 왜 남근으로 막느냐곤 묻지 마시라
그쯤은 옛 사람들도 알았다니까
기막히지 않나 인도와 차도 사이
너나없이 가던 길 주춤 엉겨드는 자리마다
저 위태위태하게 밤낮없이 건더주는 남근들 좀 보라
                                        —「인도와 차도 사이」 전문

  한편, 시인은 「인도와 차도 사이」라는 시에서 역시 '음(陰)과 양(陽)',
'인도와 차도', 그 사이를 넘나드는 인생과 욕망을 가로지르는 '횡단보도'
에 관해 기술한다. 도심 한복판에 존재하는 횡단보도와, 신호등 그 사이
에는 "미니스커트 아가씨"와 '오금 저린 듯한 사내', '기우뚱한 아낙'과 '리
드미컬한 걸음의 어린아이'가 각각 길을 건너기 위해 서 있다. 그들은 황
급하게 혹은 주춤주춤 길을 건넌다. 시인은 '차도'와 '인도' 사이 그 경계
를 횡단하도록 이어주는 횡단보도의 '표지'를 남근으로 묘사한다. 이 남근
은 도시의 "위태위태한 밤낮"을 지켜주고, 음양을 조화시켜 도시의 생리
가 적적히 균형을 이루도록 기능한다. 특히 신호등의 붉은 신호를 "생리
혈"로, 아이의 발걸음을 경쾌한 피아노 연주에 비유한 시인의 언어는 감
각적이며 섬세하고 예민하다.

  오래 전 할머니는 말했다 황금뿔을 가져야 된다고

우울한 날이 지속되었다 황금뿔은 어디에 있는가 있긴 있는가 물어
도 아는 이가 없었다 나는 황금뿔을 찾아 나섰다 백두대간을 마다하
지 않았다 광활 들녘을 헤매기도 했다 인기척조차 없는 숲에 기진하
여 쓰러져 있을 때 염소를 만났다 저물녘 황금빛 바람이 쓸어내리는
수염, 얼마나 황홀했던가 나는 가진 것 몽땅 털어 공양을 했다 웬일인
가 그가 사라진 자리에 황금뿔이 남아 있는 게 아닌가 내 것이 아니라
는 생각에 그를 찾아 나섰다 어디로 가면 만날 수 있을까 처음보다 더
우울한 날이 지속되었다

오랜 후에야 알게 되었다 내가 찾은 것은 뿔황금이었다는 걸
—「심우도」전문

끝으로 「심우도」라는 작품은, "황금뿔"과 "뿔황금"에 대한 시적 화자
의 인식과 탐구, 그리고 그것을 찾아나서는 과정과 구도에 관한 성찰까지
를 보여준다. 실상 화자가 소유하게 된 "황금뿔"이 실은 "뿔황금"이었음
을 깨닫게 되는 과정 자체가 중요하다. 이는 바로 '심우도'에서 인간이 '뿔'
이라는 본성 탐구 혹은 그에 관한 각성(覺醒)을 통해 오랜 고행과 수행을
겪은 뒤, 결국에는 모든 것이 공(空)이었음을 깨닫게 되는 순간까지의 여
정과 구도(求道)안에 진정한 또 다른 '뿔'이 숨겨져 있음을 암시하는 것이
리라. 시인은 얼핏 보면 말장난과도 같은 언어의 경계 혹은 사유의 경계
이쪽저쪽을 자유롭게 넘나들며, 그 안에서 진지한 삶에 대한 성찰과, 생
명성에 대한 초월과 아우름을 동시에 보여준다. 그러나 이를 전연 비극적
인 세계관에 기대지 않고, 건강한 상상력과 면밀하고 생생한 묘사로 표현
해 내고 있다. 이는 조현숙 시인만의 두드러진 장점이자 내공이 아닌가
싶다.

접사(接寫)의 시학을 위하여

— 오승근·박소영·성태현의 시

1. 시를 구연하다 — 오승근의 시

오승근 시인의 신작시들은 재치 있는 입담과 간결한 묘사로 경쾌하고 유쾌한 그만의 시적 언어의 특색을 보여준다. 이른 바 '해요체'로 전개되는 그의 신작시는 직접 자연과 대화하는 상황을 보여주거나, 아니면 자연이라는 동화책을 화자가 직접 구연(口演)해주는 형식을 취함으로써 독자들에게 시를 읽는 시간이 지루하지 않도록 해주며, 오히려 화자의 목소리를 직접 듣고 있는 듯한 착각을 불러일으켜 독서의 시간을 즐길 수 있도록 해준다. 그의 시는 이른 바 독자로 하여금 '듣는 시'의 형식을 취하고 있는 것이다. 또한 그러기 위해 시인은 자연의 아름다운 소리를 누구보다 먼저 귀 기울여 듣고, 이를 독자에게 친절하게 통역해 주는 역할을 성실히 하고 있는 셈이다.

톡톡 튀는 영혼의 소리를
물방울 언어로 담수하고 있는 호수

종종, 자투리 시간을 던지며 물장구를 쳤지요
호수의 마음 열리고 수심 깊은 대화를 나누었어요
누설할 수 없는 이야기들이 빙점의 눈금에 멈추자
애독자를, 물빛 언어로 감명 있게 대화를 자습하네요
이따금씩 반사되어 튀어 오르는 고독한 언어들
고독한 소리를 따라 물방울 페이지를 넘기면
호수는 겨울 문장 몇 구절을 큰 소리로 읽어주곤 합니다
…(중략)…
그러면 물의 나라, 봄의 언어를 산란하며
새로운 항법으로 철새들 곧 착륙을 시도 하겠군요.
그때 호수는 영혼을 풀어 물빛 언어로 속삭일 거예요
호수의 물방울 대화는 애독자의 눈물이니까요

―「물방울 대화」부분

위의 시「물방울 대화」는 앞서 말한 오승근 시의 구연(口演)적 특징을 잘 보여주는 작품이다. 시적 화자는 늦겨울과 초봄 사이, 얼음이 물방울로 방울져 녹고 있는 호수에서 그들의 대화를 가만히 엿듣고 있다. 물방울이 녹아서 떨어지는 소리를 시인은 "톡톡 튀는 영혼의 소리"로 묘사한다. 이 작품에서 의인화된 '호수'는 물장구 치기와 물방울 튀기기를 통해 그만의 "물빛 언어"로 "겨울 동화를 봄의 언어로 속풀이" 하듯 풀어내고 있다. 호수가 들려주는 이야기에는 이따금 "누설할 수 없는" 비밀도 있고, 때로는 "고독한 언어"로 점철된 "수심 깊은 대화"도 포함되어 있다. 이 모든 늦겨울의 풍경은 자체로 다시 하나의 거대한 동화책이 되어, 호수에게 "겨울 문장 몇 구절"이 되어 읽혀지는 것이다. 호수에 잠시 머물거나 지나가는 사람들 역시 모두 일순간 호수가 들려주는 "겨울 이야기"의 독자 또

는 청자가 된다. 또한 그들은 "겨울 이야기를 복습하"거나, "봄 이야기를 예습하"는 호수의 어린 학생이 되기도 한다. 이처럼 오승근 시인은 일상에서 자주 볼 수 있는 낯익은 자연의 풍경들에 그만의 독특하고 경쾌한 색채를 입혀, 동화책과도 같은 맑고 투명한 시의 언어들을 공감각적으로 풀어놓는다. 자연이 들려주는 "물빛 언어"와 "영혼의 소리"는 그에 의해 통역되어 "애독자들"에게 "새로운 항법" 즉 '새로운 시 읽기'로 전향 되어 다가오는 것이다. 오승근 시에 나타난 이러한 특징은 「석굴암에서」에서도 나타난다.

> 석굴암이 전생의 부모를 위해 창건되었다면
> 불가마는 현세의 안녕을 기반으로 축조되었지요
> 가마의 건축 기법은 전방후원식으로
> 궁륭천장의 원형주실이 좌불하듯 근엄하군요
> 주실 한가운데 맷방석이 연화좌대처럼 깔려 있고
> 붉은 황토 흙이 연화무의 문양을 벽화로 새긴 듯
> 유유자적 현세의 석굴암을 대변하고 있네요
> 부처가 되겠다고 자비스럽게 찾아오는 중생들.
> 기슭의 정기를 모아 3대가 설법을 공부하고 있군요
> ─「석굴암에서」 부분

위의 작품 역시 '해요체'를 사용하여 이야기하듯, 시적 발상을 전개해 나가고 있다. 앞의 작품과 다른 점이 있다면, 찜질방의 불가마를 "현세의 석굴암"에 빗대어 구체적인 장면 묘사와 함께 풍자하고 있다는 점을 들 수 있겠다. 뜨거운 불가마 속 맷방석 위에 삼대(三代)의 가족들 모여 앉아 이런저런 이야기를 나누고 있는 모습에서 시적 화자는 석굴암을 연상한다. 건축기법은 물론 그 안에 앉아 땀을 흘리며 앉아 있는 사람들의 모습까지 얼핏 이 둘은 비슷한 모양새를 갖추고 있는 듯 보인다. 하지만 자세히 들여다보면 상황은 많이 다르다. "전생의 부모를 위해 창건"된 석굴암과는 달리, 찜질방 불가마는 어디까지나 "현세의 안녕을 기반으로 축조"되었을 뿐더러, 이 공간에 중생은 존재하지만 "본존불의 설법" 따위는 필요치 않기 때문이다. 다만 지글지글 익어가는 삼겹살과 푸짐하게 차려진 현대식 밥상이면 온가족이 "본존불 설법" 없이도 부처가 될 수 있을 뿐 아니라, 입장료 단돈 몇 천원에 누구라도 충분히 행복해질 수 있는 것이다. 이처럼 오승근의 시는 시적 화자의 재치 있는 입담과 대상에 대한 새로운 의미 부여 및 구연(口演)에 가까운 친근하고 흥미로운 발성법으로 시가 독자에게 한층 더 다가갈 수 있는 가능성과 개방성을 보여준다.

2. 틈새의 시간 — 박소영의 시

박소영의 신작시들은 '전생과 이생', '삶과 죽음', '어제와 오늘' 등 그 틈새에 주목하여, 그 안에서 삶의 진실과 비극성을 도출해내고 있다. 박소영 시에 드러나는 시간과 공간은 현실에서 다소 멀어져 있거나 격리되어 있다. 그것들은 햇살을 비집고 아주 잠깐씩만 모습을 드러내 보이거나, 때로는 오히려 아무렇지도 않은 듯, 적나라하게 존재를 드러내 보이고 있으므로 오히려 발견하기 어렵기도 하다.

동정 깃을 여미듯
다소곳이 서 있는 꽃담

만리장성보다 더 굳건하다
지적지적 내리는 비
보고 싶은 사람
썼다가
지우고
다시 쓰는 이름
발자국 위에 겹쳐진다
다시 그 위에
계룡산 그림자가 내려와 눕는다

                         ─「풍경─신원사 중악단 꽃담」 부분

한 번도
따뜻하게 손 잡아본 적 없는
세상 저쪽 아버지가 보고 싶다
살아 있는 사람들 속에서도
훈훈한 온기를 느끼지 못하고
나무 틈에 낀
시멘트 덩이로 살아가는 나

산다는 건, 그런 거라고
거미처럼 허공에
집을 짓는 거라며
사람의 살 냄새가 그립다고
중얼거리는 말의 어깨 위에
전생과 이생의 틈을 가르는
시간이 가을을 건너가고 있다

                              ─「틈새」 부분

아마도 "추녀 끝에 실을 잣는 거미줄"이 전자의 모습이라면, "대청 마루/벌어진 틈새" 그 "나무 틈에 낀/시멘트 덩이"는 아마도 후자에 해당할 것이다. 그녀는 공간과 공간, 시간과 시간 그 틈새에서 방황하며, 문득 "세상 저쪽의 아버지"를 떠올린다. 시적 화자는 이쪽과 저쪽, 과거와 현재, 어느 쪽에도 온전히 몸과 마음을 기대지 못하고 있다. 죽은 아버지에게도 "살아 있는 사람들 속에서도" "온기를 느끼지 못하"는 화자는 따라서 스스로가 "나무 틈에 낀/시멘트 덩이"에 불과하다고 한탄하고 있다. "산다는 건, 그런 거"라는 일종의 체념 의식과 "사람의 살 냄새"에 대한 그리움이 이 시의 주된 정조이다. 그러나 위의 작품들에서 알 수 있듯 '틈새'에 관한 시인의 사유가 더 심화, 확장되지 못하고, 한탄과 그리움의 정조에만 머물고 있는 점이 다소 아쉽다. 「틈새」의 4연에서 "산다는 건, 그건 거라고/거미처럼 허공에/집을 짓는 거라며"라는 표현이나 「풍경―신원사 중악단 꽃담」의 "보고 싶은 사람/썼다가/지우고/다시 쓰는 이름" 등의 시적 진술은 다소 상투적이고 진부하다. 시인이 토로하는 삶의 괴리감과 고립감을 좀 더 절제되고 정제된 언어로 표현한다면 보다 깊은 시적 울림을 지니게 될 것이다.

3. 접사의 시학 ― 성태현의 시

성태현의 신작시들은 그의 시의 제목이기도 한 이른 바 "접사의 기술"을 제대로 잘 보여준다. 사진 기술에서 접사(接寫)란 카메라를 렌즈의 지근거리(至近距離) 이내로 접근시켜 피사체를 크게 찍는 기법으로, 이는 물체의 일부분을 클로즈업 해서 촬영함으로써 일상에서 보지 못하는 면을 강조할 수 있는 재미있고 섬세한 촬영기법이라고 한다. 성태현의 시역시 이러한 정교하고 미묘한 접사의 기술을 잘 보여준다. 그의 시작(詩作)법을 살펴보면 마치 접사(接寫)촬영을 하듯, 사물의 작은 부분을 조심스럽게 부각시켜, 매우 섬세하고 치밀한 언어로 정교하게 형상화 하고 있음을 알 수 있다.

> 지그시 반 셔터를 눌러보라
> 접사는, 그대의 오감을 한 단계 고조시키거나
> 단단한 명사로 품위를 바꿔 놓을 수도 있을 것이니
> 지체하지도 마라, 그러면
> 그녀의 볼에서 열뜬 홍조가 사위어갈 것이다
> 조곤조곤 들려주는 세상 이야기, 귀 기울이다가
> 바람 멈추고 파르르 입술 여는 격정의 순간
> 날렵한 손가락으로 살며시 셔터를 눌러야 하리라
> 차르르 흐르는 셔터 소리가
> 고화질의 그녀를 품안에 깃들게 할 것이다
> 접사의 본질은, 눈 안에 가득히 든
> 오직 그 한 송이 어근에 붙어 솜털하나 땀구멍까지
> 긴밀히 접하여 내통하는 소통의 기술이다
> ―「접사의 기술」부분

위의 작품을 통해 우리는 그의 시론을 읽어낼 수도 있다. 그가 말하는 "접사의 본질"이 시의 본질과도 크게 다르지 않기 때문이다. "눈 안에 가득히 든/오직 그 한 송이 어근에 붙어 솜털하나 땀구멍까지/긴밀히 접하여 내통하는 소통의 기술"이야 말로 한 편의 시를 구성하는 정교한 과정이기도 한 것이다. 한편 "날렵한 손가락으로 살며시 셔터를 누"르는 이 조심스러운 시간은 비로소 "파르르 입술"이 열리는 에로틱한 "격정의 순간"이기도 하다. 그러나 접사의 기술은 장자의 호접몽처럼 "허상일 수도 있으니" 매우 정교하고 조심스러운 손길을 필요로 한다. 따라서 대상을 섬세한 "숨결로 더듬"고 "다각의 굴절"로 조절하고 살펴야하는 고도의 기술이 따르지 않으면, "살포시 속눈썹 내려앉은" 아름다운 '그녀'는 일순간 "메두사로 둔갑하"여 "잡아먹을 듯 달려들"지도 모른다. 각고의 노력 끝에 "고화질의 그녀를 품안에" 넣는 그 순간, 사진도 시도 완성되는 것이다.

> 에루화, 삼거리는 사거리로 바뀌어 가고
> 사통팔달 사고가 빈발해도 신호등은 점멸하고 있다
> 삼천리 금수강산에 38선이 그어질 때
> 삼백만 명이 죽어간 사변이 예고되었듯이
> 불길한 징후는 숫자 3에서 감지되었다
> 미터기가 사만 사천사백사십삼 키로미터에서 잠시 멈추었다가
> 4키로미터에 이르는 순간 꽝, 앞차의 엉덩이를 들이받았다
> 객관적인 사고의 원인은 졸음운전이었다
>
> ―「사각의 불면체」부분

위의 작품에서 시적 화자는 지독한 불면증 환자이다. 그는 아마도 잠자리에 누워 잠들기 위해 숫자 1부터 한정 없이 세어나가다가 지쳐서 그만, 숫자에 관한 새로운 명상놀이를 개발한 것으로 보인다. 특히 숫자 3과 4에 관한 집요한 꼬리물기식 연상법은 다소 억지스러운 면도 없지 않으나,

작은 것에서 시작한 단순한 사유가 어떻게 나선형으로 무한정 확장될 수 있는 지를 보여주고 있어 의미를 지닌다. 화자에게 '숫자 3'은 이른바 사물과 사건의 고조된 '정점'이다. 따라서 '숫자 3'이 가지고 있는 이 아슬아슬함은 언제 무너질지 모르는 위험성을 내포한 "불길한 징후"이기도 하다. 일반적으로 동양에서는 '숫자 4'를 죽을 사(死)자와 연관 지어 금기시 해오거나, 불운의 숫자로 여겨 꺼려왔다. 시인은 '숫자 4'가 지닌 이 "4악한 모서리"가 다름 아닌 '숫자 3'에서 비롯된 것이라 보고 있다. "너그러운 3의 등 뒤에 숨은 4의 곡절"이라는 표현에서 알 수 있듯, '숫자 3'이 내포하는 잠복(潛伏)성은 다름 아닌 '숫자 4'가 지닌 불온함과 불운성인 셈이다. 화자는 교통사고와 같은 개인적인 불운은 물론 6 · 25전쟁과 같은 역사적인 사건이 지닌 비극성에까지 '숫자 3'이 지닌 불길한 징조를 연관 짓고 있다. 따라서 화자를 괴롭히는 "이 지독한 불면" 또한 숫자 3과 4를 벗어나, 즉 시간상 "사나흘 지나"야만 극복될 수 있는 것이다. 이처럼 성태현의 시는 앞서 말한 '접사의 기술'처럼 그 묘사와 사유의 확장이 매우 섬세하고 집요함을 알 수 있다. 이 같은 고밀도의 시선은 그의 시가 지닌 가장 큰 장점이다. 그만의 렌즈로 응축과 확산, 줌인과 줌아웃, 원근과 경중을 더욱 자유자재로 구가해 나간다면, 더불어 사유와 인식의 폭을 넓혀 나간다면 앞으로 훨씬 더 좋은 작품들을 만나게 되리라는 확신이 든다.

3부

생을 견인하는
언어의 밧줄

언어의 피그말리온,
언제나 당신이 있기를, 끝없이 들끓기를

송승환 『당신이 있다면 당신이 있기를』(문학동네, 2019)
최휘웅 『지하에 갇힌 앵무새의 혀』(빛남, 2019)

1.

"마침내 당신이 밝혀진다면"으로 끝나는 시가 있다. '당신'은 누구인
가? 한용운의 '님'처럼 어쩌면 당신이 누구인지를 밝히는 일은 이미 벌써
(무)의미 하고, 당신을 규명하거나 이름 부르는 일 또한 (불)필요한 일이겠
다. 당신은 당신이 있기를 가정하는 주체의 마음에 이미 존재한다. 또한
당신을 발화하는 순간에 당신은 가동되고 현현한다. 당신을 부르는 순간,
당신이라는 기표 안에 혹은 기표 밖에 당신을 가두거나 방목하는 이 다중
의 아이러니를 뭐라고 이름 부를 수 있을 것인가. 그러나 한편 "그럼에도
불구하고 지금 적어도 이른바 이제껏 허투루 이토록 한층 한달음에 함
께"(「심우장(尋牛莊)」) 문학이 하는 일이, 시가 하는 일이 무엇인지를 한
번 생각해 보라. 이미 있거나 벌써 없는 '당신'을 끊임없이 노래하고 부르
고 찬미하고 때로는 규탄하고 더러는 부수고 추방하고 없애기도 하는 무
한반복의 일. 그러나 단 한번도 같을 수 없는 반복의 당신이다. 형체도 없

는 그러나 곳곳에 있는 '당신'에게 우리는 무수한 이름을 붙여주고 다정스레 불러주기까지 한다. 당신의 '없는' 얼굴에 형상을 주고 숨을 불어 넣어주는 그러한 다소 태초의 신(神)을 닮은, 시인들의 이토록 이상하고 아름다운 일 또는 이토록 희한한 언어의 유희, 존재의 유희와 입김, 언명이야말로 바로 문학의 일이 아니었던가.

지금 여기 이곳에, 언어의 한 그림이, 발신자 없는 서한이, 책의 일부이면서 전부인 시 한 편이 도착하여 부채의 그것인양 날개 모양으로 펼쳐져 있다. 독자들은 이제 그 부채를 펼쳐들고 바람을 일으켜 기표와 기의 사이에 어떠한 한 의미의 맥락을 포착하려 한다. 어쩌면 반대로 모든 의미들을 소거시키거나 무화시킬 수도 있겠다. '있다'와 '없다' 사이, '흑'과 '백' 사이, '삶'과 '죽음' 사이, 오로지 그 사이(들)에 존재하는 접혀 '있는' 무수한 '주름들'을 간직한 시(詩)의 부채, 어쩌면 언어의 부채(扇)는 존재의 부채(負債)이기도 할, 다수의 부채들의 향연(饗宴). 송승환 시인의 신작 시집 『당신이 있다면 당신이 있기를』은 태초의 신이 그리하였듯이, 텍스트가 당신에게 역(逆)으로 발화한다. '태초에 텍스트가 있었다'라고. 텍스트의 향연에 당신은 초대된다. 그러나 초대자인 시인은 정작 손님이 도착하면 재빨리 숨는 존재, 사라지는 존재이다. 언어는 언어 스스로가 이제 향연을 주도한다. 언어는 스스로 말의 집을 짓거나 허물고 세상을 조형해 내거나 파괴하며 빛과 어둠을 조율한다. 시적 주체가 '당신'을 호명하는 순간, 가정법을 떠나 '당신'은 이제 세상에 존재하는 의미 있는 존재가 된다. "당신이 있다면 당신이 있기를", 이 "있다면"이라는 가정 안에 당신은 이미 존재한다. 그리하여 독자들은 "있다면"의 이정표를 따라 텍스트 안으로 들어가기만 하면 된다.

당신이 있다면 당신이 있기를 그친다면 당신이 드러난다면 마침내
당신이 밝혀진다면 이름은 부서져서 이름들이 된다 그럼에도 불구하
고 지금 적어도 이른바 이제껏 허투루 이토록 한층 한달음에 함께 여
름에 거울에 남으로 북으로 좀처럼 자주 바닥으로 창공으로 바람으로
눈으로 영원히 절대로 가령 깊숙이 왼쪽으로 오른쪽으로 이를테면 솟
구치듯 불쑥 마치 오히려 한결같이 완전히 헛되이 가까이 아니면 이
윽고 그것뿐인 양 마치 아무것도 어떤 것도 더하지도 덜하지도 송두
리째 봐란듯이 숫제 똑같이 아니 여기에 거기에 이미 살며시 밤마다
온전히 언제나 그러나 전혀 어쩌면 예외로 대부분 아마도 그처럼 그
토록 텅 텅 그토록 그처럼 아마도 대부분 텅 텅 당신이 걸어나간다면
끝까지 예외로 어쩌면 전혀 그러나 언제나 온전히 밤마다 살며시 이
미 거기에 여기에 아니 똑같이 덜하지도 더하지도 어떤 것도 아무것
도 마치 그것뿐인 양 이윽고 아니면 가까이 완전히 한결같이 오히려
마치 불쑥 솟구치듯 마침내 당신이 밝혀진다면

「심우장(尋牛莊)」 전문

위의 시 텍스트는 어떠한가. 꼬리를 입에 문 우로보로스의 그것처럼 혹
은 뫼비우스의 띠 혹은 데칼코마니의 두 날개처럼, 문장들과 문장들, 시
어와 시어들은 마주 배열되어 있다. 접힌 거울 그 안에서 당신을 찾는 숨
은그림찾기. 시인은 '당신'을 행간 속에 혹은 존재사와 접속사 사이에 숨
겨두었다. 양면의 거울을 사이에 두고 겹쳐지는 혹은 마주 비추어진 문장
들 사이에 '당신'이 숨어있다. 다음의 두 구문들을 보라.

a : 솟구치듯 불쑥 마치 오히려 한결같이 완전히 헛되이 가까이
아니면 이윽고 그것뿐인 양 마치 아무것도 어떤 것도 더하지도 덜
하지도

b : 덜하지도 더하지도 어떤 것도 아무것도 마치 그것뿐인 양 이
윽고 아니면 가까이 완전히 한결같이 오히려 마치 불쑥 솟구치듯

시인은 단어의 순서를 거꾸로 배열해 놓았다. 그 다음의 문장들도 마찬
가지이다. 아무래도 독자가 주목할 부분은 텍스트 사이 사이에 놓여있는
가정형 구문인 듯하다. 이 시집의 1장 제목에 해당하는 "만약"을 앞세운
뒤에 이어지는 구문들이 전부 그러하다. 이를테면 "당신이 걸어나간다
면", "당신이 있다면", "당신이 드러난다면", "당신이 밝혀진다면" 등등의.
그러나 어쩌면 가정의 구문에서 가정을 나타내는 종속절보다 문장의 후
반에 서술될 주절이 훨씬 더 주목을 요한다고 할 수 있다. 즉, 사실 여부가
규명된 바 없는 "당신이 있다면"의 가정 자체 보다는 "당신이 있기를"의
진술에 오히려 주체의 명확한 의지와 바람이 내포되어 있기 때문이다. 단
어는 역순으로 재차 반복된다. 구문은 순서만 바꾸어서 반복된다. 가정을
가정하는 순환 구조 속에서 "이름은 부서져서 이름들이 된다". 그러나 이
문장만큼은 단호하고 명확한 진술의 형식을 지닌다. 단수의 '이름'이 부서
져서 복수의 '이름들'이 된다는 것은 '이름' 자체가 파편화된다는 것일까.
아니면 그 만큼의 독립된 주체의 개체수가 늘어난다는 것일까. 아마도 후
자의 경우에 해당하지 않을까. 당신의 이름이 밝혀진다면, 아니 당신이
드러나 우리가 당신에게 오히려 이름을 지어준다면, 당신의 이름은 부서
지고 부서져서 다른 여러 이름들로 되살아날 수도 있는 일. 이는 문학의
일이다. 한용운의 '님', '심(心)', '당신'처럼 말이다. 변화무쌍하고 어디에
도 없지만 어디에도 편재하는 존재. 존재와 존재자, 존재성, 존재사에 관
한 시. 시편들. 평이한듯 보이지만, 송승환의 시편들의 독해는 결코 만만

치 않다. 시의 짜임새를 구축하고 허물고 구축하고 다시 허무는 시인의 솜씨는 능숙하고 현란하고 치밀하고 노련하다. 이제 낯선 기의를 끼워 맞추는 일 혹은 여백에서 의미를 지우거나 찾아내는 일은 오롯이 독자의 몫이 된다. 시인은 다행히도 무지한 독자를 긍휼히 여겨 제목에서 절반 이상의 힌트를 제시하고 있다. 잘 알다시피 불교에서 심우(尋牛)란 잃어버린 소를 찾아 가는 과정 즉 불자가 깨달음을 얻어가는 과정에 대한 은유에 해당한다. 심우도(尋牛圖)라는 그림을 보면 그 과정이 상징적으로 드러나 있다. 잃어버린 소는 또한 만해가 『님의 침묵』의 군말에서 독자에게 서문으로 밝힌 바 있듯 그리운 것은 전부 '님'이 되는 상실된(혹은 상실 이전의) 대상으로서의 '님'과 '소'를 뜻하며, 나아가 길을 잃고 헤매는(혹은 아직 잃어버리지 않은) 세상의 모든 어린 '양'을 전부 의미한다고도 할 수 있을 것이다.

그러나 한편 이제 앞의 텍스트와는 다소 다른, 텍스트들을 보자. 아래의 시에서 '아이'가 던지는 하나의 물음 앞에 우리는 직면한다. 자, 이제 어떤 대답을 해줄 수 있을 것인가. "검은 돌"과 "흰 돌"은, 빛과 어둠은 어떻게 구별되는가. 어떻게 구별할 수 있는가? 구별 가능한가?에 대한 질문까지. 단순하면서도 어려운 질문들이 시집 안에 빼곡하다. 게다가 아이러니하게도 시인이 아무리 통상적인 기의를 지워도, 기의를 완벽하게 표백하거나 지울 수 없는 기표가 이번 시집에는 둘이나 존재한다. '어머니'와 '사월'이라는 기표가 바로 그것이다.

아이가 묻는다 열쇠는 무엇인가요 침몰한 배의 철문 앞에서

…(중략)…

사월은

아직 존재하지 않는 것

이미 존재하는 것

지금 지나가고 있는 것

끊임없이

아무도 아닌 것

아무것도 아닌 것

　　　　　　　　　　　　　　　　—「검은 돌 흰 돌」 부분

나는 읽는다

어머니가 있다

나는 어머니 얼굴을 모른다

어머니가 없다

나는 읽을 것인가

　　　　　　　　　　　　　　　　　—「병풍」 부분

　독자들이여, '병풍' 뒤의 어머니를 두고 우리가 서술어 하나를 골라야
한다면, "어머니가" "있다"와 "없다" 중 어느 것이 맞겠는가? 어느 것을 고
르겠는가? 선택은 오롯이 당신의 몫이다. 사월의 의미 역시도 마찬가지이

다. 사월은 "아직 존재하지 않는 것"이거나, "이미 존재하는 것"이거나, "지금 지나가고 있는 것" 중에 당신이 어울리는 기의를, 정의를 고르라. 선택은 역시나 당신의 몫. 송승환의 텍스트는 정답을 내지 않는다. 다만 끊임없이, 질문을 제기하고 지우고 다시 제기하는, 파도와도 같은, 그러한 난바다의 무한한 텍스트라 한다면 진부한 찬사일까. 어쨌든 이번 시집에서 보여준 파도와 파랑의 일렁임, 포말들, 무늬들은 독자들과 시단에 새로운 파격과 충격과 파장을 주기에 충분하다고 생각된다.

2.

낙엽처럼 뒹구는 혀

거대한 빌딩의 지하에서
외침은 균열을 일으킨다

층수가 높아질수록
지하도 깊어졌다

그들이 움켜쥔 자본은
또 다른 그들의 비명을

그들이 만든 수많은 지하로
밀어 넣는다

어느새 우리들은 앵무새였다

혀만 둥둥 떠다니는 지하에서

태양은 다시 뜨고
달은 다시 졌다
지구는 여전히 몸살이다

　　　　　　　　　— 「지하에 갇힌 앵무새의 혀」 부분

　위의 텍스트는 이 시집의 제목에 해당하는 표제작에 해당한다. 시인의
표제작은 한 시집 전체 맥락이나 시인의 사유의 한 집중 또는 다른 텍스
트들과 다소 구별되는 해당 텍스트에 대한 애정을 보여준다. 시적 주체에
게 세상은 이미 "난공불락"의 "요지부동의 벽"들로 사방이 막혀 있다. "질
긴 어둠"이 자욱하게 온 세상을 뒤덮고 있으며, 시적 주체는 그 "요지부
동"의 세상을 향해 몇 마디의 시어를 내뱉고 발화한다. 그러나 이내 "다시
주저 앉"기를 반복할 따름이다. 아무리 시인들이 시를 말하고 아름답게
노래해도 세상은 하물며 뜻대로 잘 변하지 않는다. 오히려 "질긴 어둠이"
시인들의 "목을 졸라"대는 형국이 펼쳐진다. 게다가 시인들 또한 다 같은
시인이 아니다. 그들 중에는 무의미한 말만 "딱따구리처럼 반복하"거나,
"앵무새"의 그것처럼 "혀만 둥둥 떠다니는 지하"에 갇힌 말의 허구와 껍
질들 양산하는 경우도 비일비재하다. "지하에 갇힌 앵무새의 혀", 그 혀의
의미 없는 발화들을 시인은 비판하고 있다. "자본"은 시인의 '혀'마저도
"딱따구리"의 혀, "앵무새"의 혀로 전락시킨다. 자본이 쌓아올린 거대한
빌딩은 오히려 밑으로 더 깊은 지하의 세계를 확장한다. "층수가 높아질
수록" "지하도 깊어"지고 "수많은 지하"에 밀려들어간 수많은 '혀'들은 공
허한 발성 또는 괴성만을 "비명"처럼 되풀이할 뿐이다. 시적 주체는 "어

느새 우리들은 앵무새였다"라고 반성어린 고백을 한다. 어제와 오늘 여전히 "태양은 다시 뜨고" "달은 다시" 지지만, "지구는 여전히 몸살"을 앓고 있다고 자조한다. 자 그렇다면 이제 시인들이여 내일은 어찌할 것인가? 시인은 은연중에 시인에게 재차 묻는다. 내일은 지상으로 올라갈 수 있을까? 날아갈 수 있을까? 깊은 지하도 어둠 속도 아닌 "푸른 하늘"의 드높은 곳에서 "자유를 위하여" "비상"할 "노고지리"(「푸른 하늘을」, 김수영)의 날갯짓이 되어야 하지 않나, 하고 말이다. 어쩌면 시인의 말하기/시 쓰기는 한겨울 추위 속에, 바다로 들어가, 파도와 바람을 가르며 나아가는 냉엄(冷嚴)한 하나의 도전일지 모른다. 다음의 작품을 보자.

해운대 백사장에서 눈 오는 소리를 들었다. 포말처럼 일어나는 눈사태를 상상하며 바다 위에서 썰매를 타는 근육질의 한 사내를 보았다. 창백한 영혼의 소리가 그를 유인하는 것 같았다. 눈의 파편들이 무수히 그의 어깨 위로 쏟아졌다. 귓속으로 파고드는 파도 소리에도 눈의 심장이 살아있는 듯했다. 이 때 눈은 보이는 것이 아니다. 심장 깊은 곳에서 요동치는 피의 울부짖음 같은 것. 바로 순백의 영혼이 살아서 우리 몸속을 돌고 있는 것. 수평선이 바다의 끝이 아니듯 끝없는 활력이 넘치는 바다 위에 그는 몸을 얹는다. 아니 혼을 얹는다. 겨울 바다의 투명한 유리 속으로 심신이 빨려들어 가는 듯했다. 분말처럼 흩어지는 물결을 타고 그는 눈의 심장으로 들어갔다. 부풀대로 부푼 호흡을 내몰며 그는 지구 끝까지 달려갈 기세다.

—「겨울 서핑」 전문

위의 텍스트는 이번 시집의 서시(序詩)에 해당하는 작품이다. 앞선 텍스트에서 살펴보았듯이, 지하에 갇힌 채 남의 말을 반복하거나 자본의 논리에 종속되어 비굴한 언어만을 되풀이하는 딱따구리나 앵무새의 혀는 지양해야 한다고 시인은 경계한다. 시인에게는 언제나 "심장 깊은 곳에서 요동치는 피의 울부짖은 같은 것"을 쏟아내는 새로운 냉정과 열정이 필요하다. "해운대 백사장에서" "눈 오는 소리"를 듣고 "포말처럼 일어나는 눈 사태를 상상하며 바다 위에서" 언어의 '썰매'를 타는 "근육질의" "살아있는" 능동태의 시인이 필요하다고 시인은 역설적으로 발화한다. 해운대에 눈사태가 일어날 일은 만무하지만, 시인의 혀는 시인의 눈은 그것들을 충분히 재현해 낼 수 있어야 한다. 차디찬 바다 위에 "몸을 얹"거나 "혼을 얹는" 의식 또는 "겨울 서핑"과도 같은 과격하고도 파격에 가까운 언어의 '운동'이야말로 작금의 시인들에게 꼭 필요한 도전이 아닐까. 위의 시에서처럼 언어의 피톨을 시인의 심장으로부터 들끓게 하고 "순백의 영혼이 살아서" 독자에게까지 파급되어 전해올 시를 기다린다. 폭염의 한여름에도 살얼음이 얼어있는 언어의 시, 근육이 탄탄하고 탱글탱글 살아있는 시, 시의 활어(活魚)들을 기다린다. 어쩌면 단 한 편의 단 한 줄의 서늘한 시를 찾아가는 여정은 순례자의 그것과 다르지 않으리라. 끊임없이 '당신'을 갈구하고 '당신'을 증거하고 '당신'을 찾아가는 순례자의 꿈, 순례자의 길이야말로 '소'를 찾아가는 구도자의 길, 시인의 길과 어찌 다르겠는가. 시인의 길이란, 외롭고 지난한 가시밭길, 그러나 말의 열매들이 오아시스처럼 당신을 유혹한다. 그렇게 사막 한가운데에 길을 내며, 작렬(炸裂)하는 태양을 향해 걸어가는 일. 문학의 일, 시의 일, 시인의 일. 빛인 동시에 "어둠의 입구"인, 비상(飛上)인 동시에 추락(墜落)인 도정(道程) 위에 언제나 그는, 시인은 서 있다. 끝으로 최휘웅의 이번 시집에 실린 「순례자의 꿈」이란 시 한 편을 소개하며, 글을 마를까 한다. 그러나 곧 "어둠의 입구"에서 우리는 다시 만나리라.

어둠의 입구에 촛불이 켜졌다. 투명 유리 같은 의식의 밑바닥이 보이기 시작했다. 터널의 동선을 따라 움직이는 불빛처럼 명멸하는 당신의 계시. 극락과 지옥은 서로 등진 이웃이다, 나는 명사산 월하천을 건너 예까지 와서 끝없는 나락 같은 잠속에 빠진다. 어둠 속에서 까마귀의 날개를 본 것 같다. 비상하는 꿈을 꾼다. 당신의 무릎 어디쯤에서 잠든 나는 이곳이 무량수전 극락일 것이라고 믿는다. 그러나 언제 또 아귀의 입속으로 떨어질까 가슴을 졸인다. 사막 위에 뜬 달이 우리들의 희망이듯이 절망과 희망은 동전의 양면 같은 것. 그토록 찾아 헤맸던 당신. 막다른 벼랑 끝에 와서야 비로소 옷자락을 잡을 수 있었다. 아, 보인다. 내가 건너온 모래사막이 해일을 만나 거품처럼 사라지는 것이. 까마귀 날개 아래 펼쳐진 지상의 모든 것이 한때의 꿈이었다는 걸 깨닫기 시작한다. 시간의 레일 끝이 젖과 꿀이 흐르는 무릉도원일 것이라고 선행자의 뒤를 따라왔던 나는 희끗희끗 머리를 날리며 당신 앞에 섰다. 그런데 선지자들은 다 어디로 갔지? 지팡이가 꽂혀 있는 갈라진 바다만 영상으로 남아 있다.

—「순례자의 꿈」전문

누군가가 누군가에게 말하는 복화술에 관하여

— 유계영 『이런 얘기는 좀 어지러운가』(문학동네, 2019)

1. 계륵(鷄肋)과 사족(蛇足)은 뼈가 있어서 맛있다

'이런 얘기는 너무 절박한가'로 시작되는 한 얘기가 있다고 하자. 피투성이의 화자가 연단에 서서 오래 말한다고 치자. 사람들은 안쓰러운 표정을 지으면서도 온전하게 귀 기울여 들으려 하지 않을 것이다. 점차 그들은 자리를 뜰 것이다. 개개인의 귀는, 개개인의 고막은 자신들의 얘기로 충분히 살이 쪄서 두터워졌기 때문이다. 나와 내 가족의 사정과 절박함만으로 할 이야기는 넘쳐난다. 타인의 고통, 당장이라도 자살할 것 같은 분분한 얘기와 상주의 통곡 소리를 오래 들어주는 일은 솔직하게 말하자면 불편한 일이다. 사람은 누구나 자기 몫의 삶을 견디거나 즐기거나 '견디는 것'을 즐기거나 한다. 고통의 무게는 상대적이지만 각자에게는 필요 이상으로 절대적이다. 비슷비슷하고 지긋지긋한 얘기를 상담사나 정신과 전문의가 아닌 시에서까지 늘어놓는 것은 지난하고 비경제적인 일이다. 징징거리거나 칭얼거리는 문체는 시에서 특히 금물이다. 자연의 서정을 구태의연하게 묘사하거나 감탄조와 타령조로 일관하는 민요 감성의 시

또한 더 이상 먹힐 리 없다. 소월도 만해도 동주도 육사도 우리에게 이미 충분하다. 이상에 대한 모방도 자칫 이상해지기 쉽다. 해체시나 잔혹시도 유행이 지난 지 오래다. 자, 비교적 최근의 미래파 이후에 이제 뭐가 있나. 이 시대에도 일군의 젊은 시인들이 있다. 단지 젊은 시인들. 그리고 단단하고 탄탄한 중견 시인들이 문단에 거목으로 여전히 존재한다. 그 사이에 온건하게 존재하는 시인들이 몇 만 명에 달한다.

요즘 독자들과 평단에서는 애매하고 모호한 화법과 영상미 넘치는 발상, 가벼운 발성법을 선호하는 추세이다. 독자에게 99퍼센트를 말해버리는 시가 제일 재미없고 인기 없다. '내가 가장 절망적이야'를 남발하는 파토스의 노골적 분출은 또 얼마나 상대를 불편하게 하는지 당신은 이미 알고 있다. 사물이나 사건에 대한 지극히 친절하고 자세한 묘사도 독자들은 부담스러워 한다. 촘촘한 논리나 충분한 개연성에 의한 전개도 불필요할 때가 많다. 적당한 불친절함이 행간 사이에 소격효과와도 유사한 조미료처럼 작용한다. 적당한 마디 점프와 구문 파괴는 독자를 당혹스러움 혹은 당황스러움 속으로 유도하는데, 뭇 평론가들은 그나마 이를 전위성으로 읽어내 과대 평가하기도 한다. 그러나 평론도 시도 미래파 그 이상과 이후에 이렇다 할 논쟁이 없으며, 출판사에 공조하거나 표절 작가를 옹호하거나, 친일파 이름을 건 문학상을 받고 스스로 자멸한지 오래다. 평론보다는 등재지 논문을 많이 써야 대학에서 진급하거나 시간 강의라도 이어갈 수 있고 계약직 강사라도 연명할 수 있으니까. 문학이 시스템 속에 종속된 그러한 시대를 우리는 살고 있다. 그러나 모두가 절망적인 것은 아니다. 신파 감수성을 잘 살린 몇몇 유명 시인들은 긴 문장을 제목으로 한 시집이나, 분량 적고 내용도 단조로운 산문집을 뚝딱 생산해 내어 몇 만부 정도는 시장에서 거뜬히 팔고 있기 때문이다. 메이저 출판사에서는 빅데이터를 파악하는 시스템이 활용되어 자본주의와 결탁한 기능성 도서들이 양산되어 판매에 성공을 거두고 있다. 보증 수표가 될 만한 책들을 필요한 수량만큼만 찍어내면 위엄부담도 적다. 그 밖의 신생 출판사와 1인 출판의 고전(苦戰)을 깜박했다. 그들의 고투를 격렬하게 응원한다.

다시 고통에 관한 발화법에 대해 얘기해 본다. 나도 파산했는데, 당신도 파산하셨군요. 나도 파혼했는데, 당신도 파혼하셨군요. 당신도 실직하셨군요, 나도 실직했는데……. 저도 곧 대학 강단에서 퇴출 위기에 있는데, 강사법에 대해서 당신은 어떻게 생각하나요. 우리 서로의 슬픈 경험담을 밤새도록 얘기해볼까요? 당신은 단호하게 대답할 것이다. 아니요, 이미 충분해요. 당신의 징징거림의 문체를 견딜 인내심이 제겐 없습니다. 저 또한 제 문제만으로 머리가 꽉 찼습니다. 요즘엔 자기소개서에서조차 구구절절한 영웅담을 원하지 않아요. 보다 산뜻한 은유와 암시로 그 슬픔을 99 퍼센트 정도 건조, 동결시키거나 감춰 오신다면 혹은 열기와 패기와 부기를 빼오신다면 그 때는 제가 들어 드릴게요. 절망이 낳은 기교라면, 기교 정도는 읽어 드릴 수 있습니다만, 절망은 그 특유의 눅눅함과 무게 때문에 탈수 과정이 필수입니다. 아시다시피 저희 잡지의 심사위원과 편집위원들은 누구보다 공정하고 냉정하고 냉철합니다.

2. 이런 얘기는 모호해서 더 아름답지 않은가

혹자에게는 턱없이 쓸데없는(반대로 누군가에겐 공감이 갈만한) 서문이 길었다. 딴청을 피우다가 이제서야 유계영의 신작 시집 『이런 얘기는 좀 어지러운가』를 마주한다. 그녀의 시집을 펼쳐놓고 '듣'는 자세를 취한다. "이런 얘기는 좀 어지러운가"로 시작되는 얘기, 그녀의 발화의 방식에 주목하면서 토끼처럼 쫑긋 귀를 기울이면서 듣는다. 내용은 더 궁금하지만, 형식이 스타일을 좌우하기에 주의를 기울일 필요가 있다. 산뜻하게 말하기. 건조하고 심플하게 슬픔을 살살 다루기. 오늘의 일상과 내일이라는 미래를 지루하지 않게 말하기. "미래라고 부를 수 있는 상상은/ 한 번쯤 살아 본 듯한 인상을 주었다"(「샘」, 1시집), "내일은 내일 오겠지"(「출구」, 1시집), "내일은 손 닿지 않는 곳의 가려움을 견디는 재미"(「생일 카드 받겠지」, 1시집) 등에서처럼 데자뷰의 미래 또는 내일의 상(像)을 반복/변주해서 보여주기. 사물이나 동물에게 입을 주고 말하게 하기. "복면을 쓴 등 뒤의 어둠/ 빛을 믿는 사람들만 겁준다"(「내일의 처세술」, 1시집), "나는 반 토막의 어둠과/ 그렇다고 반 토막은 아닌 빛과/ 함께 있었다" 등등의 빛과 어둠의 상보성에 대해 말하기. "죽더라도 죽지 마라"(「시작은 코스모스」, 1시집)와 같은 정언명령으로 말하기. 병(病)에 관해서 적당히 가볍고 적당히 무겁게 말하기. 슬픔, 아픔, 사랑 같은 단어는 삼가고 쓰더라도 에둘러 표현하기. 1인칭의 파토스를 가급적 노출하지 않으면서 누가 말했는지 모르게 말하기 등등.

그녀는 말하기의 고수인가. 달인인가. 신세대 시인의 대표 주자인가. 아니면 그녀 아닌, 다른 세상에 존재하는 누군가가 말하는가. 어쨌든 그녀는 복화술에 능숙하다. 신묘하고 기묘하게 다가오는 이미지들, 발화들, 메시지들. 화사하지만 어둡고 어둡지만 경쾌한. 명암(明暗)과 경중(輕重), 원근(遠近)과 생사(生死)가 함께 있어 마주 대화하는 동시다발의 시들. 입술을 다문 묘연한 화자들. 그녀의 첫 시집『온갖 것들의 낮』에서 이미 그녀의 말하기의 비밀을 살짝 엿보았다고 말하면, 그녀는 또 다른 복화술로 얼굴을 더 깊숙하게 감추고서는 이제는 "온갖 것들의 밤"에 대해서 어둠 속에 잠긴 토끼 인형을 움직여 말할 것인가?

> 먼 곳의 빛이 점점 다가오는 것을 지켜보았다
> 우리는 긴 터널을 통과하는 기차를 탔다기보다
> 두 마리의 토끼처럼 마주 앉아 있을 뿐이다
>
> 매 순간 일곱 시를 기다린다
> 다섯 시, 아랫배가 탄력적으로 출렁였으며
> 여섯 시, 앞 이빨이 조금씩 전진하였다
> 먼 곳의 빛이 잇속을 드러내며 크게 웃었다
>
> 시곗바늘이 예민한 임부의 발등처럼 휘어진다
> 일곱 시, 마주한 얼굴에 흰 털이 자랐다
> 나의 말은 과녁을 벗어난 화살처럼 주저함이 없다
>
> 빛은 우리를 모르고 지나갔다
> 아무도 다음 사람의 방문에 대하여 입을 열지 않는다
> ─「복화술사」 전문 (『온갖 것들의 낮』, 민음사, 2015)

"매 순간 일곱 시를 기다리"는 그들이 있다. 숫자 7은 그 행운의 효과가 작금에도 유효한가. 한 쌍의 만삭의 임산부가 서로를 마주보며 앉아있다고 상상해보자. 달리는 열차 안에서 그녀(들)은 분만을 기다린다. 만약 일곱 시에 출산할 예정이라면, 그녀(들)의 다섯 시와 여섯 시는 얼마나 "탄

력적으로 출렁"이고 설렘으로 가득할 것인가. 복부 안에 가득한 자음과
모음들과 말의 배아들은 또 얼마나 분주하게 분열할 것인가? 자궁 밖으로
보이는 저 너머의 희미한 빛은 이들에게 얼마나 희망적인가. 유계영의 시
에는 적어도 두 명의 화자가 얼굴을 맞대고 앉아있다. 달리는 기차에서
앉아있는 그들은 어딘가로 가고 있다. 그들은 두 명의 청자이기도 한 상
황. 그들은 데칼코마니처럼 서로를 마주본다. 서로의 얼굴과 몸은 점점
더 "토끼"스러워지고 달리는 기차 안에서 누가 말하는가? "나의 말은 과
녁을 벗어난 화살처럼 주저함이 없다"고 했지만 여기서 "나"는 누구인가
독자는 알 수 없다. 유계영의 시에는 독자를 당혹시키는 미지의 영역이
행간 사이에 존재한다. 등장 인물 혹은 화자의 입술을 주시해도 우리는
누가 말하는지 결코 알 수 없다. 어쩌면 둘, 어쩌면 셋이서 다 듣고만 있는
상황일 수도 있다. 하지만 욕망은 늘 입을 벌린 채, "흰 털"로 자라나고 우
리의 귀는 토끼의 그것처럼 길어진다. 때론 소리를 향해서 때론 "우리를
모르고 지나가는 빛"을 향해서 아우성이다. 그리고 빛의 역할을 맡은 한
사람이거나 하나의 신(神)이 저 만치에 서 있다. "다음 사람의 방문"에 대
해서도 독자들은 기차 안으로의 방문인지, 터널로의 방문이지, 빛에로의
방문인지……. 마지막 행의 '아무도'가 누구인지 조차 도통 짐작할 수 없
다. 복화술사의 역할을 맡은 이가 시인인지, 화자인지 등장인물 중 하나
인지 그 행방은 묘연하고 애매하게 뒤섞여 있기 때문에.

　　세 사람만 있어도
　　그중에 한 사람은 어둠이 되었고
　　다른 한 사람은 어둠을 가르는 빛이 되었으며

나머지 한 사람은 어둠과 빛에 누운 무아경이 되었다

연기가 오도 가도 하지 않고 멈춰 있다

이 방 안에 입을 다문 사람들뿐인데
어디서 짐승 울음소리가 나는 것 같다
마감된 야외에서 소리가 난다
　　　―「조정 시간」 부분 (『이제는 순수를 말할 수 있을 것 같다』,
　　　　　　　　　　　　　　　　　　　　　　　현대문학, 2018)

　유계영의 시에서는 이따금 "입을 열지 않는", "입을 다문 사람들"만 두
런두런 앉아 있는 상황이 연출된다. 그들은 화자의 역할을 조정하는 것일
까? "세 사람만 있어도" 충분한 세상이 그녀의 시 속에 존재한다. "빛"과
"어둠"과 "무아경"의 무엇. 그들은 연기의 모양을 통해 하루를 점치는 사
람들(「식육」, 1시집)이 분명한데, 그 연기는 이제 "오도 가도 하지 않고
멈춰 있"는 애매하고 불투명한 상황의 주범이 된다. 이어 어디선가 "소리
가 나는 것 같다"라는 발화는 "마감된 야외" 즉 지정된 곳에서 "소리가 난
다"로 이전보다는 구체화된 진술로 바뀌지만, 명확해지는 것은 아무것도
없다. 2시집의 제목 역시 "이제는 순수를 말할 수 있을 것 같다"이지만, 그
녀는 "순수"는 물론 비(非)순수에 대해서도 결국 아무것도 말하지 않는다.
다만 모호하게 어떤 경계와 한계 사이의 간극만을 얼핏 보여주고 또 다시
화자는 숨기 때문이다.

3. 별 뜻 없지만 여전히 별은 반짝이고

이제 3시집『이런 얘기는 좀 어지러운가』에 오면 그녀는 이제 "나"와 "우리" 등의 화자를 내세워 이야기가 있는 이야기를 본격적으로 말하고 들려주기 시작한다. 그러나 여전히 쿨하고 산뜻한 다소 애매한, 그녀만의 방식이다. 화자는 함부로 죽음과 슬픔을 정의내리지 않는다. 누군가 다른 사람들이 그것들에 관해 말한 것을 빌려오는 형식을 취하거나, 통념의 정의를 넌지시 전유하는 형식의 발화. 혹은 "~~겠지"로 끝나는 추측성의 발화. "빈 주머니들은 더 가벼워졌겠지", "왼손과 오른손을 꽉 묶고 차분히 잠들겠지", "봄에도 그러겠지", 등과 같이 가볍게 예측하기, 단정한 질문의 형식으로 되묻거나 추궁하는 화법을 취한다.

나는 떠들지 말라고 말해주었다
손잡이가 떨어진 채로 들썩거리는 주전자들아

멀리 바람으로 날아갈 수 있는 죽음이 있다고 믿는
삶의 아둔한 속도로는
집오리 같은 시간 속을 영영 뒤뚱거리게 될 것

살아서 다시는 만나지 말자고
웃는 낯으로 침을 뱉고 돌아서는 사람들

눈에서 태어난 것들이 눈으로 죽으러 돌아와
사흘 내 잠만 자다 나가는 것을 두고
슬픔이라 부르는 것처럼

모르는 것은 끝까지 몰라주거라
어른 같은 아이는 귀엽지가 않으니
—「봄꿈」 부분 (『이런 얘기는 좀 어지러운가』, 문학동네, 2019)

위의 시는 '영원한 아이', 응당 '아이 같은 아이'여야 할 아이(상대)를 청자로 가정하고 발화하는 형식을 취한다. "선생님은 왜 아무것도 몰라요?"라고 묻는 아이에게 선생님은 "떠들지 말라고 말"한다. 마지막 연의 "모르는 것"은 앞의 행과 앞의 연을 전부 이어 받는다. "떠들지 말라"는 말은 곧 질문하지 말라는 말, 알려고 하지 말라는 말과도 같은 맥락의 명령과 금기의 항목에 해당한다. "손잡이가 떨어진 채로 들썩거리는 주전자들"을 불 위에서 내려놓는 것은 불가능하다. "모르는 것"을 알게 하는 것, 이를 테면 '지식의 손잡이'를 새로이 달아주는 것은 "어른 같은 아이"로 상대를 조로(早老)하게 할 수는 있으나, 그 이후의 아이는 더 이상 "귀엽지가 않으니", 화자는 "모르는 것은 끝까지 몰라두거라"라고 당부한다. 하여 "겨울에 떠난 것들이 겨울로 돌아오지 않는 것을" 해명하거나, 거기에 이름을 지어줄 필요 또한 없겠다. 제목이기도 한 "봄꿈"은 그저 짧고 몽롱하고, 내용이 "모두 비어 있"어 아름다운 꿈이다. 일장춘몽(一場春夢)이라는 말을 굳이 떠올리지 않아도 봄꿈은 비어있으므로 가볍고 "아무도 없는 무대"이기에 마음껏 "개망초처럼 흥겨워"해도 될 '아이 같은' 아이의 공간이자 시간으로 존재하는 것이리라. 그녀의 발화는 단단하게 갇혀있던 연기처럼 이제, 고장 난 지퍼 사이로 스멀스멀 새어나온다. 이를 테면 이런 식이다.

새어나오는 것들은 가느다랄수록 간절하고 아름다워
죽은 가수의 라이브앨범에 녹음된 휘파람과
주전자의 이빨 사이로 피어오르는 수증기처럼

이불을 뒤집어쓴 사람의 입속에서
중얼거림이 불어터지고 있네

새벽 창문의 기도
아침의 빛깔은
누구의 고장난 지퍼에서 새어나오는 것일까
안팎의 무늬가 동일한 팬티를 매일 성실하게 뒤집어 입고 골목을
서성이는 새벽의 습관은
실금처럼 가느다란 골목 끝에 쓰러진 사람을 두고
매번 딴청이다

— 「더 지퍼 이즈 브로큰」 부분
(『이런 얘기는 좀 어지러운가』, 문학동네, 2019)

"새어나오는 것"들에는 무엇이 있을까. 예컨대 냄새, 소리, 물, 습기, 곰팡이, 소문, 수증기 등이 있겠다. 입자가 작고 유동적인, 이것들은 대체로 어떤 장애물에 대해 투과율이 높다. 어제와 오늘을 잇는 새벽과도 같이 유연하기도 하다. "안팎의 무늬가 동일한" "단 한 벌 뿐인" "어제의 팬티"를 오늘의 새벽이 뒤집어 입는다고 해서 어제와 오늘이 지닌 냄새가 달라지거나 지워질 리 없다. 냄새는 냄새로 존재하며, 가끔 딴청을 피워도, 어쩔 수 없이 풍겨나간다. 냄새는 주인의 것이며, 주인을 닮는다. 미명이 걷히고 동이 터오는 "아침의 빛깔"마저 삶에 베인 지독한 냄새를 피할 수 없다. 어쩌면 비참하게 실패하고 "실금처럼 가느다란 골목 끝에 쓰러진 사

람"의 "고장난 지퍼에서" 새어나오는 고약한 냄새야말로 "아침의 빛깔"을 이룬다는, 반어적이고 다소 설의적으로 얘기하는 화자가 존재할 뿐이다. "새벽의 습관"이 "매번" 피우는 "딴청"을 화자는 다시 제3자의 눈으로 지적한다. 어디에도 빈틈이 없다면, 폭발할지도 모르는 주전자의 열기, 냄새가 통하는 팬티의 안팎이야 말로 의식과 무의식의 한 경계이자 통로가 아닐까. 이른 바 우리의 '멘붕'을 막아주는.

4. 귀신들도 대화가 필요해 조곤조곤 즐거운

대부분의 귀신을 두고 우리는 왜 원귀(冤鬼)라고 생각하는 것일까. 귀신은 죄다 한(恨)이 많고 원통하고 슬프거나 분노에 꽉 차있을 것이라고 생각하는 것은 어쩌면 심각한 선입견 또는 오류일지도 모른다. 유계영의 이번 시집에는 이제 '귀신 화법'이 등장한다. 귀신이 화자이거나 청자로 등장하는 화법. 경쾌하고 발랄한 귀신들의 입담. 괴담(怪談)이 아니다. 그들에게도 즐거운 만담(漫談)이거나, 소소한 일상의 생생한 대화에 해당하는 '이야기'들이다. 그네들의 이야기를, "왼손잡이의 노래"를 들어보자.

골목의 모서리를 찢어발기며 즐거웠다
몇 번 죽어본 자들도 제 머리를 바닥에 내던지며
튀기고 놀았다
어린 귀신들은 골목의 양팔에 매달려 소원을 빌었다
나를 무겁게 나를 살찌우게
더 이상 사라지지 않게

(……)

밤새도록 빌면서 꾸벅꾸벅 졸았다
졸고 있는 어린 귀신의 머리를 내 어깨에 뉘였다
그러자 어린 귀신이 매섭게 쏘아보고는
모두 잠든 밤에는 울지 말기를
아무도 듣고 있지 않으니
　　　　　　　　　　　　―「왼손잡이의 노래」 부분
　　　　　　　　(『이런 얘기는 좀 어지러운가』, 문학동네, 2019)

　귀신들은 경쾌하게 논다. 그들은 "골목의 모서리를 찢어발기며 즐거"
워 하고, 노는 일에 몸을 아끼지 않는다. 이를 테면 "제 머리를 바닥에 내
던지며/ 튀기고 놀" 정도로 그들의 놀이는 열심(熱心)으로 가득하다. 하물
며 "어린 귀신들은 골목의 양팔에 매달려 소원을" 빌기도 한다. 순수하고
소박한 그러나 진지한 소원이다. 그들도 사람과 똑같이 오래 '살고' 싶어
한다. 귀신으로 사는 것, 존재하는 것이, 가벼워지거나 소멸되지 않도록
그들은 간절히 소원을 빈다. "나를 무겁게 나를 살찌우게/ 더 이상 사라지
지 않게" 해달라고, 그들보다 상위의 신(神)에게 어리광을 부리며 보채거
나 길에 누워 발버둥 치며 으름장을 놓을지도 모르는 일이다. 유계영의
시에서 화자는 여전히 정체를 좀체 드러내지 않는다. "졸고 있는 어린 귀
신의 머리를" "어깨에 뉘여"주는 '나'는 누구인가. 같은 어린 귀신인지, 어
른 귀신인지, 사람인지, 골목("귀신에게/ 나고 자란 골목이란 삐뚤어진 어
깨선")인지 알 수 없다. 이 시의 마지막 연에서 그는 단지 고백한다. "저승
이 이승보다 춥다는 오류"는 "이상한 일이다"라고 의아해 하면서. 즉 그

는 어쨌거나 귀신을 보고 듣는 자인 것이다. 이제 유계영 시인이 초대하고 있는 귀신들의 동창회에 참석해 보자.

　　　죽은 애도 온 것 같다 죽은 애가 와서
　　　자신이 죽었다고 귓속말을 흘리는 것 같다
　　　죽은 애가 죽은 것은 모두가 아는 얘기
　　　…(중략)…
　　　산 사람처럼 어울려
　　　떠들고 마신다
　　　…(중략)…
　　　못다 한 이야기나 나누어 봅시다
　　　못다 한 그리움과 못다 한 추태와 못다 한 공격과 못 다한 수비
　　　다 해봅시다 오늘
　　　이야

　　　환영한다 잘살지 않으니까 늙지도 않는구나 쟤가 정통으로 맞은 세월을 용케도 피했구나
　　　축하한다 갓 태어난 아이의 머리통에 수북한 머리털
　　　부모보다 먼저 준비해온 검은 머리 소생의 목적
　　　예고하듯이, 네가 우수수 잃어버리게 될 것을, 이제야
　　　용서한다 열심히 칫솔질할수록 툭툭 터지는
　　　흰 이빨 사이의 빨간 피 이런 얘기는 좀 어지러운가
　　　이해한다 축축한 악몽을 머리핀처럼 꽂고 잠든 밤
　　　온몸의 구멍들이 속수무책 열리고 질금질금 오줌을 흘리고
　　　지긋지긋한 기저귀 신세는 졸업한 지 겨우 오십 년 만에 또 돌아오겠군!
　　　…(중략)…

그러나 쇠고랑 끝에 매달린 금속 추처럼

　　죽은 애의 죽음을 끌고 간다 우리는

　　후렴구를 연거푸 반복하면서

—「동창생」 부분

(『이런 얘기는 좀 어지러운가』, 문학동네, 2019)

　삶이 하나의 학교라고 가정해 보자. 죽음이 또 다른 상급학교라고 가정해 보자. 우리가 같은 해에 죽어서 만나면, 우리는 삶의 혹은 죽음의 동창생이 되는 것인가? "죽은 애가 죽은 것은 모두가 아는 얘기", 죽은 애가 죽었다는 것을 알리는 신고식과 입사식은 어떻게 치러지는 것일까. 어찌 "못 다한" 것들을 다 해보기로 하고서 정작 그들이 하는 것이라고는 기껏 "이야기"들 뿐이다. "무슨 말이 필요해"라고 묻지만 그들은 이내 "무슨 말"들로 의기투합한다. "너무 많은 말이 필요하니까/ 지금껏 그래왔듯이 죽은 듯이 살아가자/ 산 사람처럼 또 만나자"라고 주고받는다. 결국에 죽은 '나'가 흘리는 것들이란 "내가 나인 것이 치욕스러웠던 날들"이거나, "떳떳했던 날들" 둘 중에 하나일 뿐이라는 말을 또한 "마구 흘리며/ 달아나는" 또 다른 '나'가 발화한다. 이 '나'는 종결부에 이르러 "우리"가 된다. 죽음의 연대(連帶), "죽은 애의 죽음을 끌고" 가는 한 무리의 "우리"가 된다. 우리가 함께 부를 노래는 반복하기 쉽게, 딱 "후렴구"가 적합하다. 언제가 될지 모르겠지만, 이 글을 쓰거나 읽고 있는 당신과 나 또한 한 "버스 안에서" 만나게 될 것이다. "죽을 뻔한 경험 속에서" 혹은 크고 작은 질병들을 겪으며 한 병원 로비에서 마주칠지도 모를 일이다. 아니 죽을 뻔한 경험을 서로가 통과해서 어쩌면 삶/죽음 동창회에서 만나 거나하게 술

잔을 나누며……. 못다 한 이야기에 불꽃을 붙이며 입가에는 침인지 피인지 모를 체액을 튀겨가면서 호탕하게 함께 웃고 열변을 토할른지도 모를 일이다. 그러나 그 때의 우리는 아프지도 슬프지도 외롭지도 춥지도 배고프지도 않은 채로 만나기로 하자. 놀라지도 말고. 편안하고 편리하게 '그'를, '나'를 맞이하자, "마침내의 날"이 도래하는 그 미래에는.

크고 유명한 병원이 있는 동네라면
아무 버스나 잡아타도 병원에 갈 수 있다
…(중략)…

아파질 날들은
편리하게 수송될 필요가 있다

우리는 머지않아 만난다 버스 안에서
울상을 들켜버리고 쉽게 낙담하는 마음을 알아보면서
죽을 뻔한 경험 속에서도 오로지 웃음거리를 찾기 위해서

버스 차창에 누군가 손가락 글씨를 적어둔 흔적
다음 순서는 무엇입니까

　　　　　　　　　　　　　　　　　　　—「마침내의 날」 부분
　　　　　　　　　　　　(『이런 얘기는 좀 어지러운가』, 문학동네, 2019)

유년의 붉은 구두, 기억의 시학

— 최지하 『꼭, 하고 싶은 거짓말』(시와에세이, 2011)

누구에게나 유년의 기억은 있다. 유년시절은 아득하지만, 아늑하다. 그러나 현대인은 유년을 떠올릴 여유가 없다. 그들은 바쁜 일상에 치여 대부분 앞만 보며, 지치고 피곤한 삶을 살아간다. 치솟는 물가와 감당하기 힘든 대출 이자, 저축은커녕 생활하기에도 빠듯한 팍팍하고 고단한 일상, 한치 앞의 미래를 준비하기에도 벅찬 나머지 그들에게 과거 따위를 돌아볼 여유 따윈 좀처럼 없는 것이다. 요즘은 아이들도 너무 빠르게 자라나고 금방 어른이 되어버린다. 몸보다도 더 빠르게 자라나는 그들의 의식과 행동은 어른보다 몇 배 급속하게 닳아버려, 또 그만큼 빨리 늙어 버린다. 지금처럼 최첨단의 정보화, 가속화된 사회에서 만약 현재의 아이들이 자라나 어른이 되고, 노인이 되었을 때, 과연 그들은 그들의 유년을 어떻게 기억할 것인가. 아마도 버전 낮은 컴퓨터 게임이나 구형 스마트폰, 닌텐도나 아이패드 쯤을 떠올릴 수 있을 것이다. 그러나 이들과는 달리 시인은 유년과 함께, 천천히 늙어간다. 그들은 아주 오래 유년을 곱씹거나, 아니면 아예 어린 시절, 유년의 자아로 돌아가 스스로를 유폐시키기도 한다. 그들은 동화책에 나오는 피터팬처럼 언제고 늙지 않는 아이마냥 주변을 탐색하고, 소소한 일상에도 감탄하며, 노래하며, 즐거워한다. 반면 작은 사건에도 그들은 누구보다 크게 아파하거나 슬퍼한다. 굳이 정지용의 '향수'를 떠올리지 않더라도 그들에게 유년은 꿈에서조차 잊을 수 없는 소중한 기억이고 사계절 내내 절절한 그리움의 대상이 된다. 그들은 때때로 불행한 유년시절이나 어두운 과거의 기억에 얽매여 평생을 푸닥거리하듯 글로써 스스로를 달래거나 치유하며 살아가기도 하지만, 그들에게 유년은 자체로 소중한 보물이고 포기할 수 없는 자산이 되기도 한다. 그래서일까 최지하 시인의 작품 세계에서도 역시 유년의 기억은 중요한 모티브이며, 주목을 요한다. 게다가 시적 화자의 경우 더는 자라고 싶어 하지 않는 소녀의 시점에 멈춰있거나, 과거 기억에 붙들려 극도로 우울해하거나 슬퍼하는 등 유년에 사로잡힌, 한 '고착'들을 발견할 수 있음을 알 수 있다. 다음의 작품들을 보자.

> 껍질이 찢긴 시간 속으로
> 성장을 멈춘 여자아이가 천천히 흘러들어와
> 시무룩한 햇살 걸린 처마 밑에서
> 어린 짐승이 된다
>
> —「2:30, 두통」 부분

> 오랜만에 창문을 열다 손잡이가 툭 부러졌다
> 아주 잠깐 누릴 기쁨이 우르르 달아났다

저 햇살들은 어디로 모이나
사소한 일에도 겁에 질려 우울해했던 여자의 눈엔
담벼락에 가득 핀 장미가 보이지 않았다
…(중략)…
저 손잡이,
이 고통스러운 휴식이 끝나면
더는 성숙하지 않는 유충같이 그녀는
또 몇 날을 부러진 손잡이만 생각할 것이다

　　　　　　　　　　　　　　　　　　－「슬픔의 힘」부분

　일반적으로 '손잡이'는 내부와 외부 세계를 연결해주는 매개체를 상징
한다. 그런데 위의 작품에서 창문의 손잡이는 "툭 부러져" 있다. 손잡이가
부러졌으므로 세상과의 소통, 외부 세계와의 연결과 교류를 시도할 수 있
었던 유일한 통로인 창문을 더 이상 열 수가 없게 된 것이다. 이로 인해
"사소한 일에도 겁에 질려 우울해했던 여자의 눈엔" 이제 "담벼락에 가득
핀 장미"마저도 보이지 않게 되었으며, 그녀의 불안과 우울은 더욱 심해
질 수밖에 없다. 외부와의 단절은 '여자'에게 고착과 퇴행을 가져온다. 그
녀는 더 이상 성숙해지기를 거부한다. 유년의 아픈 기억에 사로잡힌 "그
녀"는 "또 몇 날을 부러진 손잡이만 생각"하며 "고통스러운 휴식"을 보내
야 한다. 게다가 "더는 성숙하지 않는 유충같이 그녀는" 폐쇄된 유년의 기
억 속에 몸을 말고, 웅크린 채 "바람막이 하나 없는 세월"을 그녀의 어머
니처럼 견뎌야 하는 것이다.

　우쭐거릴 만한 인연도
　기억하지 않을 거다

사실은 다소곳해 보이지만
불한당 같은 저 어둠 속으로는
전염병이 돌고 있을지도 모르니
매순간 죽을 순 없다
어느 속으로 들어가
벌거숭이로 버텨볼 거다
이를테면 요람 같은 곳

— 「하찮은 생각」 부분

그렇게 떠나면 되는 거였다
어쨌거나 그는 내 말을 듣지 않았다
나의 말을 뚝 뚝 끊어서
구멍 난 주머니에 아무렇게나
넣어 흘려버리며 태연히 걸어갔다
그 길은 처음 가보는 길이었으나 눈치채지 못하게
따라가다가 어느새 늙어버린 눈동자만
굴렁쇠처럼 굴러갔다
울퉁불퉁,
시간마다 움찔거리는 거리에서 나의 목소리는
어느 가슴에도 다다르지 못하고 노랗게 뜬 나뭇잎처럼
후드득 떨어져
서운하게 굳어갔다
…(중략)…
내 몸은 점점 작아져 저절로 무덤에 묻혀
생각만 걸어갔다 나는 분실되었고
비로소 그를 보지 않아도 되었다

— 「지금은 휴식 중」 부분

시인은 유년의 방, "이를테면 요람 같은 곳"에서 웅크린 채 휴식을 취하고 있다고 하지만, 이는 앞의 작품에서도 살펴봤듯, 편안하고 아늑한 휴식이 아니라, 어디까지나 "고통스러운"(「슬픔의 힘」) 시간에 해당한다. 그녀는 사랑하는 사람과의 이별을 통해 뼈아픈 상실을 경험했으며, 그 사랑의 중단을 "휴식"이라고 이름 붙여 스스로를 위안하고 있을 뿐, 사실상 이는 휴식이 아니라, 고통 그 자체인 것이다. 위의 작품에서 시적 화자는 더 이상 "그녀"가 아닌 "나"의 관점에서 일방적인 이별로 인한 고통을 토로하고 있으며, 그 고통은 다름 아닌, "그"와의 소통의 부재에서 오는 것임을 알 수 있다. 이미 "나의 말"은 "뚝 뚝 끊어"졌으며, "나의 목소리는/ 어느 가슴에도 다다르지 못하고" 추풍낙엽처럼 "후드득 떨어져/ 서운하게 굳어"간다. 외부와의 단절, 그와의 소통의 부재는 화자에게는 죽음에 다가서는 것과 별반 다를 바 없다. 그녀의 "몸은 점점 작아져 저절로 무덤에 묻"히게 되는 이른 바 "죽음"을 자처하기에 이른다.

> 네가 서 있던 자리마다 바람이 일어도
> 텅 빈 몸으로
> 푸르게 혹은 시푸르게
> 백 년 또 백 년이나
> 옹이진 그리움을 삭이는 너를
> 한참이나 사랑해야겠구나
>
> —「억새」부분

불행하게도 그에 관한 그리움과 "생각만"은 죽지도 않고 좀비처럼 여전히 세상을 걸어 다닌다. 즉 "나는 분실되었"지만 그는 "나"의 마음속에

"보내도 떠나지 못하는/ 당신"(「그리움」)으로 아직 잔존하는 것이다. 그녀의 마음은 "구멍 난 주머니"처럼 숭숭 뚫려 더 이상 이별을 주워 담을 수 없다. 따라서 그녀에게 이별은 어디까지나 순간이지만, 사랑은 "백 년 또 백 년이나" 상처와 더불어 영원무궁한 것으로 존속된다.

> 아, 내 발바닥에서 피가 흘러요, 어머니
> 내가 죽는 걸까요
> 그래도 울지 않을게요
> 빨간 구두를 신고 싶어요 가끔은 자유롭고 싶어요
> 그런데 어머니 내가 늙어가요, 아, 내 주위엔
> 온통 벽이죠
> 이곳을 빠져나가고 싶어요, 신발 끈을 더
> 단단히 매야겠어요
> 저 벽 바깥에 누가 있나요, 바람은 불고 있나요,
> 포옹하는 사람과 노래하는 사람들도 있나요
> …(중략)…
> 이젠 안녕, 시간 맞춰 읽는 이 대본은
> 귀찮아. 시계를 거꾸로 돌리게요
>   ―「내 안에서 무슨 일들이 일어났을까」 부분

시적 화자의 경우, 사방이 "온통 벽"뿐인 밀폐된 공간에 자의든 타의든 구속되어 있음을 알 수 있다. "가끔은 자유롭고 싶어요"라는 고백으로 미루어 짐작하건데, 화자의 경우 스스로 자아를 유년의 공간 속에 유폐시키고 있음을 알 수 있다. 동화 속의 주인공처럼 설령 "빨간 구두를 신고" 밤새도록 춤을 춘다고 할지라도, 그녀에게 주어진 자유는 아주 잠깐일 뿐이

며, 그 자유는 오랜 고통을 수반하고 있는 것임을 알 수 있다. 게다가 화자는 "늙어가"는 것과 "죽음"을 동급으로 여길 정도로, 성장과 성숙을 두려워하고 있다. "산타가 오지 않았다는 걸 알아버린 그때" 이미 화자는 웃음을 잃어버린 것이다. 그리하여 끊임없이 반복되는 "시간 맞춰 읽는 이 대본"조차 귀찮아진 화자에게 주어진 유일하면서도 유의미한 놀이란 그저 태엽을 감듯 기계적으로 "시계를 거꾸로 돌리"는 일뿐인 것이다.

어둠은
어디에나 있고 어디에도 없지
그가 보는 걸 나도 볼 수 있어
적어도 눈앞의 것은 다 보여
그렇게 말했지만
조금 전 고양이의 죽음을 볼 때
생각은 보이지 않았다
다른 사람을 보는 잠깐 동안도 나를 볼 수 없어서
어두운 길을 혼자 걷게 하는 일은 없게 하지요
이렇게 말한 그를 떠나보냈다
그리고 아홉 가지 구두를 샀다
오갈 데 없는 슬픈 구두를 번갈아 신으며
이번뿐이야 다신 맴돌지 않아
하였지만
어느새 묽어진 어둠을 꾹꾹 눌러 닦다가
잠깐 잠깐 늙는다
　　　　　　　　　　　　　　─「오늘도 홀로 있다」부분

어둠은 그녀를 더욱 두렵게 한다. 어둠은 시야를 제한하는 동시에, 외로움을 가중시킨다. 어둠으로 인해 보이지 않는 것들이 분명히 존재하고, 그들 중에는 받아들이기 힘든 죽음과 이별 또한 늘 도사리고 있다. 화자의 경우도 "어두운 길을 혼자 걷게 하는 일은 없게"하겠다던 "그를 떠나보냈"으며 다시 어둠 속에 혼자 버려졌기 때문이다. 이처럼 늘 화자는 상대를 떠나보내는 일과 혼자 남겨지는 일에 익숙하다. 그녀는 "잠깐 잠깐 늙"어가는 자신을 몹시 꺼려하며, 그녀가 바라보는 세상은 "온통/ 다리 짧은 시계추"로 가득하거나, 사방이 벽으로 가로막혀 있는 작은 방이거나, 관일 뿐인 것이다.

> 실은 아무도 동정하지 않았다
> 막차를 기다리던 사람들도
> 흰 천을 두른 채 못으로 떨어진
> 달의 주검 등에 지고
> 지붕 덮인 하늘로 돌아갔다
> 살점 떨어진 별들만
> 알루미늄 벽으로 몸을 숨기고 통곡한다
> 수억의 허물들이 무덤이 되어도
> 등 돌려 간 것은
> 죽어서도 돌아오지 않는다
>
> ─「공(空)」 전문

그녀는 알고 있다. 모든 것이 또한 공(空)이라는 것을, "등 돌려 간 것은/ 죽어서도 돌아오지 않는다"는 것을, 그녀는 너무도 잘 알고 있다. "살점 떨어진 별들"은 시가 된다는 것을. 그리고, 다만, 시인은 떨어진 살점들만큼이나 유년과 함께 아주 천천히, 늙어간다는 것을 말이다. 그녀에게서 떨어져 나온 아픈 살점들이, 멀리서도 오래 반짝이는 아름다운 별들로 계속해서 승화되기를 기대한다.

우주를 읽어내는 사랑

— 임동주, 『파랑주의보』(새미, 2011)

　　시집의 구성과 작품 배치는, 대개의 경우 시인들이 직접 엮게 마련이므로, 서시(序詩)는 시인의 자서(自書)와도 같은 의미를 지니기에 각별하다고 할 수 있다. 따라서 대부분의 서시에는 시집 전체의 작품 세계를 꿰뚫는 하나의 시관(詩觀) 또는 작가의 고유한 세계관이 존재하기 마련이다. 아마도 임동주 시인에게 있어 작품 「뿔」 역시 이번 시집을 꿰뚫고 있는 중요한 구심점 역할을 하기에 특별히 시집의 서두에 수록되었을 것이다. 달리 말하자면, 이 작품을 시인에게 일종의 삶의 지침과도 같은, 또는 매일 자신을 돌아보고 다잡아보는 경전과도 같은 역할을 하고 있는 남다른 텍스트를 보아도 무방한 것이다. 해설에 앞서 우선 이번 시집의 서시에 해당하는 작품 「뿔」을 읽어보자.

> 딱딱한 머리를 뚫고 나온 뿔은
> 가시나무 새 순처럼 순한 가시가 다닥다닥 돋아있고
> 장차 단단해질 것이라 속삭였는데
> 그러니까 나는 상처를 만들 것이라는 불길한 꿈
> 내 머리에 난 뿔로 나를 들이박지는 못할 테니

나는 장차 홀로 살아가야 하리라
누군가에게 가까워지면
가시 잔뜩 돋는 뿔로 그를 다치게 할 터이니

돌에게도 나무에도 가까이 가지 말고

이만큼 떨어진 허허벌판에서
자꾸만 돋는 뿔을 자르며
손톱이 갈라지고 머리가 깨지는 날을 살아가리라

—「뿔」 부분

이 작품에서 시인을 괴롭히고 고심하게 만드는 '뿔'이란 대체 무엇일까. 우선 그것은 자체로 "악몽"이며, "잘라도 잘라도 자꾸만 자라"나기 때문에 화자의 의지와는 무관하게 무한정 번식해나가는 통제불능의 무엇임을 알 수 있다. 게다가 "딱딱한 머리를 뚫고 나온 뿔"은 메두사의 머리에 달린 수많은 뱀과도 같이 점점 곁가지를 늘려 우글거리다가 더욱 단단해지고 사나워져서 마침내는 타인에게까지 "상처를 만들 것이라는 불길한" 암시를 주고 있다. 따라서 메두사의 머리를 가진 시적 화자는 "돌에도 나무에도 가까이 가지 말고" 혼자서 살 수밖에 달리 방법이 없다라고 말하고 있다. 시인은 또한 "누군가에게 가까워지면/ 가시 잔뜩 돋는 뿔로 그를 다치게 할 터이니" "나는 장차 홀로 살아가야 하리라"라고 고백하고 있다. 그러나 타인에게 상처 입히지 않고 설령 혼자 고립된 채 살아간다고 해도 나름의 역경과 지독한 고독은 필연적으로 뒤따르기 마련이다. 아무도 없는 "이만큼 떨어진 허허벌판에서" 그야말로 고립되고 유폐된 자아는 생살과도 같은 '뿔'을 끊임없이 잘라내야 하고, 이는 "손톱이 갈라지고 머리가 깨지는" 고통을 감내해야하는 힘겨운 사투(死鬪)인 것이다. 끝없이 자라나는 '뿔'이란 다름 아닌 인간의 무한한 '욕망'이라고 볼 수 있을 것이다. 이는 밖으로 뻗어나가는 동시에 그만큼 지독하게 안으로도 뿌리내리는 일종의 '종양'과도 같다. 욕망이란 때로 삶의 원동력이 되기도 하지만, 과하면 서로에게 상처를 입히는 무기가 되기도 하므로 타인의 삶을 의식하고 배려하려는 화자의 입장에서는 함부로 방치해 둘 수 없는 위험한 기피의 대상이다. 그러나 시인에게 '뿔'을 잘라내는 행위는 "머리를 뎅겅 잘라"내는 것과도 동일할 정도로 고행에 가까운, 자기 자신과의 위험하고도 지난한 싸움이라 할 수 있을 것이다. 마지막 행에서처럼 "뿔도 머리도 필요 없는 그날", 그야말로 악몽과 잠에서 깨어날 "그날"이 온다면, 그때야 비로소 시인은 자신과 타인을 겨눈 무겁고 날카로운 '뿔'를 벗어버리고 현세의 고통에서 벗어나 열반의 경지에 이르러 편히 쉴 수 있을 것이다.

앞서 살펴본 작품의 "누군가에게 가까워지면/ 가시 잔뜩 돋는 뿔로 그를 다치게 할 터이니"라는 표현에서도 알 수 있듯, 이처럼 타인에 대한 시인의 관심과 애정은 오히려 상대를 곤경에 처하게 하거나, 상처 입게 만드는 무의도적 가학성의 형태를 지니고 있음을 알 수 있다. 이른바 '사랑'이라는 이름으로 자행되는 인간의 구속과 욕망이 오히려 상대를 "다치게 할" 것이라며 시인은 '가까이 다가감' 자체 마저도 우려하고 있는 것이다. 우리는 다음의 작품에서도 시인이 생각하는 이러한 가학적이고도 위험한 '사랑'의 한 단면을 엿볼 수 있다.

절정의 순간에 사랑을 잡아먹는 일이 누군들 슬프지 않으랴

가슴에 무덤을 만드는 일이
사랑으로 제 몸에 무덤을 파는 삶이
황홀하기만 하겠는가

남은 목숨을 끌고 가는 동안
제 속에서 덜그럭거리는 옛사랑을
버리지도 뱉지도 못하는 단 한 번의 사랑을
한번쯤 꺼내보고 싶지 않으랴

바람도 없는 어느 날, 애기똥풀도 다 지고 난 텅 빈 풀섶에 주저앉
아
혼자서 꺼이꺼이 울고 싶지 않으랴

　　　　　　　　　　　　　　　　　　　　　　　─「어떤 사랑」 부분

시적 화자는 애기똥풀 위에서 암사마귀가 교미 후 수사마귀를 잡아먹
는 장면을 바라보며 시상을 전개해 나간다. 그는 사랑과 살육이 뒤엉킨
이 장면을 두고 '어떤 사랑'이라 이름 붙인다. 화자는 사랑을 무지개 빛깔
로 채색된 황홀한 어떤 것이 아니라, 징글징글하고도 슬픈 일이라고 말한
다. 시인이 보기에 사랑이 지나간 자리는 "텅 빈 풀섶"과도 같이 공허하게
비어 있다. 시인에게 '사랑'이란 다름 아닌 죽음을 필연적으로 전제하는,
게다가 '먹고 먹히는' 일종의 폭력적인 관계의 등식으로 인식된다. 그러나
이러한 사랑의 장면이 시인에게 단지 잔인하게만 묘사된 것은 아니다. 잔
인함 보다는 오히려 "혼자서 꺼이꺼이 울고 싶"을 정도의 애잔한 슬픔을
시인은 읽어낸다. 사랑이란 "제 몸에 무덤을 파는 삶"이라는 시인의 감각

적인 진술은 그래서 결코 가볍거나 쉽게 도출되지 않는, 심오한 성찰의 결과물인 것이다. 그러나 죽음과 희생을 전제로 하는 '사랑'이 '무덤'처럼 공허하거나 절망적이지만은 않다. "애기똥풀 위에서"의 정사는 한 생명의 죽음으로 끝나는 것이 아니라 또 다른 생명의 잉태로 이어지기 때문이다.

> 너를 들어내려니 가슴이 우르르 딸려 나온다
> …(중략)…
>
> 발바닥 끝까지, 머리카락 끝까지 뿌리내린 너를
> 나, 결국은 들어내지 못하리
> 혼자서 그렇게 조금씩 죽어가리
> 어느 날 네 맨발을 공손히 받드는 한 줌 흙으로
> 마당이, 마당이 되리.
>
> ─「통증」 부분

> 사랑을 곁에 끼고 사는 일이
> 살점을 저미며 불쏘시개를 삼는 일이라는 거
> 저 강물을 보며 생각났다
> 그러나 어느 길을 걸어도 얼마나 멀리 도망가도
> 그 끝에 항상 네가 서있다
>
> ─「방랑 혹은 방황」 부분

한편, 우리는 작품 곳곳에서 '사랑'에 대한 시인의 양가감정을 읽어낼 수 있다. 사랑이 사람과 사람, 대상과 대상 사이에 동등하고 평등한 등가적인 관계의 형태로 존재하는 것이 아니라, 어디까지나 사랑에도 권력관계나, 약소(弱小)관계가 엄연히 존재하기 때문이다. 이를테면 앞서 살펴본 「어떤 사랑」이라는 작품에서도 수사마귀와 암사마귀의 관계 역시 결코 동등하거나, 수평적이지 않음을 알 수 있다. 그렇기에 시인은 사랑을 간절히 희구하면서도 그 역학관계 자체는 두려워하는 것이다. 이 두려움의 원인은 가학과 피학, 두 가지 입장을 다 내포한다. 상처를 입힐지도 모른다는 두려움과 상처를 받을지도 모른다는 두려움은 따라서 그로 하여금 애당초 사랑의 '뿔'을 잘라내는 행위로 이어지거나, 상대로부터의 단절과 고립을 자처하는 행위로 이어지고 있는 것이다. "그 끝에 항상 네가 서 있다"라는 고백과도 같이 그러나 인간으로 태어난 이상, 마음 한켠에서 자라나는 사랑에 대한 욕망을 억누르는 데는 한계가 있게 마련이다. 그러나 만약 사랑의 도식관계에 서게 된다면 시인은 약자의 그것을 택하겠노라고 스스로 다짐한다. 위의 시 「통증」에서 보이듯, 시인은 사랑의 강자인 '너'를 '내' 안에서 들어내느니 차라리 "혼자서 그렇게 조금씩 죽어가"고 말겠다는 희생 의지를 내비치고 있음을 알 수 있다. 그리하여 "살점을 저며 불쏘시개를 삼는 일"과 "네 맨발을 공손히 받드는 한 줌 흙으로" "마당이 되"겠다는 시인의 이 같은 의지는 수사마귀의 그것과 마찬가지로 고통과 죽음을 감수하면서까지 '나' 아닌 다른 생명의 자양분이 되어 기능하게 되는 것이다. 이 같은 희생을 담보로 하는 사랑은 다음 작품 「그리운 악어」에서도 잘 그려져 있다.

> 물보라를 일으키며 돌진하는 한 마리 두 마리 혹은 그보다 많은 누
> 우가 악어의 입속으로 들어간다고 해도
> 세상 누구도 기억하지 않을 죽음이 진행 중이다

내 사랑이 네게로 옮겨가서 나를 살리고 너를 살리듯이
그럴 리야 없지만
누우는 저렇게 악어를 살리려는 것이다

그리운 악어,
사랑을 부르듯이 속울음을 울면서
…(중략)…
악어의 몸속으로 제 몸을 옮겨가려는 것이다
— 「그리운 악어」 부분

위의 작품에서 누우 떼와 악어의 관계를 하나의 사랑의 관계로 본다는 것 자체가 다소 억지스러운 측면이 없지 않아 있는 것은 사실이다. 그러나 누우 떼의 입장에서 누우 한 마리의 희생은 수많은 누우 떼를 살리는 동시에 굶주린 악어에게도 생명을 주는 일종의 희생적 사랑의 실현으로도 얼마든지 볼 수 있다. 세상이 아무리 각박하고 인심이 흉흉하다하더라도 우리는 이 같은 살신성인을 체현하는 사람들이 여전히 존재하고 있음을 종종 목도하곤 한다. 그야말로 지구촌 어디에선가는 지금 이 순간에도 타인을 살리는 "세상 누구도 기억하지 않을 죽음이 진행 중"에 있는 것이다. 또한 4연의 "악어의 몸속으로 제 몸을 옮겨가려는"이나, 3연의 "내 사랑이 네게로 옮겨가서 나를 살리고 너를 살리듯이"라는 표현에서 보이듯, 우리는 사랑의 전이가 생명의 발아와 순환으로 이어지고 있음을 알 수 있는데, 이는 불교에서 말하는 윤회(輪廻), 환생(還生)과도 다르지 않은 것이다.

가장 무거운 희망을 덜어내고 비로소 가벼워진 잠을 청하는 저기
저 노숙의 목숨을,

　…(중략)…

저 많은 부처들을 줄 세우자, 멀리서도 알아볼 수 있도록 차례차례
세우자

—「부처를 줄 세우자」 부분

부처를 그리다 그리다
그리움만 이만큼 그려놓고 끝내 당신은 서둘러 가십니다
가져갈 것도 버릴 것도 없는
당신은 홀가분하게 훌훌 떨치고 가십니다만
잡을 수도 없고 보낼 수도 없는 남은 마음들을 어쩌라십니까

—「법주사에 비는 오시고」 부분

하늘 쪽으로 자라지 못하는 몸을
땅속으로 키워내는 지독한 식물이다
칡의 해탈은 이미 저 깊은 땅 어두 속에서 이루어지는 중인 것을
나는 공연히 그의 팔을 잘랐구나

—「칡」 부분

이 외에도 시집의 후반부에 이르면 불교적인 색채가 작품 곳곳에 짙게
스며있음을 알 수 있다. 시인의 불가에서의 소소한 일상이나, 참선, 해탈,
부처나 불상에 대한 단상들이 미학적으로 잘 형상화 되어 있다. 임동주
시인의 경우 작품들에 불교적 세계관이 묻어나는 것은 사실이나 결코 난
해하거나 현학적이지 않으며, 관념적으로 빠져들지도 않는다. 이것이 그

의 시의 특징이자 장점이다. 그에 의하면 "세상 어디에도 우연은 없고/ 혼자인 것도 없"(「갈대 법무」)으며, 세상에 존재하는 "별도 꽃도 모두가 우주의 일"(「객승」)인 만큼 모두가 반짝이며, 향기롭다. 이 커다란 윤회의 시공간에서 그에게 시 쓰기란 어쩌면 "우주를 읽어내는" 지극히 "사소한 일"(「객승」)일지도 모른다. 그러나 그는 매일의 가벼운 일상이나, 흔하디 흔한 작은 들꽃 하나, 죽어가는 노숙인, 산길에 널린 칡덩굴에서도 부처를 발견하는가 하면, 그렇기에 작은 것 하나도 그냥 지나치지 못한다.

> 내 몸이면서 내가 볼 수 없는 등짝 가여워
> 가끔씩 뒷짐을 진다
> 내가 나를 업고 가는 뒷짐을
> 전생의 업을 지고 가는 것이라고 나무라지만
> 정녕 나의 업이라면 더욱 조심히 업고 가야지
>
> 천천히 걷는다
> 느린 뒷짐에 바람이 눕는다 물소리가 기댄다
> 구름 한 점이 얼른 올라탄다
>
> ― 「뒷짐을 지고」 부분

그가 발길을 멈추고 들여다보는 작은 것들, 간혹 등에 업어주기까지 하는 그것들에 대한 소소한 관심, "한 자루 촛불처럼 타오르는 공손한 사랑"(「님」)이야말로, 그의 시가 지닌 가장 큰 미덕은 아닐까. 그것들이 설령 그의 등에 짐 지워진 무겁고 버거운 업이라고 해도, 뒷짐이 한편 그를 지탱해주는 힘이 되기도 한다는 것을, 하여 그의 시(詩)도 그의 뒷모습도 오늘 더 아름답다.

다른, 식물성의 시학을 위하여

— 전건호『변압기』(북인, 2011)
— 황구하『물에 뜬 달』(시와에세이, 2011)

1. 욕망(慾望)하는 식물성 — 전건호『변압기』

태풍 메아리와 장마전선의 여파로 연일 비가 오더니, 태풍의 눈을 지나는 동안, 잠시 비 그친 하늘이 거울처럼 맑고 고요하다. 멀리 있는 것이 아름답다고 했던가. 하늘은 그래서 아득하고 높고 그리운 대상이었을 것이다. 인간에게 하늘은 닿을 수 없는 불가능과 미지의 영역이었기에 어쩌면 죽음 이후에야 닿을 수 있는 신비한 세계로 신화화되었을지도 모른다. 특히 지상의 온갖 괴로움과 고통에 누구보다 예민한 시인들에게 있어, 하늘은 그래서 더더욱 동경의 대상이 되었을 것이다. 문학 작품에서 하늘은 일반적으로 자유, 사랑, 이상, 영원, 불멸, 초월 등의 상징적 의미를 지닌다. 그런 의미에서 자유롭게 푸른 하늘을 비상하는 '새'는 객관적 상관물로 고전시가에게 현시대의 작품에까지 곧잘 등장하곤 한다. 그러나 주위를 둘러보라. 손에 닿는 모든 것들, 눈에 보이는 대부분의 것들은 다 땅 위에 붙박혀 있다. 구름, 달, 별, 해, 새 그리고 '하늘에 계신 우리 아버지'인

신(神)까지 애써 손꼽아봐도 천상의 존재는 고작 몇 되지 않는다. 바벨탑을 열심히 쌓아올려도 인간은 살아있는 한 어차피 하늘에 오를 수 없는 것이다. 어쩌면 그것이 시지프스와도 같은 인간의 비극이리라. 그러나, 지상 위에 남겨진 좌절과 비극은 노래(詩)를 만든다.

담쟁이와 눈 마주쳤다
…(중략)…
내가 누워 잠든 사이
백 년을 기어올라
걸어 잠근 방안을
애타게 들여다 보았구나
바람에 찢긴 파란 손바닥
가늘게 흔들며

—「영혼의 집」 부분

상처를 덮는가 했더니
어느 날부터 촉수에 빗물을 찍어
수묵산수를 친다

수직의 화폭에 잎새 하나로 새 한 마리 그려내는
둥글기만 한 저 농담

한때 나도
넓은 땅에 금 긋고
위로 오르려 한 적 있었다
눈물 머금고

한숨을 벼루에 갈아
수묵산수를 친 적 있었다

　　　　　　　　　　　—「담쟁이」부분

　전건호 시인의 첫 시집 『변압기』에는 담쟁이나 넝쿨에 관한 이미지가
유독 자주 나온다. 벽이나, 나무를 타고 무성하게 기어오르는 운동성 강
한 이 식물들은 수직 상승을 꿈꾼다는 점에서 짐짓 시인의 욕망과 닮아있
다. 그러나 '우리'는 모두 아무리 기어올라도 하늘에 닿을 리 만무한 지상
의 존재들일 뿐이다. 그래도 담쟁이는 제 영역을 넓혀 "상처를 덮는가" 싶
더니, 묵묵히 기어올라 "수직의 화폭에/잎새 하나로 새 한 마리 그려내는"
'수묵산수의 진경'을 펼쳐놓기까지 한다. 힘겹게 "촉수에 빗물을 찍어" 그
려낸 "새 한 마리"는 담쟁이가 그린 화폭을 벗어나 적어도 상상 속에서 만
큼은 자유롭게 날 수 있는 유의미한 존재가 되는 것이다. 화자 역시 담쟁
이처럼 "바람에 찢긴 파란 손바닥"으로 "눈물을 머금고" "위로 오르려 한
적"이 있었다고 고백하고 있다. 그러나 외려 시인은 방향을 잃고, 안타깝
게도 그 안에 갇혀 버리곤 한다.

어디로 뻗어
누구를 휘감아야 할까요
수세미 담장을 타고 창문 기어오르고
얼음에 갇혔던 돌의 눈물
낮은 곳 찾아 꼬불꼬불 흘러내리는데
어디로 발걸음을 디뎌야
감아올릴 우듬지를 찾을 수 있나요
…(중략)…

어디로 발걸음을 옮겨야
푸른 하늘을 볼 수 있을까요

　　　　　　　　　　　—「수세미에 접붙이다」부분

위의 시에서 역시 시적 화자는 부단히 수직상승을 꿈꾸지만, "어디로 뻗어/누구를 휘감아야 할"지 조차도 갈피를 못 잡은 채 방황하고 있음을 알 수 있다. 한 걸음 내 딛을 곳조차 찾지 못해 "동서남북 분간도 못하고" 우왕좌왕하며 당황해하는 화자에게 "감아올릴 우듬지"는커녕 "푸른 하늘"은 더더욱 아득하기만 한 것이다. 이처럼 수직상승의 길은 점점 더 멀어지고, 오히려 "얼음에 갇혔던 돌의 눈물"이 녹아, 낮은 곳으로 "꼬불꼬불 흘러내리는" 하강적 상황은 화자를 "어지럽고 헛구역질만 나는" 미로와도 같은 궁지로 몰아세우고야 만다. 현세의 절망적 상황이 어쩌면 전생의 업보로 인한 것인지도 모른다는 체념에 이른 화자는, 그리하여 "꽃 한 번 잘못 꺾은 죄로 하얗게 필 찔레 넝쿨에 갇혀 마흔 해 지내고 있는 거"(「꽃점을 치다」)라고 스스로를 위무하기까지 한다. 이 외에도 이러한 방향상실과 하락(下落)의 이미지는 시집의 곳곳에서 찾아볼 수 있다.

　　누군가 공깃돌처럼 나를 굴리며 즐기고 있는 거라 평생 쳇바퀴 돌고 돌면서도 꿈에도 눈치채지 못한 거라 이제야 그걸 깨닫고 트랙을 뱅뱅거리면서 담장 밖 흘겨보며 씩씩거리는 데도 쳇바퀴 속 다람쥐처럼 멈출 수가 없는 거라

　　　　　　　　　　　—「거라」부분

오늘도 상처난 몸으로
허공에 매달려 신음하는데
쳐다보는 사람 하나 없다

　　　　　　　　　　　　　—「변압기」 부분

딱정벌레처럼 엎어지고
발버둥쳐도 출구 찾을 수 없다
미로 같은 골목길 지나
연립주택 반지하에 누우면
벽 속 배관 타고 흐르는 물소리
모세혈관을 감싸고

　　　　　　　　　　　　　—「꽃동네」 부분

　위의 작품들에서 보이듯 시인은 "쳇바퀴 속 다람쥐" 또는 엎어지고
길 잃은 "딱정벌레"처럼 "발버둥쳐도 출구 찾을 수 없"는 "미로 같은 골
목길"에서 계속해서 제자리를 돌며, "상처난 몸으로/허공에 매달려 신
음하"고 있다. 그러나 이는 스스로도 "멈출 수가 없는" 무의지적인 것인
동시에 어디까지나 개인의 고통일 뿐, 누구 하나 화자를 쳐다보거나, 관
심을 갖지 않는다. 그럼에도 불구하고 시인은 비극적 인식에만 그치지
않는다.

한 생 다해 지탱해온 우듬지
기어오르는 녀석의 몸짓에서
전신주 타던 친구의 모습이 어른거린다
캄캄하게 정전된 그믐밤

전신주에서 미끄러지던 그의 팔에 쏠린 힘 저랬을까
…(중략)…
멍투성이 장딴지
치열하게 기어오르는 송충이
머릿속 캄캄하게 꺼져 있던 주마등 켜는지
실핏줄 파르르 떤다

―「송충이」 부분

　위의 시 「송충이」에서 화자는 다리를 타고 오르는 송충이 한 마리를 보고 처음에는 화들짝 놀라 소스라치게 뿌리친다. 그러다 곰곰이 생각해보니 "한 생 다해 지탱"하며 힘겹게 기어오르는 작은 벌레의 그것이 오히려 "맥 풀린" 자신의 헐거운 인생보다 훨씬 더 치열한 것임을 깨닫게 된다. 화자는 또한 순간, 언젠가 목숨을 걸고 올랐다가 그만 "전신주에서 미끄러"져 죽은 친구의 모습을 떠올린다. 시인은 비록 "서슬 푸른 손바닥 노리는 줄도 모르고", 언제 위험이 닥칠지 모르는 위험천만의 "멍투성이"의 생(生)일지라도, 결국은 "치열하게 기어오르는" 자만이 "캄캄하게 꺼져 있던 주마등"을 환하게 켤 수 있는 것이리라는 가열찬 인식에 다다른 것이다.

　벽지에서 담쟁이넝쿨이 스멀스멀 내려와 천정으로 나를 말아 올린다 …(중략)… 등불 아래 코를 고는 사내를 흔들던 여자 투덜거리다 형광등을 끈다 담쟁이 안심하듯 나를 살풋 거실에 내려놓고 벽지 속으로 들어가 눕는다

―「담쟁이에 숨다」 부분

담벼락에 혹은 다른 어딘가에 기생충처럼 붙어 기어오르는 '담쟁이'. 이따금 화자의 발목을 묶거나 몸을 조여와 행로를 방해하는 '넝쿨'이지만, 위의 작품 「담쟁이에 숨다」에서처럼 이들은 때로, 일상에 지친 시인을 숨겨주기도 하는 따뜻한 존재이기도 한다. 그것들은 "푸른 손바닥"으로 화자를 어루만져주거나, 혹은 상처를 덮어주기도 한다. 게다가 그들은 무겁게 꺼진 몸을 "스멀스멀 내려와 천정으로 나를 말아 올려"주거나 "살풋" 내려놓는가하면 "백 년을 기어올라/걸어 잠근 방안을/애타게 들여다 보"(「영혼의 집」)며 화자를 묵묵히 지켜주는 수호적 존재라고도 할 수 있다.

요컨대, 위에서 살펴본 바와 같이 이번 시집에 실린 전건호 시인의 작품들은 좌절된 욕망으로 인해 터져 짓무른 상처들을 하나하나 따뜻하게 감싸안는, 포용의 시학을 보여준다. 담쟁이처럼, 우리의 꿈이 비록 하늘까지 이르진 못한다하더라도 가끔은 "위로만 비치던 전조등도 내리고 조급증 나는 기어변속도" 줄이고, "꺼져가는 엔진 기름칠 하다보면" "다시 지구 끝까지 달려갈 수 있을"(「지천명」)거라는 믿음 또는 희망은 버리지 않고 말이다.

2. 포유(哺乳)하는 식물성 ― 황구하 『물에 뜬 달』

앞서 살펴본 바와 같이 전건호 시인의 시집에서 두드러지는 담쟁이나 넝쿨에 관한 이미지가 벽이나 나무를 타고 무성하게 기어오르는 운동성 강한, 즉 수직 상승을 지향하는 식물 이미지였다면, 황구하 시인의 그것은 여성성을 드러내는 데에 중요한 이미지로 작동하고 있음을 알 수 있다. 시집 곳곳에서 드러나는 '꽃'과 '나무'의 생명력은 물론이거니와 자주 차용되는 소재인 '달'과 '물' 역시 어머니로 표상되는 여성성을 상징한다. '나무'가 거칠고 마른 흙에 뿌리를 박고 무성한 잎과 가지와 열매를 품듯, 세상의 모든 '어미'라는 이름을 가진 존재들은 척박한 환경 가운데서도 '새끼'를 어르고, 품고, 젖을 물린다. 다음의 작품들을 보자.

저 검은 몸속 어디

하늘로 가는 길 은밀히 뚫어 놓았나

여의주 문 물고기 한 마리

지금 막 헤엄쳐 나간 게 분명하다

시리디시린 하얀 비늘들

저리 환히 쏟아지는 걸 보면

— 「벚꽃진다」 전문

한 계절을 굶주리고도 여자는 배가 부르다

수천수만 송이 꽃알 단박에 낳고
또 입덧을 하고 있다
…(중략)…

난생 누대의 뿌리로부터
피가 돌고 있었던가
투두둑 터져 나오는 꽃알 꽃알 몽우리
세상 모든 꽃의 자식들
지느러미 살랑이며 돌아오고 있다

아무것도 먹지 않아도 크음큼 배가 부른 여자

—「박태기나무」 부분

　위의 작품 「박태기나무」에서처럼 여자는, 아니 '어미'는 "한 계절을 굶주리고도", "아무것도 먹지 않아도" "투두둑 터져 나오는" "꽃의 자식들"만 보아도 흐뭇하고, 배가 부르다. 그녀는 모진 입덧 끝에 "햇빛 한 줌", "바람 한 숨통"만으로도 일 년 "열두 달을 거느"려 "수척한 얼굴"로 산고를 치루지만, 고통보다는 뿌듯하고 벅찬 기쁨에 "집 천장 높지 않아도 새로 돋는 별"처럼 황홀하기만 한 것이다. 그러나 날이 갈수록 제 몸은 점점 검어지고, 새끼들에게 양분을 다 내어준 메마른 몸에선 "시리디시린 하얀 비늘들"이 비듬처럼 후두둑 쏟아져 내리고, 품안에서 옹알거리던 "꽃알 몽우리"도 결국은 어미의 품 밖으로 하나둘 "헤엄쳐 나가"기 마련이기에 풍성했던 여자는 자못 쓸쓸해지고야 만다.

전 생애를 다 바쳐
꽃숭어리 하나 펼쳐 보이는 길
얼마나 처절했기에
저리 환하게 맺혔단 말인가

세상살이 자주 꺾이던
바람은 연둣빛이었으리
무너지는 담장에 기댄
붉은 종양덩어리

너 사는 날까지만 살으리

— 「너도바람꽃」 부분

근디 너 그거 알지야 시상살이 어디 한 군데 깜깜절벽 아닌 곳 있다
냐 대간혀 그라도 시상 쬐깐한 벌거지 한 마리도 그냥 오는 벱은 읎어
야 그 꿈꾸고 니가 들어섰으니께, 입맛 안 땡겨두 어여 인나 밥 한술
뜨거라 잉

— 「나, 절에 좀 댕겨올란다」 부분

옛날엔 비 한 번 댕겨가믄 들깨모가 구름맨치로 붕붕 솟아 올랐는
디 뭔 놈에 실비만 댕겨가도 모다 매가리 없이 꼬꾸라진다냐 시절 다
가는디 인자는 영 글렀능게벼 절단난겨 워치케 손쓸 수도 읎어 손 쓸
수가 읎어 옘병헐

숨겨놓은 대장암, 울 엄마 저쪽으로 가시기까지 끝끝내 나오지 못
했다

— 「붙박이별」 부분

수천 수만의 꽃을 피워 올리는 무성한 나무라 할지라도, "꽃숭어리 하나 펼쳐 보이는 길"이 보이는 것만큼 그리 쉽지만은 않다. 이는 "전 생애를 다 바쳐"야 하는 고단하고 처절하고 지난한, 인고의 과정이다. 말 그대로 "시상 쬐간한 벌거지 한 마리도 그냥 오는 뱁은 읎"는 법인 것이다. 그래서 '새끼'는 '자식'은 아이러니하게도 열매인 동시에 어미의 마음에 자리잡은 "붉은 종양덩어리"이기도 한 셈이다. 새끼가 무럭무럭 번성해갈수록, 종양 또한 커 가고, 반면 어미는 메마르고 황폐해져 결국엔 죽음과 점점 더 가까워진다. 위의 작품 「붙박이별」에서 화자의 어머니 역시 평생을 키워온 것이 비단 '자식'만은 아니었다. "붉은 종양덩어리"까지 가슴에 얹고 함께 키우며 살아온 것이다. 그러나 어미에게 자식이, 시인에게 작품이 그러하듯, 그들이 품은 '붉은 상처'는 때로는 등불과도 같은 '빛'이 되어 주기도 하고, 버팀목과도 같은 '둥근 힘'이 되어 주기도 한다. 번번이 "나를 얼른 주저앉혀놓고/훌훌 자리 털고 일어서는"(「상처」) 것 또한 다름 아닌 "상처" 때문인 것이다.

> 춘삼월 한낮 노인의 몸에
> 어떤 빛 자루 들어앉아 있는가
> 팍팍한 세월 잔광으로 살아남아
> 밥상보처럼 둥글게 앉아 있으면
> 텅 빈 물소리도 덤으로 얹혀
> 꽉 찬 달빛으로 출렁이는가
>
> ─「민들레」 부분

여름내 호박넝쿨 담을 넘더니

옆집 고욤나무 가지에

호박 한 덩이 매달아 놓았다

하늘과 땅 어디에도 기울지 않고

비바람에도 아랑곳없이 허공에 얹혀

흔들며 흔들리며 나아간다

···(중략)···

둥글게 둥글게 힘을 그러모아

하늘은 저렇게 땅을 디딘다

—「둥근 힘」부분

온몸이 혈관이다,

···(중략)···

서너답 생명 무장무장 꿈틀거리는 태초의 저 여름 분화구,

활활 온몸이 숨결이다,

—「맨드라미」부분

　"활활 온몸이 숨결이"고 "온몸이 혈관"인 맨드라미는 둥글고 붉은, 흡사 자궁을 연상시킨다. "비바람에도 아랑곳없이" "둥글게 둥글게 힘을 그러모아" 열매 맺힌 "호박 한 덩이"는 건강하고 생산적인 여성성을 보여준다. 요컨대, 황구하의 첫시집인 『물에 뜬 달』에는 이제 막 생리를 시작한 사춘기 소녀에서부터 나른한 "춘삼월 한낮" "밥상보처럼 둥글게 앉아" 나물을 파는 할머니에 이르기까지 그녀들은 모두 하나같이 "꽉 찬

달빛으로 출렁이"고 있다. 그리하여 "물에 뜬 달"은 그 충만함과, 출렁임으로 하여, 쓸쓸한 "마음" 하나를, "환한 그림자를", "캄캄한 세상"(「물에 뜬 달」)을 구명(九命)이라도 하듯, 넉넉하고 무던하게 끌고 간다. 시인 또한 그 포근하지만 아픈 길, 옹골진 "세상의 무늬"(「길이 아프다」)를 시집에 지도처럼 오롯이 새겨 넣는 동안, 또 얼마나 많은 산고를 치뤘을까. 그녀에게서 태어난 "목어들"에게서 싱싱한 "비린내가 난다".(「목어」) 하여, 앞으로 더 많은 입덧과 산통으로 시의 꽃알들 알알이 영근 그 생명들, 무장무장 건강하게 피워내길 기원해 본다.

사랑, 등불을 지키는 시인들

— 김윤환『까띠뿌난에서 만난 예수』(시와에세이, 2010)
— 박부민『등불이 있는 마을』(시와문화, 2010)
— 강경보『우주물고기』(종려나무, 2010)

1.『까띠뿌난에서 만난 예수』, 김윤환

우리는 반성 없는 시대에 살고 있다. 자본논리에 의한 경제 성장과 무분별한 개발에만 혈안이 되어 앞만 보고 질주하는, '효용'과 '효율'이 가장 큰 미덕이 된 사회에 살고 있는 것이다. 종교마저 세속화, 대형화, 기업화되어 간지도 오래이다. 얼마 전 읽은 기사에선 강남에 2100억원 짜리 거대한 교회가 들어선다고 한다. 2100억원 짜리 신전에서 목회자는 아마도 대통령이나 기업의 총수 대접을 받을 것이다. 사람들은 신보다 신격화된 인간 앞에서 굽신거리며, 온갖 정치와 로비활동을 할 것이다. 세상은 어느덧 바벨탑으로 숲을 이루고 있는 것은 아닌지, 한번쯤 되돌아 볼 필요가 있다. 반성이 반성을 반성하지 않는 반성 없는 시대에 너나없이 아무 비판없이 살고 있는 것이다. 그러나 다행인 것은 시인이라는 천명의 직업을 가진 이들이 있어, 그들은 김수영의 시 한 구절처럼, "끝까지 그 자신을 반성하지 않는" "절망"에도 불구하고, "딴 데서 오"는 "바람"과 "예기

치 않은 순간에"도 언젠가 오고야 말 "구원"(김수영,「절망」)의 날을 여전히 기다리며 소소한 비판과 성찰을 멈추지 않고 있다는 것이다.

여기 개인의 소소한 일상에 대한 성찰은 물론이거니와 지금 여기, 시대와 역사에까지 각성과 반성을 촉구하는 시편들이 있다. 목회자이면서 시인인 김윤환의 두 번째 시집『까띠뿌난에서 만난 예수』가 바로 그것이다. 수신제가치국평천하(修身齊家治國平天下)라고 했던가. 시집의 구성을 봐도, 1, 2부에 실린 시편들은 대부분 시인 자신에 대한 지나온 날들에 대한 회환과 일상에서 깨닫게 된 작은 성찰들을 담고 있다. 이어 3, 4부에 오면 시인의 시각은 확대되어 사회 문제에 대한 첨예한 현실 비판과 기독교적인 반성의 시편들이 주를 이룬다. 먼저, 이 시집의 서시이기도 한, 수신(修身)의 시편들을 보자.

지나온 발자국을 돌아보았다 발바닥의 지문보다 구두의 뒷굽이 더 선명했다 이승의 벌판을 두루 헤매다 불현듯 부딪힌 돌부리에 부딪혀 마침내 신을 벗는다 감싸던 또 하나의 껍질이 벗겨질 때 비로소 피맺힌 맨발을 본다 잃어버린 발가락의 지문을 찾게 되었다 촘촘히 문양을 그린 발 지문에서 내 안의 우주를 본다 광야에 새로 새길 발바닥을 본다 상처 난 돌부리가 생의 반환점이 되었다 우주의 중심이 되었다 상처는 아름답고 발자국은 더욱 선명해졌다

─「발자국」 전문

시인은 문득 지나온 발자국을 돌아본다. "구두의 뒷굽"만이 선명하게 찍혀있을 뿐, "발바닥의 지문"은 보이지 않는다. 그에게 "발바닥의 지문"은 시인 자신이 스스로 걸어온 '과거의 길'이기도 하고, 앞으로 걸어 나가

야 할 '미래의 길'이면서 동시에 하나의 이정표와 사명에 다름 아니다. 이러한 이정표와 사명은 함부로 모습을 나타내지 않는다. 돌부리에 부딪히고, 껍질이 벗겨지는 고통이 있은 후에야 비로소 지문의 형태로 "피맺힌 맨발"에 새겨지는 것이다. 그리하여 그 지문 안에서 시인은 우주를 본다. 앞으로 걸어가야 할 거친 광야의 길에 선명하게 새로 새겨질 발자국은 피투성이에 상처뿐이겠지만, 그래도 신을 향해 걸어가는 발자국이기에, 아프지만 신성하고도 아름답다.

삶에 대한 반성은 작은 일상에서 찾아지기도 한다. 시인은 "매운 것들로 빈틈없이 여물어"가는 "마늘 육쪽의 눈물 알갱이"(「마늘 밭에서」)에서 세상을 열어 보이는 힘을 보며, 「깨어 있다는 것」에서는 양계장에 밤새 켜진 백열등을 보고 "깨어 있어야 생명을 낳는다는" "가혹하면서도 경이로운" 진실을 발견하기도 한다. 시인은 살아있음이란 부단히 깨어 "불면의 가혹함을 견뎌"낼 때 비로소 새로운 생명을 잉태할 수 있으며, 또 '깨어있음'이 바로 '살아있음'의 전제조건이라고 일깨워준다. 그런가하면 그는 「서울역 방향제」에서 방향제가 사람보다 공평하고 성실하다고 역설한다. 외모, 직업, 나이, 성별, 재산에 상관없이 묵묵히 제 향기를 대가 없이 아무에게나 나눠주는 '방향제' 하나도 일상에서 시인은 그냥 지나치지 않는다. 또한 그에 의하면, '진주' 역시 몸속에 들어온 모래가 무조건 값진 보석이 되는 것은 아니다. 모진 고통 끝에 그냥 죽어버리는 조개들이 태반이기 때문이다. 시인은 진주의 핵은 모래가 아니라 "고통을 이겨낸 침묵의 진액/죽음을 몰아낸 결정체"(「보석이 된다는 것」)라는 인식의 깨달음에 이른다. 이 외에도 「현기증」이라는 시에서는 "날마다 같은 거짓을 반복하는" 것은 아닌지, "거짓말에도 이자가 붙어 삶의 원금을 다 갚아 먹은 것은" 아닌지 스스로의 삶을 반성하고 또 반성한다. 쳇바퀴 같은 일상에서 현기증을 느낄 때 마다, 그래도 시인은 여전히 "살아 있다고/살고 싶다고" 외롭고 고단하게 외친다.

이상 1, 2부에 실린 작품들을 소략하게 살펴보았다. 3, 4부에 오면 시인의 눈은 보다 거시적인 안목으로 사회와 역사를 비판하는 데 이른다. 인권 운동가 에바디에게 헌정하는 작품(「시린 에바디를 위한 변명」)에서부터, 용산참사(「신바벨탑」)와 아프가니스탄 파병 문제를 다룬 시, (「해방의 조건」), 노무현 대통령(「노란 나비」)과 김대중 대통령에 관한 시(「김대중 눈물샘」, 분단 의식을 보여주는 시(「자유로 유령」) 등 이번 시집에서 보여준 자유와 인권, 민주주의에 대한 그의 관심은 지대하다. 그는 그러나 현실 비판에만 그치고 있지 않다. 세상을 비판과 절망의 눈으로 바라보는 데서 그치면 그 이상 아무 의미가 없다. 거기에 실천과 모색이 절대적으로 필요한 것이다. 그래서 시인은 기독교적인 사랑과 포용의 눈으로 세상을 위해 기도하고, 더불어 현실적인 대안을 절실하게 찾아 역동적으로 움직여야 할 것을 강조한다. 그의 표제시이기도 한 「까띠뿌난에서 만난 예수」를 읽어보자.

　　　　달력도 없고 신문도 없는
　　　　까띠뿌난 마을에
　　　　손톱에 때를 묻히며 그는 서 있다

　　　　십자가도 초라한 예배당 모퉁이에

뽀얀 살의 내가 부끄러이 고개 숙이니
곱슬머리 맑은 눈의 그가
잘 왔다 인사한다
…(중략)…

물소 달구지를 타고
도시로 떠나는 형제를 위하여
손 흔드는 까띠뿌난의 예수

다시 보자
거룩한 손 오늘도 흔들고 있다

— 「까띠뿌난에서 만난 예수」 부분

　문득 성경 한 구절을 떠올린다. "임금이 대답하여 가라사대 내가 진실로 너희에게 이르노니 너희가 여기 내 형제 중에 지극히 작은 자 하나에게 한 것이 곧 내게 한 것이니라 하시고"(『마태복음 25 : 40』)가 바로 그것이다. 오늘날 예수는 어디에 있을까. 화려한 옷을 입고, 화려한 자동차에 거대한 궁궐 같은 성전에 신은 임재할까? 그리스도는 앞서 말한 2100억 원 짜리 교회당에 귀족처럼 우아한 자태로 성좌에 앉아계실까? 아니다. 그는 '까띠뿌난'과 같은 가난하고 궁핍한 곳에 있다. 그는 우리 사회에 가장 소외되고, 그늘진 곳에서 허름하게 누더기진 옷과 병든 모습으로 우리를 기다리고 있는 것이다. 시인이 찾아간 '까띠뿌난'이란 곳은 필리핀의 오지마을로 아직 문명의 영향이 거의 없는 가난한 시골마을이다. 그곳에서 시인은 "내가 기다리던 그", "나를 기다리던 그" 즉 예수 그리스도를 만났다고 고백하고 있다. "달력도 없고 신문도 없는" 오지의 마을에 "손톱에 때"가 낀 까만 피부에 곱슬머리를 한 '그'는 맑은 눈으로 '나'에게 잘 왔다고 인사한다. 그런가하면 '그'는 도시로 떠나는 형제에게도 잘 가라고 다시 보자고 "거룩한 손"을 흔든다. 그들은 가진 것은 없지만 한 목소리로 함께 노래하고, 전기가 들어오지 않아도 "사랑으로 불을 밝"힌다. 그래서 그들의 마을은 세상 어느 곳 보다, "환한 웃음"으로 가득 차, 눈물겹고 밝고 아름다울 수 있는 것이다. 시인은 이제 화려하고 편안한 곳에 안주하지 말고, "사랑한다면 머물지 말고 떠나라/사랑한다면 말하지 말고 먹이라"(「중인」)고 "변화된 몸, 변화된 마음"을 보이라고 증인의 삶을 살 것을, 독자들에게 '그'에게서 온 편지의 형식을 빌어, 메시지를 담아 전하고 있다. 시인은 시집 후기에서 이십프로의 열정으로 쓴 시라는 후배의 개탄에 어느 것에도 100퍼센트의 삶을 살지 못한 불완전한 삶을 살아왔다고 스스로 반성하고 있지만, 그는 시인으로서도 목회자로서도 온전한 삶을 살기 위해, 누구보다 부단히 노력하는 '사람'임에 분명하다. 기실 어차피 온전한 100 퍼센트란 처음부터 신(神)에게만 귀속된 확률이 아니었던가.

2. 『등불이 있는 마을』, 박부민

박부민의 시는 향토적이다. 그의 시에는 유년이 있고, 고향이 있고, 등불이 켜진 작은 마을, 작은 집에 옹기종기 모여 있는 소박한 가족들이 둘러앉아 피우는 사람의 향기가 있다. 그래서 그의 시편들에는 도시의 공해나, 오염된 정치, 대중 문화적 경향이나 비판, 분열적 증후나 화려한 수사(修辭) 같은 건 찾아보기 힘들다. 다만 한 폭의 수묵담채화처럼, 은은하게 배어있는 묵향과 고향의 색채들이 따뜻한 온기마저 품고 있어 훈훈하기 그지없다. 그가 시인이기 이전에 목회자의 삶을 살고 있음에 유의하여 작품들을 읽어봐도, 기독교적 색채가 두드러진다거나, 종교적 성향에 기대어 세상을 바라보기 보다는, 그저 따뜻하고 작은 것들을 소중히 세심하게 관찰하고, 낮고 세밀한 시선에 기대어 시골 마을에서의 소박하지만 정겨운 일상을 담백하게 담아내고 있음을 알 수 있다. 그는 "조그만 조그만 일에 감사할 때/나는 詩를 쓰고 있는 것입니다/나는 詩人입니다/나의 하루가 詩입니다"(「詩」)라고 고백하는가 하면 "노을에/댓잎 버무려/詩 김치"를 담아 "눈발 치기 전/힘내어/뒤켠에 항아리"(「김장」)에 잘 묻어두기도 하는 '시의 김장'을 잘 담는 토속적인 시인이다. 거대한 담론을 품고 있어야 꼭 좋은 시는 아니다. 우리가 놓치기 쉬운, 혹은 이 시대에 사라져가는 풍경들을 사진을 찍듯, 이미지를 잘 포착하거나, 혹은 거기에 융화된 삶 자체를 형상화하여 한 폭의 수채화처럼 은근하게 담아낼 수 있다면, 그 역시 살아 있는, 삶에 가까운 좋은 시라고 할 수 있는 것이다.

> 쩔렁 쩔렁 순록의 방울 소리가 요란하게 문 앞에서 멈출 때 등불을 켠 눈부신 금빛 썰매는 도착했다 천지에 쏟아져 내리는 흰 눈송이들을 헤치며 형과 나는 새로 만든 크리스마스 카드를 품고 그리운 사람들이 사는 따뜻한 나라로 세월처럼 날아갔다
> — 「크리스마스 카드」 부분

박부민 시인은 이번 시집의 자서(自書)에서 그에게 '시 쓰기'는 이웃을 깨우는 "서늘한 등불"이자 "그리움의 등불"이며 이 작은 '시의 등불'을 마

을과 이웃에 밝히고 싶다고 고백한다. 그렇다면 그에게 이 작은 불빛의 시작은 어디에서 연유한 것일까. 위의 작품을 살펴보면 그 불꽃이 유년에서 온 것임을 짐작할 수 있다. "눈이 쌀밥처럼 내리던" 가난하고 배고프고 춥던 어린 시절 밤새 성탄절 카드를 만들면서, 카드 위에 그렸던 "정갈한 나라"와 "따뜻한 나라"로 시인은 어느덧 지금 "세월처럼 날아와" 있다. 그리고 어린 시절 꿈꾸던 그 작지만 평온한 나라에 교회당을 짓고, 목회를 하면서 농사를 짓듯, 시를 쓰고 있는 것이다. 어느덧 그 유년의 배고프고 춥던 겨울은 지나고, 시인은 따뜻하고 환한 봄날 한 가운데 서 있다.

> 겨울을 온전히 바래다주지 못한 아픔은
> 바람에 뼈를 부비며 애써 늙고 있지만
> 잔정이 새순처럼 돋아나
> 누구든 연초록에 미리 젖고 말겠다
> 억새풀 비벼 넣어 황토밥 쪄 먹고
> 송천댁 가마솥 연기로 세수하고 나면
> 천황봉이 눈 묻은 어깨를 툴툴 털고
> 껄껄대며 내려온다. 여기가 봄이다
>
> ― 「월남리」 부분

화자는 봄날 "연초록"의 기쁨과 설렘에 젖어 있지만, "겨울을 온전히 바래다주지 못한 아픔"이 아직 가슴 한켠에 남아 있음을 알 수 있다. 유년의 아픈 겨울은 온전히 사라지지 않고, 지금도 남아 "바람에 뼈를 부비며" 화자의 삶과 함께 같이 늙어가고 있다. 그러나 화자는 더 이상 아프기 보다는 "넉넉한 느티나무 한 그루"와 "냇물", "동백숲"과 "설록"과 "천황봉"

등 자연의 품에서 "눈 묻은 어깨를 툴툴 털고" 자연과 동화된 삶을 훈훈하게 살아간다. 하지만 간혹 유년의 "아픔"은 팥죽처럼 끓어오르기도 한다. "아궁이에 꽃불을 낳던/바람을 등에 꽂은/눅눅한 아버지/곁에 흐린 어머니/산비탈에 찍어둔 발자국들이/한 솥에 몰래 들어와 끓고 있었다"(「팥죽」)에서 볼 수 있듯, "허연 고향"에 눅눅하고 흐릿했던 아버지와 어머니에 대한 기억은 아직도 "마그마의 붉은 영혼"처럼 헐떡거리며, 그에게 불티로 살아 있음을 또한 알 수 있다. "별들이 세수하고 뜬금없이 나들이 나온/하얀 대낮 벌컥벌컥 항아리째 생수를 들이켜는 그런/눈부시게 목마른 날"(「중앙선 열차」) 그에게 그 '불티'는 방금 세수한 별처럼 따뜻하고 깨끗하게 세상을 밝혀주기도 하지만, 반면 "하얀 대낮"의 타는 듯한 갈증처럼 시인의 심지에 남아 어쩌면 계속해서 시의 '등불'을 환히 밝게 하는 원동력이 되는 것이기도 하리라.

> 사람 사는 마을에 아직 등불이 있다
> 등불이 있는 골목에 바람이 분다
>
> 바람 부는 지상에
> 내 빛나는 영성(靈性)의 별떨기들이
> 그 청청한 눈망울들이 쏴아쏴아
> 흐르고 내리고 깊어지는
> 이 설야(雪夜)의 순결의 끄트머리에서 떨며 밤을 지새우나니
>
> 내가 지울 수 있는 모든 것을 지우기 위해
> 새벽까지 눈꽃의 등불을 지켜주어야만 한다
>
> ─「등불」부분

끝으로 이번 시집 『등불이 있는 마을』의 표제시에 해당하는 작품을 소개한다. 시인은 "지울 수 있는 모든 것을 지우기 위해" 밤새 '등불'을 지켜야한다고 말한다. 그러한 그의 밤이 "설야의 순결"과 "빛나는 영성의 별떨기들"로 환하게 밝혀지길, 더불어 그가 "온갖 불빛 거느리고 벅차게 달려가"(「전라선」) "지울 수 있는 모든 것을" 다 지우고 끝끝내 승리하기를, 진심어린 건투를 빈다.

3. 『우주물고기』, 강경보

우주선(宇宙船), 우주를 운행하는 배라는 뜻이다. 그렇다면 예부터 사람들은 우주를 거대한 바다로 여겼던 것일까. 비행기(飛行機)나 기차(汽車)처럼 기계(機)나 차(車)가 아니라 배(船)라고 불렀으니 말이다. 이처럼 우주를 하나의 거대한 바다에 비유한다면, 인간을 포함한 모든 생명체를 물고기나, 수생식물쯤으로 여겨도 비약은 아닐 것이다. 여기, 우주를 유영하는 "우주물고기"와, "수생의 푸른 꿈"을 꾸는 시인이 있다. 시집 『우주물고기』의 강경보 시인이 바로 그다. 그는 '우포늪 왕버들'과도 통신하고 교감하는가하면, 짐짓 '우포늪의 말'을 알아듣기도 한다. 그는 "왕버들 뿌리 끝에 달린 이동통신기지국"에서 쏘아 올리는 "물젖은 전파"를 통해 라디오인양, "추억의 소리"를 전해 듣기도 한다. 인용한 시의 일부를 보자.

저 왕버들 뿌리를 만져본 적 있니?
일억년도 넘은 우포늪이 말을 다 한다는데

말이 샘물처럼 고여서 이제는 아예

제 몸이 말이라고 그냥 그런 줄 알라고

그때부터 마음의 생각들 어린 물풀로 올린다는데

왕버들 뿌리 끝에는 이동통신기지국이 있어서

어젯밤부터 물젖은 전파를 내 가슴에 쏘고 있다

마름풀 가느다란 줄기가 팽팽하게 진동하면

나는 겨드랑이 어디쯤서 추억의 소리 듣는데

가려움은 피돌기를 따라 발끝까지 흐르는구나

그래 알겠다,

가시연 생이가래 개구리밥처럼 나도 한때는

수생의 푸른 꿈 꾸었는지 몰라

—「우포늪 통신」부분

　　한편 "왕버들 뿌리 같은 어머니에게서 뻗어나"온 그는 간혹 어머니에게 "아직은 잘 살고 있습니다"라고 소식을 전송하기도 한다. 또한 "가시연 생이가래 개구리밥처럼" "수생의 푸른 꿈"을 꾸던 그는 아직도 몸에서 "자각자각自覺自覺 무심무심無心無心/물소리가 나"기도 한다고, 그리하여 그의 태생이 '우포늪의 말'과 다르지 않음을 자각하는 생태학적 사유를 보여주기도 한다. 그는 "장례식장 울타리 밖 플라타너스"를 보고 "나무들처럼/나도 쇄골 아래쯤에 번지番地 하나 새기고 싶다"고 말한다. 그리하여 "가렵고 향내나는 물관부 땅에 접붙이고"(「봄의 장례식장」) 가슴에 새들을 위한 문패하나 달고 싶다고 고백하기도 하는가 하면, "어찌 아니랴, 오래전부터 나는/검둥오리사촌의 사촌이었으니"(「검둥오리사촌에 관한 사유」)라고 하는 등, 모든 유기체가 실은 하나의 네크워크로 친족처럼 연결되어 있음을 전언한다.

끓는 물에 데쳐 그늘에 오래도록 말렸을 국화차 알갱이가
내 상처를 닦았다

상처 난 자리에 노랗게 오글오글 눌러붙은 딱지

손톱만한 가려움이 온몸을 헤엄치게 하는 날
—「국화차 한 잔이」 부분

위의 시에게 화자인 "나"의 상처는 "국화차 알갱이"의 그것처럼 식물을 닮기도 했고, "온몸을 헤엄치"는 물고기의 그것처럼 동물을 닮기도 했다. 식물성과 동물성이 그의 몸 안에 공존하며 상처처럼 각인되어 있는 것이다. 아니 어쩌면 그의 유전자 지도에 처음부터 입력된 것들이리라. 그 상처의 "아릿한 것이 목구멍을 타고 흐르는 달빛 노란 밤"에 시인은 "그냥 되다만 것 아직은 붉은 것"을 괜히 열어봤다며, "아릿하게 눈뜨고 있는" 그것들을 가만히 들여다본다. 한편, 이 같은 상처는 욕창처럼 곪아있기도 한데, 상처의 바로 위 기억의 상류에는 언제나 육신의 어머니와 아버지가 존재한다.

국수나무 줄기 골속 벗기면 꼭 어머니 허리 같은 하루가 나온다 어머니 허리에 매달린 작살나무 가늘고 뾰족한 손가락 흔들며 설렁설렁 먼 산길 가리키면 저기 뚝 떨어진 산길 한켠에 쓴 얼굴 소태나무 아버지 헛헛 뒷짐 지고 서 계신다
—「수락산 국수나무 작살나무 소태나무 가족은」 부분

상처는 다만, 아버지의 몸에 왔다 가는 것이려니
몸은 상처의 집이라
…(중략)…

상처가 늘 가장 그리운 사람의 마음을 닮아 곪아 터진다는 것을
아버지 돌아가시고 나서 한참 후에 알았다
…(중략)…

어느 날 아침 저 혼자 분출하여 흥건해진
내 등의 활화산,
용암은 아직 끓고 있다

— 「욕창」부분

인간은 태어나는 순간부터 상처를 지닌다. 어머니의 양수 안에서 격리되어 세상에 나오는 순간, 박리의 첫 고통과 몸의 탯줄을 자르는 고통이 바로 그것이다. 그런 의미에서 배꼽은 원시의 상처라고 할 수 있다. 어머니와의 격리로부터 온 가시(可視)적 상처의 흔적이 '배꼽'이라면, 아버지에게 물려받은 내면적 상처는 아마도 힘겨운 생의 무게를 이어받아 짊어져야 하는 '등의 상처'라고 할 수 있을 것이다. 시인은 이처럼 몸을 "상처의 집"이라고 정의한다. 상처들이 살고 있는 집, 그 무수한 상처들은 또한 "가장 그리운 사람의 마음을 닮아 곪아 터진"다고 하니, 상처는 그리움의 흔적이자, 한 송이의 꽃으로, 혹은 활화산의 용암처럼 평생 동안 끓어오르는 것이리라. 이는 추하거나 더러운 것이 아니라, 생을 빛나게 하는 혹은 뜨겁게 달구는, 아름다움 자체이다.

그의 다른 시편 "알겠네, 삶이란 죽음이 꽃피는 일이며 빛이란 어둠이

꽃피는 일임을"(「홍련암」)에서 알 수 있듯, 상처가 상처 아닌 몸과 인접해 있는 것처럼, 삶 또한 죽음과 나란히 인접해 있음을 알 수 있다. 그것은 하나의 무늬, 문양이며 굳이 이름붙이자면 '사랑'이라 할 수 있다. 시인에게 어느 날 던져진 여섯 살난 아이의 사랑에 관한 물음은 화두가 되어 가슴 깊이 날아온다. 시인은 이제 우리에게 고스란히 같은 화두를 툭 하고 건넨다. "사랑은 에너지가 아니지?/사랑은 아무것도 아니지?/마음에 있는 거지?/마음은 사람 몸에 있지?/마음이 몸 밖에 있으면 다 날아가지?" (「화두話頭」)라고 지금 당신에게도.

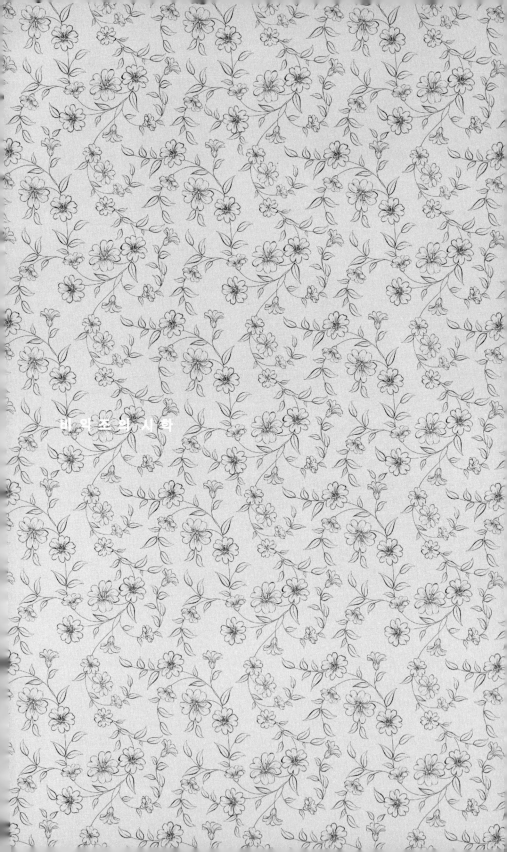

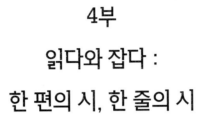

4부

읽다와 잡다 :
한 편의 시, 한 줄의 시

표류(漂流)하는 문장들

— 김명인 「문장들」 읽기

'살아있는 문장'이라는 표현이 있다. 시인에게 있어 아름답고 생생한 문장 한 줄, 절창의 시 한 편은 일생을 다 바쳐 찾아나서도, 그리하여 고행(苦行)과 구도(求道)의 지난한 길을 돌고 돌아 죽음에 이르러도 누군가는 건질까 말까한 그런 무지개 같은 것이리라. 동사와 명사와 존재사들을 마치 흙반죽처럼 개고 치댄 다음, 고통의 살과 피를 넣어 하나의 형상을 만든다. 그리고 거기에 들숨을 불어넣는, 여기 신을 닮은 인간, 시인(詩人)이 있다. 태초에 신이 인간을 만들 때처럼, 시인은 언어에 자신의 숨을 불어넣는다. 그리하여 잘 빚어진 문장과 시 한 편은 '인격'을 지닌다. 시인이 완벽한 문장을 찾아나서는 것처럼, 어쩌면 서툴게 만들어진 문장들도 피그말리온의 꿈을 꾸며 완벽한 문장이 되길, 간절히 소망하며 잠을 자고 있는 것인지도 모른다. 그러나 사람의 그것처럼 어디까지나 "이 문장은 영원히 완성이 없는 인격"이다.

1
이 문장은 영원히 완성이 없는 인격이다

2
가을 바다에서 문장 한 줄 건져 돌아가겠다는
사내의 비원 후일담으로 들은들
누구에게 무슨 감동이랴, 옆 의자에
작은 손가방 하나 내려놓고
여객선 터미널 유리창 너머로 바라보면 바다는
몇 만 평 목장인데 그 풀밭 위로
구름 양 떼, 섬과 섬들을 이어 놓고
수평선 저쪽으로 몰려가고 있다
포구 가득 반작이며 밀려오는 은파들!

오만 가지 생각을 흩어 놓고
어느새 석양이 노을 장삼 갈아입고 있다
법사는 문장을 구하러 서역까지 갔다는데
내 평생 그가 구해 온 관주(貫珠) 꿰어 보기나 할까?
애저녁인데 어둠 경전처럼 밀물져
수평도 서역도 서둘러 경계 지웠으니 저 무한대
어스름에는 짐짓 글자가 심어지지 않는다

3
윤곽이 트이는 쪽만 시야라 할까, 비낀 섬 뿌리로
어느새 한두 등 켜 드는 불빛,
방파제 안쪽 해안 등의 흐릿한 파도 기슭에서
물고기 뛴다, 첨벙거리는 소리의 느낌표들!
순간이 어탁되다, 탁, 맥을 푼다

끝내 넘어설 수 없었던 상상 하나가
싱싱한 배태로 생기가 넘치더니 이내 삭아 버린다

쓰지 않는 문장으로 충만하던 시절 내게도 있었다
볼만했던 섬들보다 둘러보지 못한 섬
더 아름다워도
불러 세울 수 없는 구름 하늘 밖으로 흐르던 것을,
두 개의 눈으로 일만 파문 응시하지만
문장은 그 모든 주름을 겹친 단 일 획이라고,
한 줄에 걸려 끝끝내 넘어설 수 없었던 수평선이
밤바다에 가라앉고 있다

4
시원(始原)에 대한 확신으로 길 위에 서는
사람들은 어느 시절에나 있다
시야 저쪽 아련한 미답(未踏)들이
문득 구걸로 떠돌므로 미지와 만난다는
믿음으로 그들은 행복하리라
타고 넘은 물이랑보다 다가오는 파도가 더 생생한 것,

그러나 길어 올린 하루를 걸쳐 놓기 위해
바다는 쓰고 지운다, 요동치는 너울이 고쳐 적지만
부풀거나 꺼져 들어도 언제나 그 수평선이다

5
일생 동안 애인의 발자국을 그러모았으나
소매 한 번 움켜잡지 못해 울며 주저앉았다는 사내,
그의 눈물로 문장 바다가 수위를 높였겠는가

끝내 열지 못한 문 앞에서 통곡한
사내에게도 맹목은, 한때의 동냥 그릇이었을까?

문장은, 막막한 가슴들이 받아안지만
때로 저를 지운 심금 위에 얹힌다
늙지 않는 그리움을 안고 산다면
언젠가는 수태를 고지받는 아침이 올까?

6
어둠 속에 페리가 닿고 막배로 건너온
자동차 몇 대, 헤드라이트를 켜자 번지는 불빛 속으로
승객들이 흩어진다, 언제 내렸는지
허름함 잠바에 밀짚모자 헝겊 배낭을 맨 사내 하나
어두운 골목길로 사라진다
혹, 문장을 구해 서역에서 돌아오는 법사가 아닐까
그가 바로 문장이라면?

허전한 골목은 닫혔다. 바다 저쪽에서
또 다른 사내들이 헤맨다 한들
아득한 섬 찾아내기나 할까?
일생 처녀인 문장 하나 들쳐 업으려고
한 사내의 볼품없는 그물을 펼쳐지겠지만
어느새 너덜너덜해진 그물코들!
나는 이제 사라진 것들의 행방에 대해 묻지 않는다
원래 없었으므로 하고많은 문장들,
아직도 태어나지 않은 단 하나의 문장!

구름에 적어 하늘에 걸어 둔 그리움 다시 내린다

수많은 아침들이 피워 올린 그날 치의 신기루가 가라앉고
어느새 캄캄한 밤이 새까만 염소 떼를 몰고 찾아든다
그 염소들, 별들 뜯어 먹여 기르지만
애초부터 나는 목동좌에 오를 수 없는 사내였다!
— 김명인 「문장들」 전문

김명인의 시 「문장들」을 읽으며, 고된 시인의 삶을 떠올린다. 그들의 삶은 '완성이 없는' 문장이다. "가을 바다에서 문장 한 줄 건져 돌아가겠다는/ 사내의 비원 후일담으로 들은들/ 누구에게 무슨 감동이랴"라고 이 시의 화자는 머릿부분에서 자문하듯 묻는다. 그런데 왜 시인은 항상 '단 한 줄의 문장'을 찾아 '바다'로 떠나는 것일까. 시인의 첫 시집 『동두천』에도 실리지 못했다는 등단작 「출항제(出航祭)」를 잠시 읽어본다. 이 작품은 제목처럼 우연찮게도, 마치 출항을 떠나 오래 떠도는 어선(漁船) 한 척처럼, 시인의 시집 어디에도 실리지 못했다고 한다.

겨울의 부두에서 떠난다
오랜 정박(碇泊)의 닻을 올리고
순풍을 비는 출항제(出航祭)
부두의 창고 어둑한 그늘에 묻혀 남몰래 우는
내 목숨 같던 애인(愛人)이여
오오 무수히 용서하라 울면서 지켜보던 시대(時代)여
지난 봄 갈 것 없이 우리들은 성실했다
어두운 밤길을 걸어
맨몸으로 떠나는 새벽
눈 내리는 세계(世界)

……(중략)……
비로소 우리는 오랜 정박(碇泊)의 닻을 올리고
순풍을 비는 출항제(出航祭)
겨울의 부두에서 떠나고 있다

　　　　　　　　　　　　　　　—「출항제(出航祭)」부분

　"목숨 같던 애인(愛人)" 마저 버리고 새벽녘 "맨몸으로" 몰래 떠나 올라야 했던 공간, 바다. 시인에게 이 '바다'라는 공간이 지니는 의미는 다분히 이중적이고, 양가적이며 중요하다. 바다는 벗어나고 싶던, 가난하고 외로운 유년의 공간이면서도, 결코 벗어날 수 없는 운명과 사투(死鬪)의 장(場)이었던 것이다. 그는 끊임없이 바다에 관한 시편들을 써왔다. 바다는 그에게 원체험의 공간이자, 그가 시어(詩魚)를 낚아 올리는 신성한 보고(寶庫)이기도 했던 것이리라. 그는 언젠가 자전적인 글에서 바다인 고향을 떠나고 싶어서, 학창시절 도망치듯 무작정 상경했다고 고백한 바 있지만, 사실 그의 문학적 항로는 "시원(始原)에 대한 확신"으로 언제나 바다를 향해 회귀하고자 하는 열망으로 가득 차 있었음을 우리는 그의 작품들을 통해 알 수 있다. 그러나 바다는 쉽게 그에게 모습을 선뜻 내어 보이지 않는다. 간혹 "반짝이며 밀려오는 은파들"과 물고기의 "첨벙거리는 소리의 느낌표들"로 '어탁'될 뿐, 잠깐의 순간이 지나면, "이내 삭아버리"고 마는 상상으로, 시인에게 있어 바다가 만들어내는 '문장의 찰나'는 마냥 아쉽기만 하다. 그렇기에 시인에게는 때때로 "쓰지 않는 문장"이 더 아름답기도 하다. "시야 저쪽 아련한 미답(未踏)들이/ 문득 구걸로 떠돌므로 미지와 만나다는 믿음으로 그들은 행복"하기 때문이다. "타고 넘은 물이랑보다 다가오는 파도가 더 생생한 것"이기에 말이다. 바다는 "쓰고 지우"기를 반복하고, '문장의 너울'을 무수히 고쳐 적지만, "부풀거나 꺼져 들어도 언제나 그 수편선"을 유지한다. "한 줄에 걸려 끝끝내 넘어설 수 없었던 수평선"이 시인이 그토록 닮기 원하던, 바다의 명문(名文)이었던 것이다.

「문장들」5장, 6장에 오면 일찍이 "문장 한 줄 건져 돌아가겠다"며 바다로 떠난 한 사내의 후일담이 이어진다. 사내의 이야기는 시인의 그것과 오버랩 된다. "일생 동안 애인의 발자국을 그러모았으나/ 소매 한 번 움켜잡지 못해 울며 주저앉았다는 사내"의 운명은 "문장을 구해 서역으로 떠난 법사"와도 같은, 시인의 운명과도 다르지 않다. "일생 처녀인 문장 하나 들쳐 업으려고" 펼친 "한 사내의 볼품없는 그물"은 이제 "너덜너덜해진 그물코"로 낡고 낡았지만, "바다 저쪽에" "아득한 섬"은 어차피 "원래 없었으므로 하고많은 문장들"로 멀리서만 아득하게 반짝일 뿐이다.

"아직도 태어나지 않는 단 하나의 문장!", 이 문장은 아침저녁으로 줄곧 구름에 적히거나, 바다에 물결로 씌어지거나, 저녁 무렵 석양이나 밤하늘의 별자리로 걸려 있는, 애당초 인간의 시야(視野)나 손에 닿지 않는 미답(未踏)의 곳에 있었기에, 더욱 아름다울 수 있던 것은 아닐까. 하지만 이 순간에도 "단 한 줄의 문장"을 찾기 위해, 모든 것을 등지고 바다로 떠나 문장의 어귀에서 표류(漂流)하는 시인의 뒷모습은 그 누구의 것보다 더욱 비장하고 아름답다. 비록 그가 "애당초 목동좌에 오를 수 없는 사내였다!"고 비관할지라도, 우리는 어디에선가 그의 양 떼와 염소 떼가 무럭무럭 자라 살찌우고 있음을 알 수 있다. 그의 시의 튼실한 "문장들"처럼 말이다.

붉은 말(言)의 끈

— 최금진 「빗살무늬토기를 생각하다」 읽기

21세기 최첨단 시대에 살고 있는 지금 여기, 서울 한복판에 헐벗은 원시부족이 아직 존재한다. 조르조 아감벤에 의하면, 그들은 벌거벗은 생명 즉 '호모 사케르'(Homo Sacer)에 해당된다. 이들은 살해당할 수 있으나, 희생물로 바쳐지거나 할 수 없으며, 이들을 죽인 자들은 어떠한 법적인 처벌도 받지 않는다. 그들은 거대하고 화려한 자본주의 사회에서 배척당한 인간 쓰레기 즉 잉여인간에 지나지 않기 때문이다. 이 '원시부족'의 몇몇은 생존권을 위해 처절한 투쟁을 하다가, 얼마 전 우리가 목도하는 가운데, 화염에 휩싸여 처참하게 죽었다. 그들은 화염에 타죽은 것도 모자라, 게다가 1년 가까이 제대로 된 장례식조차 치루지 못하고, 병원의 차디찬 냉동고에 고깃덩이처럼 방치되어 있었다. 죽임을 당한 인원은 산술적으로는 소수에 지나지 않지만, 이는 결코 소수의 죽음이 아니다. 하지만 유가족을 비롯한 남겨진 자들 즉 원시부족의 일원들은 여전히 '예외상태'(State of Exception)에 놓여있으므로, 지금 이 순간에도 생명의 안전을 보장받지 못한다.

"아무도 몰랐지만 철거민들은 빗살무늬토기를 빚고 있었다"로 시작하는, 최금진의 시 「빗살무늬토기를 생각하다」를 읽는다. 시를 읽는 내내, 무언가 뜨겁고 무거운 것이 가슴에 쌓이는 것을, 혹은 빗살무늬처럼 가슴에 그어지는 사선의 날카로움을 느낄 수 있다. "단도로 몸에 빗금을 긋는 전사들", "깨뜨리면 그대로 깨어지고 말 질그릇 같은 얼굴들"에 용산참사 희생자들의 불길에 휩싸인 얼굴들이 오버랩 된다. 누구도 함부로 입 밖에 내지 못한 말 "전쟁이라는 말"에 "붉은 끈들을 질끈 동여"맨 채 싸우던 그들은 마침내 석유와 시너를 끼얹은 채, "빗살무늬토기"로 구워진 것이다. 그리고 "TV에 나와 헛기침을 하는" "유력한 정치가"들 즉 '월권'을 행사하는 옹기장이들에 의해 마지막까지 잔인하게 산산히 깨어져 버렸다. 그들은 어쩌면 "쓸모없는 질 그릇 몇 개"인 양 "오직 부서지기 위해, 박살나기 위해/다시 흙으로 돌아가기 위해" 태어난 것일까.

한편 추방당한 자들과 살아남은 자들의 얼굴은 어떠한가. 그들은 "사람도 개도 아닌" 형상의 초라한 모습으로, 여전히 "두려움에 가득한 얼굴"로 "두꺼운 털옷을 몇겹씩 껴입고" 위정자들이 보상금이라는 명목으로 쥐어 준 "탄화된 볍씨 몇 개"를 손에 쥐고, 우리 사회의 변방에서 가난과 추위에 벌벌 떨고 있다. 그들의 몸에 무수히 그어 댄, 혹은 그어진 '빗살무늬'는 과연 무엇을 의미하는 걸까. 시인은 빗살무늬를 "채찍자국"이라고 말한다. 그것이 자해에 의한 것이건, 타인에 의한 구타로 인한 것이건 간에, 시인은 그들의 빗살무늬가 '하늘에 내리는 유성' 만큼이나 아름다웠다고 이야기 한다. 빗살무늬에는 그들의 비장한 결의가 묻어있으며, 그것이 설령, 신석기시대의 골동품에 지나지 않는다 치더라도, 위정자들에겐 한

낱 "몽둥이나 돌멩이 같은 가장 원시적인 도구"로 비춰져 웃음거리에 불과할 지라도, 그들의 파편들은 오늘, 바로 지금 우리의 "하늘에 가득 별로" 떠서 반짝이고 있기 때문이다.

아무도 몰랐지만 철거민들은 빗살무늬토기를 빚고 있었다
붉은 페인트로 가위표가 칠해지는 하늘에
가파른 빗금을 그으며 내리는 유성들은 아름다웠고
임신한 여자들 뱃속엔 고대 부족들의 뾰족한 토기 파편이 자라고
있었다
단도로 몸에 빗금을 긋는 전사들처럼
손에 잡히지도 않는 일을 마치고 돌아온 가장들의 담뱃불에선
알 수 없는 쾌감이 일기도 했다
'전쟁'이라는 말에 붉은 끈들이 질끈 동여매져 있었고
누구도 함부로 그 말을 입 밖에 내진 못했으나
입을 다물수록 석유와 시너 냄새가 속에서 울컥 올라왔다
깨뜨리면 그대로 깨어지고 말 질그릇 같은 얼굴들이었다
동굴 같은 반지하 셋방에서 기어나와 골목을 돌다보면
사람도 개도 아닌 늙은이들이
두꺼운 털옷을 몇겹씩 껴입고
두려움에 가득찬 얼굴로 빚어지는 토기를 바라보고 있었다
간절히 깨져버리고 싶은 욕망을 견디며 삼한사온의 겨울이 가고 있
었다
동네를 떠나 사람조차 지나치게 용맹했다
탈탈 긁어서 꺼내 보여준 보상금은 탄화된 볍씨 몇 개 같았다
몽둥이나 돌멩이 같은 가장 원시적인 도구들이 무기로 사용되어도
괜찮을까요, 구청과 경찰과 용역회사는 빙그레 웃었다
값도 안 나가는 골동품의 가치를 따질 필요는 없었을 것이다

오직 부서지기 위해, 박살나기 위해

다시 흙으로 돌아가기 위해

쓸모 없는 질그릇 몇개가 옹기종기 양지바른 곳에 놓여 있었다

그것이 흙덩인지, 사람인지, 토우인지 전혀 구별이 되지 않았다고

처음 불을 던졌던 사람은 그렇게 생각한 듯했다

유력한 한 정치가는

TV에 나와 헛기침을 하며 자꾸 손으로 입을 가렸다

불구덩이에 앉아 방화로 추정되는 불을 끝내 건뎌야 했던 사람들 몸엔

함부로 빗살무늬가 새겨져 있었다

채찍자국이었다, 그것이 자신에게 가한 것이었든 신의 징벌이었든

그해 겨울이 가기도 전에

깨진 질그릇 조각들이 하늘에 가득 별로 떴고

그것을 만든 자가 비록 옹기장이였다 해도 옹기를 깨뜨리는 것은

분명, 월권이었다

지금은 사라진 한 원시부족의 일이지만 말이다

　　　　　　　　　　　　　　　ー「빗살무늬토기를 생각하다」 전문

위에서 보이듯, 이 작품은 "지금은 사라진 한 원시부족의 일이지만 말이다" 끝맺고 있지만, 어디까지나 시인이 반어적으로 말하고 있음을 알 수 있다. 주변을 보라. 벌거벗은 채, 최소한의 생존권조차 보장 받지 못하고, 쫓겨난 원시부족은 우리 사회에 아직 대다수 존재한다. 그들은 도시의 미관상, 혹은 정치적인 이유로 다만 은폐, 격리되어 있을 뿐, 과거에도 그리고 현재에도 존재(存在)라는 말이 무색할 정도로 존재하고 있다.

끝으로 최금진 시인의 이번 작품에 그어진 빗살무늬를 점자처럼 짚어

가며, 다시 한 번 읽어본다. 그리고 그의 시(詩)의 무늬와 깊이에 대해 생각해 본다. 동판처럼, 혹은 토기처럼 새겨지고 구워지는 시 한 편에 담긴 무늬의 깊이가, 가슴 한 곳에 일순간 스캔된다. 그 '빗살무늬'가 새겨진 '붉은 말의 끈'을 이마에 질끈 매고, 폭력과 불의에 맞서 살아갈 수 있다면, 우리의 생이 지금보다는 훨씬 아름답고 치열해지지 않을까.

심장의 이력(履歷)

— 김중일 「아스트롤라베 — 흥얼거림으로의 떠돎」 읽기

김중일의 근작 「아스트롤라베 —흥얼거림으로의 떠돎」을 통해 시인의 심장에 대한 한 이력(履歷)을 읽는다. "서른 새 해 전 태어남의 밤"에서부터 "몇 마디의 흥얼거림으로 대를 이어 떠돌고 있"는 시인의 심장은 "새들의 기낭"이자, "검은 울음보"였노라고 화자는 반복과 변주를 통해 여러 번 고백하고 있다. "누구도 귀 기울이지 않는, 몇 백만 번째 반복되는지 모르는" 위성처럼 한 자리를 끊임없이 맴도는 몇 마디의 곡조에 시인은 다음과 같은 가사를 붙여 노래를 완성한다.

1

반드시 나는 밤에 죽을 것이다
지구라는 우주의 작은 암초 주위를 물비늘처럼 흩날리는
새떼들이 일제히 날개를 접는 그런 밤에 나의 심장도 증발할 것이다

2

졸음은 일 초에도 무한대로 팽창하는 정오의 햇볕이었다가, 톱날같은 녹색 처마에 잘린 조각하늘이었다가, 내 얼굴에 드리운 엄마의 손 차양만 한 하늘의 갈색 그림자였다가,

우리 집 지붕 위로 우연히 떨어진 새털 속으로 다 빨려 들어갔다.

나는 물청소하고 있었는데, 마당에 비눗가루를 흩뿌리며 실실 웃었다. 나는 실없이 흘리는 웃음처럼 하얗게 풀어졌다. 비눗가루 작은 알갱이들이 정오의 햇볕처럼 녹아 사라지며 씨앗처럼 우연히 마당 한 켠에 움트고 저녁이면 나무로 자랐다.

뒤돌아보니, 지난 계절에 그 나무로부터 어쩌다 돋은 내 심장이, 툭 불거진 나무의 무릎 부근에 매달려 곶감처럼 검붉고 단단하게 쪼그라들어 있었다.

어제보다 한 마디쯤 더 작곡된 오늘 밤의 음계.

그 속에 귀속된 마당의 파란 대문은 도돌이표처럼 반복적으로 연주되고 있었다.

우리 집 속에서, 조금씩 쇠락해가는 개집 속에서, 하룻밤 묵은 사막여우가 밤하늘을 올려다보며 울부짖었다. 하늘은 해변으로 떠밀려온 부패한 해산물처럼 꾸물거렸다. 새들이 철퍼덕철퍼덕 날갯짓하며 하늘로 하늘로 노 저으며 까마득히 내동댕이쳐지고 있었다.

환절기의 새들은 야간비행에 있어서만큼은 대열 속에서 합심하는 것을 선호하지 않았는데, 가장 가까이서 나는, 나를 낳은 이가 가장 위협적인 암초가 되기 때문이었다.

아주 드물게는 집고양이가 그 새들을 잡기도 했다.

3

나와 아버지는 밤늦도록 소주를 마시며 마당 한가운데 준공된 우뚝

한 허공에 바친 노역에 대해 서로 다투어 얘기했다.

이 집에서 내가 돋아나고부터, 내 콩알같이 까만 눈동자로부터 번진 밤이 서른세 해 동안이나 계속되었다. 나는 그만 두려워진 마음으로 그의 손을 꼭 부여잡았다.

내 손에 잡힌 그것은 구멍 뚫린 바닥을 소유하고 있는 머리 흰 돛배, 그 위에 매달린 반질반질 윤나고 뭉뚝한 거칠고 낡은 노였다. 나는 그 노를 저어 머리 위에 폭설을 이고, 폭설의 이동경로를 쫓아다녔다.

나는 식어버린 열망이라는 지도 위를 밤낮으로 집요하게 유랑했다. 눈물 젖은 내 침대는 누구도 읽으려 들지 않는 비대해진 지도책이었다. 꿈에서 흘러나온 흥건한 땀이 매일 밤 시트 위에 지도에도 없는 명부의 지형을 그렸다.

하늘에는 제 잃어버린 울음과 그림자의 행방을 쫓는 새들로 가득했다. 그 새들의 기낭, 그 검은 울음보는 밤마다 나의 심장이었다. 나는 폭설의 이동경로를 따라가며, 하늘의 모든 새들이 동시에 날개를 접고 일제히 투신하는 상상을 했다. 그러는 동안 어느새 내 머리카락은 기억 저편에서부터 몸 밖으로 골절된 뼈처럼 하얘지고 단단해졌다.

나는 서른세 해 전 태어남의 밤의 끝이 아직도 시작되지 않음을 하늘에 뜬 기별로 기어이 알게 되었다. 나는 부유하는 새의 그림자를 심장으로 갖고 살아야 하는 보잘것없는 부족의 일원이었음을. 내 손등의 핏줄은 새의 앙상한 푸른 발이었음을.

나는 그저 누구도 귀 기울이지 않는, 몇 백만 번째 반복되는지 모르는, 다음과 같은 몇 마디의 흥얼거림으로 대를 이어 떠돌고 있었다는 얘기다.

내 이마 위에 돋은 새는 울지 않네
내 손등 위에 돋은 새는 그림자가 없네
내 무릎 위에 돋은 새는 이제 새가 아니네

그저 움튼 한 장의 적색 이파리일 뿐
그저 작은 한때의 소동일 뿐
새야 밤이 아니라면
너무 높이 올라가서는 울지 마라
눈물 한 방울 같은 그늘진 내 심장이
그만 땅에 떨어진다

—「아스트롤라베」 전문

작품의 한 구절에서처럼, 그에 따르면 시인이란 영원히 "새의 그림자를 심장으로 갖고 살아야 하는 보잘 것 없는 부족의 일원"일지도 모른다. 시인이라는 족속에게 그들의 조상이자, 숭배의 대상이면서 동시에 감정이입과 동일시의 대상으로 '새'는 과거의 무수한 시 작품에서 소재로 차용된 바 있다. 우리가 익히 아는 고전시가의 황조가에서부터 청산별곡만 해도 그렇다. 무수히 많은 동물들이 저마다의 독특하고 고유한 울음소리를 지녔음에도 불구하고, 왜 동서양을 막론하여 '새'가 지닌 '지저귐'은 '울음소리'이면서 동시에 '노래'인 채, 그토록 시인의 관심을 끄는 것일까. 천형의 시인으로 알려진 한하운의 「파랑새」는 또 어떠한가. 온몸이 문들어지고 살점이 떨어져나가는 고통 속에 있던 시인은 "푸른 하늘/푸른 들/날아다니며//푸른 노래/푸른 울음/울어예으리//나는/나는/죽어서/파랑새 되리"라고 노래한 바 있다. 화자는 죽어서 파랑새가 되고 싶다고 염원하듯 노래하였지만, 그의 삶 자체는 이미 파랑새의 그것이다. 온몸이 푸르게 멍든 채, 이리저리 "푸른 노래/푸른 울음"을 울어예으며, 몸 누일 곳 없이 공중에서 쉴 새 없이 부유하다가 어느 날 외롭고 고단하게 툭 떨어진 '심장 한 톨'이 아니고 무엇이었겠는가. 그래서 시인의 심장을 "새들의 기낭"과

"검은 울음보"로 표현한 김중일 시인의 표현은 탁월하다. 또한 그는 시인에게 그리고 스스로에게 "밤이 아니라면 너무 높이 올라가서는 울지 마라"고 경고 한다. "눈물 한 방울 같은 그늘진 내 심장이/그만 땅에 떨어"질 위험이 언제든 도사리고 있기 때문이다. "밤낮으로 집요하게 유랑"하는 시인의 심장은 "잃어버린 울음과 그림자의 행방을 쫓"기에 바쁘지만, 낮보다는 밤에 더욱 더 빠르게 뛴다. 왜냐하면, 화자의 '잠과 꿈'이 수없이 많은 "명부의 지형"을 그려내기 때문이다. 그가 밤에 그려내는 "명부의 지도"는 시(詩)의 지도이기도 한 것인데, 이 시의 1연은 그래서 "반드시 나는 밤에 죽을 것이다"로 시작된다. "지구라는 우주의 작은 암초 주위를 물비늘처럼 흩날리"며 이리저리 날아다니다가 "새떼들이 일제히 날개를 접는 그런 밤에" "나의 심장도 증발할 것이"라고 시인은 단호하게 예언한다. 그의 예언처럼 시인이 시를 쓰는 밤에 죽는다면, 그보다 더한 행복한 잠도 없을 것이므로.

2.

내 얼굴에 드리운 엄마의 손차양만 한 하늘의 갈색 그림자였다가,
우리 집 지붕 위로 우연히 떨어진 새털 속으로 다 빨려 들어갔다.
…(중략)…
환절기의 새들은 야간비행에 있어서만큼은 대열 속에서 합심하는 것을 선호하지 않았는데, 가장 가까이서 나는, 나를 낳은 이가 가장 위험적인 암초가 되기 때문이었다.

— 「아스트롤라베」 부분

새의 심장과 발을 지닌 시인에게도 가족은 있다. 화자인 '나' 역시도 낮에는 역시 정상적인 가족구성원의 하나로 어김없이 비행의 대열에 합류해야만 한다. 그러나 밤이 오면, 상황은 다르다. 짙은 어둠 속에는 "가장 가까이서 나는, 나를 낳은 이가 가장 위험적인 암초가 되기 때문에" 합심하기 보다는 각자 떨어져서 비행하는 것이 훨씬 안전하다라고 말한다. 가장 가까이에 있는 근친의 혈육이 가장 위험한 암초가 되기도 하는 상황은 현실에서도 얼마든지 있다. 가장 가까이 있기에 서로의 날개에 부딪치고 찢겨 상처가 나거나, 혹은 오히려 그로인해 비행의 방향이 틀어지거나 어긋날 수 있기 때문이다.

이 작품에서 그려지는 새들의 하늘은 또한 결코 아름답거나 푸른 자유의 공간이 아니다. "하늘은 해변으로 떠밀려온 부패한 해산물처럼 꾸물거"리며 불쾌한 공간이자, 새들의 비행을 방해하는 '암초'들과 생명을 위협하는 갖가지 적들이 산재(散在)하는 위험한 공간이다. 어둠 속에서 만큼은 화자는 오히려 '눈물 젖은 침상'을 타고 자유롭게 꿈속을 유영한다. 그러나 그것도 한 순간이다. 그러다가 일순간 '나'라는 존재는 수없이 반복 재생되는 "몇 마디의 흥얼거림"의 계보 속에 끊임없이 우주 공간을 떠돌고 있는 짧은 음계에 지나지 않음을, 그리하여 "부유하는 새의 그림자를 심장으로 갖고 살아야하는 보잘 것 없는 부족의 일원"에 지나지 않음을 깨달은 화자는 친근하게 맴돌던 운명의 지도와도 같은 곡조에 우울한 가사를 붙인다. 그 가사가 바로 후렴구처럼 시의 마지막 연으로 처리된 9개의 행이다.

"어제보다 한 마디쯤 더 작곡된 오늘 밤의 음계./그 속에 귀속된 마당의 파란 대문은 도돌이표처럼 반복적으로 연주되고 있었다." 그 파란 대문을 조심히 열고, 그의 음악을 들어보자. 그리고 그의 위성이 돌고 있는 궤도와 천축, 경위도를 실시간 관측하는 '아스트롤라베(astrolabe)'의 눈금을 읽어보자. 그는 지금 가장 높은 고도를 향해 항해중임에 분명하다. 그의 건투와 승전을 빈다.

기억이라는 이름의 세탁소

— 진은영 「나의 아름다운 세탁소」 읽기

그녀가 초대하는 세탁소에 와보라. 맡겨놓기만 하고 찾아가지 않은 수많은 옷가지들과 그 옷들에 묻은 얼룩들이 그녀의 묵은 기억들만큼이나 얼룩덜룩 도처에 흩어져 있다. 무수한 다림질과 세탁에도 "자꾸만 살에 늘어붙는" 얼룩들과 주름들에 지칠대로 지친 그녀는 이제 "여보세요, 옷들이여/맡기신 분들을 찾아 얼른 가세요."라고 옷의 주인이 아닌, 옷들에게 제발 주인을 찾아서 가라고 떠밀 듯 사정하기에 이른다. 진은영의 "아름다운 세탁소"에 빼꼼히 문을 열고 들어서면 제일 먼저 우리는 그녀의 가족들의 옷이 여기저기 걸려 있음을 발견할 수 있다. 유년의 가장 안쪽에 걸린 빨랫감는 다름 아닌 치매에 걸려 욕설을 퍼붓던 할머니의 "푸른 기저귀"이다. 어린 그녀에게 할머니와 단둘이 남겨진 시간은 무척이나 지루하고 곤욕스러웠던 모양이다. "맑은 술 한 병"을 젖병이라도 되듯, 억지로 물려 넣어주고 욕설을 피해 동네친구와 함께 손잡고 달아나던 유년의 기억, 그러나 할머니를 등지고 유쾌하게 달아나던 그녀의 등이 어찌 가볍기만 했겠는가. 시간이 지나 더 이상 할머니가 세상에 존재하지 않을 때, 훌쩍 어른이 된 지금에도 "새장 속 까마귀처럼 울어대"던 욕설의 할머니는 기억 속에서 언제고 정정하고, 쟁쟁하게 살아오게 마련이다. "깨진 금빛 호른처럼 날카롭게 울리던" 그 날 할머니의 그 목소리는 마치 『잃어버린 시간을 찾아서』의 주인공 마르셀이 한 조각 베어 문 '마들렌' 과자처럼 의지와는 상관없이 자꾸만 '나'를 회상으로 이끈다. 화자의 "낡은 외상장부"에 그것들은 하나도 남김없이 기록되어 있기 때문이다. 그래서일까 시인은 할머니야말로 프루스트보다 더 "불란서 회상문학의 거장"과도 같다고 고백한다. 그녀의 "세탁소"에 걸린 할머니의 옷, 그녀는 기억속의 할머니에게 자신의 세탁소를 꼭 보여 주고싶노라고 제일 먼저 이야기 한다.

또 한켠에 여동생의 옷으로 보이는 "주황색 야구잠바"가 걸려 있다. "내가 읽다 던져둔 미국단편소설집을/너덜거리는 낱장으로 고이 간직했던", 커서는 가난한 예술가 청년과 결혼하겠다고 억지 부리며 울던 여동생에게 화자인 '나'는 부모보다 더 거세게 반대했던 일을 떠올린다. "너는 이 세상 최고의 속물이야"라고 힐난하던 여동생에게 하지 못했던, "나는 돼도, 너는 안 돼"라는 말 한 마디는 무심코 주머니 속에 "오래전 잘못 넣어둔 큰 옷핀"처럼 무의식 속에 불쑥불쑥 튀어나와 아직도 생생하게 기억의 검지손가락을 찔러대는 것이다. 이 외에도, 십 년 만에 만나 "비웃음인지 부러움인지 모를 미소를 짓던 첫사랑 남자친구"와 "시인 선생 그짓 그만 하고 돈 벌어 분당가"자고 자꾸만 조르시는 아버지의 옷은 먼지 묻은 채, 세탁소 한쪽 구석에 여전히 무겁게 걸려있다.

맑은 술 한 병 사다 넣어주고
새장 속 까마귀처럼 울어대는 욕설을 피해 달아나면
혼자 두고 나간다고 이층 난간까지 기어와 몸 기대며 악을 쓰던 할머니에게

동네 친구, 그 애의 손을 잡고 골목을 뛰어 달아날 때
바람 부는 날의 골목 가득 옥상마다 푸른 기저귀를 내어말리듯
휘날리던 욕설을 퍼붓던 우리 할머니에게

멀리 뛰다 절대 뒤돌아보지 않아도
"이년아, 그년이 네 샛서방이냐"
깨진 금빛 호른처럼 날카롭게 울리던

그 거리에 내가 쥔 부드러운 손
"나는 정말 이 애를 사랑하는지도 몰라"
프루스트 식으로 말해서 내 안의 남자를 깨워주신 불란서 회상문학의 거장 같은 우리 할머니에게

돈도 없고 요령도 없는 작곡가 지망생 청년과 결혼하겠다고
내 앞에서 울 적에 엄마 아버지보다 더 악쓰며 반대했던 나에게

"너는 이 세상 최고 속물이야, 그럴 거면서 중학교 때『크리스마스 선물』은 왜 물려주었니?"
내가 읽다 던져둔 미국단편소설집을
너덜거리는 낱장으로 고이 간직했던 여동생에게

"나는 돼도, 너는 안 돼"

하지 못한 말이 주황색 야구잠바 주머니 속에서 오래전 잘못 넣어
둔 큰 옷핀처럼 검지손가락을 찔렀지

엄밀한 쏜의 논리에 대해 의젓하게 박사논문까지 써놓고
이제와 기억하는 건
용수스님이 예로 드신 무명옷감에 묻은 얼룩
그 얼룩은 무슨… 덜룩
시인 김이듬이 말한 것처럼
그거 별모양의 얼룩일라나, 오직 그 모양과 색이 궁금하신 모든 분
들께

나의 아름다운 세탁소를 보여드립니다

십 년 만에 집에 데려왔더니 넌 아직도 자취생처럼 사는구나, 하며
비웃음인지 부러움인지 모를 미소를 짓던 첫사랑 남자친구에게

이 악의 없이도 나쁜 놈아, 넌 입매가 얌전한 여자랑 신도시 아파트
살면서
하긴, 내가 너의 그 멍청함을 사랑했었다. 네 입술로 불어넣어 내
방에 흐르게 했던 바슐라르의 구름 같은 꿈들

여고 졸업하고 6개월간 9급 공무원 되어 다니던 행당동 달동네 동
사무소
대단지 아파트로 변해버린 그 꼬불한 미로를 다시 찾아갈 수도 없
지만,
세상의 모든 신들을 부르며 혼자 죽어갔을 그 야윈 골목, 거미들
"그거 안 그만 뒀으면 벌써 네가 몇 호봉이냐" 아직도 뱃속에서 죽

은 자식 나이 세듯

　세어보시는 아버지, 얼마나 좋으냐, 시인 선생 그짓 그만 하고 돈
벌어 우리도 분당가면, 여전히 아이처럼 조르시는 나의 아버지에게

　아름다운 세탁소를 보여드립니다
　잔뜩 걸린 옷들 사이로 얼굴 파묻고 들어가면 신비의 아무 표정도
안 보이는
　내 옷도 아니고 당신 옷도 아닌
　이 고백들 어디에 걸치고 나갈 수도 없어 이곳에만 드높이 걸려 있
을, 보여드립니다
　위생학의 대가인 당신들이 손을 뻗어 사랑하는
　나의 이 천부적인 더러움을

　반듯이 다려놓을수록 자꾸만 살에 늘어붙는 뜨거운 다리미질
　낡은 외상장부엔 잃어버린 시간을 찾아서와 미국단편집과 중론, 오
래된 참고문헌들과
　물과 꿈 따위만 적혀 있다
　여보세요, 옷들이여
　맡기신 분들을 찾아 얼른 가세요. 양계장 암탉들이 샛노랗게 알을
피워대는 내 생애의 한여름에
　다들, 표백제 냄새 풍기며 말라버린 천변 근처 개나리처럼 몰래 흰
꽃만 들고
　몸만 들고 이사 가셨다
　　　　　　　　　　　　　　　　　　　　　　—「나의 아름다운 세탁소」 전문

얼룩은 기억으로 존재한다. "쑈의 논리에 대해 의젓하게 박사논문까지" 썼지만 화자가 이제와 기억하는 건 '얼룩' 한 점이다. 아무리 장황하게 쑈의 세계에 대해 박식하게 공부하고 깨닫는다 해도, 결국 한 점 얼룩으로 남는 건 나를 스쳐간 그들에 관한 수많은 기억들이고, 그 기억의 틈바구니 속에서 지루하고 비루하게 아등바등 살아가는 게 인간의 한 생(生)인 것이다. 어차피 성자가 되지 못할 바에야, 얼룩 묻은 옷은 벗어두고 얌체처럼 몸만 떠나버린 그들과, 때때로 강제로 벗겨 강탈해마지 않았던 허위의 '내 자아'를 증오하기보단, 그 얼룩들을 사랑하는 길이 어쩌면 더 현명하고 경제적일 것이다. 그녀가 기필코 보여주겠노라는 "아름다운 세탁소"는 사실상, "위생학의 대가인 당신들이 손을 뻗어 사랑하는/나의 이 천부적인 더러움"이었다. 자의에 의한 것이든 타의에 의한 것이든 오염된 '나'를 그들은 사랑해마지 않는다. 그리고 그 얼룩이 때론 불편한 진실이 되거나, 아름다운 시가 되어 씌어지기도 한다.

> 나는 한 번도 진실을 말한 적이 없다
> 그리고 흰 공책 가득 그것들이 씌어지는 밤이 왔다
> ─「소멸」 부분 (『우리는 매일매일』, 문학과 지성사, 2008)

이제 그녀의 "낡은 외상장부엔" 그들의 이름이나 주소, 세탁비나 수선비가 아닌 "잃어버린 시간을 찾아서와 미국단편집과 중론, 오래된 참고문헌들과 물과 꿈 따위만" 빛바랜 채 희미하게 적혀있을 뿐이다. 기름으로 기름때를 지우듯, 때로 얼룩은 다른 얼룩으로 지워지기도 한다. 그러나 흔적은 어떻게든 남게 마련이다. 자, 얼룩과 흔적은 여기 '기억'이라는 이름의 "아름다운 세탁소"에 맡기시고, "나의 천부적인 더러움"으로 인해 깨끗해진 옷들이여, 이제 주인을 찾아 얼른 떠나시라. "몸만 들고 이사 가"신 분들에게로 훨훨 날아가시라.

죽음의 칼춤 그리고 언약의 무지개를 위하여

— 오자성 「떨어지는 칼 잡기」 읽기

환경오염으로 인한 지구의 멸망을 소재로 한 영화는 많다. 대부분의 재난 영화에서 끝까지 살아남는 자는 주로 호기심과 모험심 강한 남녀 주인공이거나 아니면 그들을 대신한 어린 자식들, 그 외에 나머지는 돈 많고 권력 있는 소수의 선택된 자들에 불과하다. 평범한 시민들이 '구원의 방주'에 오를 티켓을 구매하기란 하늘의 별 따기보다 어려운 일이기 때문이다. 재난 영화에서 지구의 멸망을 일찌감치 예견한 각 나라의 정부 고위 관료들과 재벌들은 사회 질서의 붕괴와 교란을 막기 위해 다가오는 위험을 미리 은폐시키고, 급비리에 그들의 탈출선(脫出船)을 제작하기 때문에, 시민들이 위험에 노출되어 죽어나가기 시작했을 때에는 이미 그들은 완공된 우주선에 안전하게 올라 지구를 유유히 떠나거나, 지하 기지 속으로 대피해 재앙이 끝나기를, 어서 빨리 비둘기가 나뭇잎을 물고 돌아올 날만을 기다리게 되는 것이다. 최근 몇 년간 지구온난화로 인해 생긴 이상기후 현상과 그로 인한 쓰나미와 지진 등 대재앙은 수많은 인명피해와 삶의 터전을 황폐화시키는 결과를 초래했다. 이보다 더 심각한 경고가 또 있을까. 목전(目前)의 이익을 산출하기 위한, 무분별한 개발과 개간으로 인한 환경오염과 자연의 파괴의 결과는 부메랑이 되어 고스란히 인간에게 되돌아온다. 기득권 계층의 개발과 자원의 과잉 낭비가 불러온 재앙의 최대 피해자는 게다가 다름 아닌 선량하고 힘없는 서민들인 것이다. 오염된 공기와 오염된 물, 오염된 토지에서 나온 값싼 농작물을 소비하는 사람들은 결국 가난한 서민들이기 때문이다. 부자들은 신선한 공기를 사 마실 수 있고, 북극의 빙하나 깊은 암반에서 퍼온 맑은 물을 마시며, 유기농 농작물을 먹으면 되니까 말이다. 굳이 환경오염으로 인한 자연재앙이 아니더라도, 전쟁이 발발하거나, 위급한 상황에 놓일 때, 그들은 누구보다 잽싸게 안전한 곳으로 대피하여 어쨌든 끈질기게 살아남을 것이다.

오자성의 「떨어지는 칼 잡기」를 읽으며, 재난 영화를 떠올린 것은, 인류의 무분별한 환경 파괴로 인해 썩을 대로 썩어 들어간 강물이 인류에게 분노하여 "천지에 푸른 비수를 던지"며 잔인하게 복수하는 장면을 시인은 이 작품에서 "죽음의 굿판"으로 묘사하고 있기 때문이다. 자연은 처음에는 서서히 간헐적으로 복수에 대한 복선을 제공하지만, 경고를 무시하고 개발과 파괴를 강행하는 인류에게 언젠가 한번은 반드시 한꺼번에 모든 것을 휩쓸어가는 그야말로 인정사정없는 복수를 하고야 만다. 한때 생명의 젖줄이었던 강은 이제 인간이 쏟아 부운 "배수지에 불법 쓰레기"들과 증식된 세균들, "흰 배 뒤집고 죽은 꾸구리, 돌상어, 표범장지뱀"과 "하체 잘린 단양쑥부쟁이" 등으로 더럽고 지저분한 거대한 쓰레기장으로 돌변했다. 농약과 공업폐수, 각종 생활하수 등으로 배를 뒤집고 죽어버린 강, 한을 품고 "하늘로 간 강"이 이제 시퍼렇게 눈을 뜨고 다시 살아 와, 인간 세계에 무자비하게 칼을 내리 꽂기 시작한 것이다. 강물은 "비린내 나는 피를 뿌리"며 한때 인간들이 강물의 등과 배에 꽂았던 칼을 되뽑아 "우리 머리 위에", 혹은 "운동장에 뛰어 노는 딸"아이에게 마구 던지기 시작한다. 그들이 강제로 꾸역꾸역 삼켜야했던 온갖 오물들을 이제는 인간들을 향해 게위내고 마구잡이로 투하하는 것이다. 그러나 정작 떨어지는 비수를 맞는 것은 다름 아닌 이 사회의 "약한 자들"이다. 그들이 할 수 있는 일이란, 고작 "떨어지는 칼"을 "손가락 잘리며" 잡거나, "피할 곳 없어" "칼에 꽂혀 죽어"나가는 일밖에는 없다. 폭력적인 유산자들, "강에 칼을 꽂은 자들을 원망하며 죽어"가는 수밖에 그들에게 별다른 방법이나 힘이 없다.

하늘로 간 강이 칼을 던진다 칼춤을 춘다
머리 풀어헤친 강이 죽음의 굿판을 벌인다
천지에 푸른 비수를 던진다 비린내 나는 피를 뿌린다
배에 꽂힌 칼을 뽑아 우리 머리 위에 던진다
등에 꽂힌 칼을 뽑아 운동장에 뛰어 노는 딸에게 던진다
흰 배 뒤집고 죽은 꾸구리, 돌상어, 표범장지뱀를 던진다
하체 잘린 단양쑥부쟁이를 던진다
배수지에 불법 쓰레기를 쏟아 넣는다 세균을 무단 살포한다

약한 자들은 떨어지는 칼을 잡는다 피할 곳이 없어 칼을 잡는다
떨어지는 칼은 번개처럼 눈초리 번쩍인다
떨어지는 칼은 천둥처럼 목청 높여 호령한다
몸뚱이가 저리 크면 고통도 분노도 저리 큰 걸까
강은 거짓말을 뽑아 던진다 포크레인 부품을 던진다

부러진 군용 삽을 던진다 피투성이 가시관 뱀파이어 예수상과
불에 타다 남은 문수의 정강이뼈를 던진다

약한 자들은 나와서 칼을 잡는다 손가락 잘리며 칼을 잡는다
아이들 등에 떨어지는 칼을 잡는다 놓친 칼에 황급히 발등을 들이
민다
무수하게 팔다리가 나뒹굴고 칼에 꽂혀 죽어갔다
강에 칼을 꽂은 자들을 원망하며 죽어갔다
강에 칼을 꽂은 자들은 지하 벙커에서 회회낙락 음주가무 즐기는데
하늘로 간 강은 잔인하였다 칼춤을 멈출 줄 몰랐다
들어낸 자궁 같은 금모래밭 은모래밭을 그물처럼 아이들 머리 위로
던진다
떨어지는 칼은 점점 가속되었다 칼비가 되었다

약한 자들은 비행기 타고 달아날 곳이 없어 떨어지는 칼을 잡는다
하늘로 가는 강을 잡지 못한 죄책감에 칼을 받는다
칼을 잡는 자들은 늘 칼을 꽂은 자들의 방패가 되었다
피난에서 돌아온 칼 꽂는 자들이 슬쩍 옷깃 아래 칼끝을 보여주면
사복경찰을 집 주위에 돌리면 가족 생각에 몸이 얼어붙었다
약한 자들은 꼼짝 못하고 피와 살을 제물로 바쳐야 했다

하늘로 간 강은 춤판을 멈추지 않는다
강심이 천심 되었다고 굿판을 벌인다
강심을 갈가리 찢어 푸른 칼을 벼른다

—「떨어지는 칼 잡기」 전문

이 같이 "번개처럼 눈초리 번쩍"이며, "천둥처럼 목청 높여 호령"하는 강물이 잔인하게 쏟아내는 칼을 온몸으로 받아내는 일은 순전히 힘 없고, 돈 없는 "약한 자들"의 몫이다. 그러나 위의 연에서 묘사하고 있듯, 강에 거짓말을 하고 마구잡이로 포크레인을 들이대고, 군용 삽으로 폭력을 가했던 '강한 자'들 즉 "강에 칼을 꽂은" 가해자의 무리들은 오히려 서두에서 언급한 영화에서처럼 미리 지어놓은 '노아의 방주'를 타고, 안전한 "지하 벙커에서" 여전히 "희희낙락 음주가무를 즐기"고 있다. 이처럼 시인은 "칼비가 되어" 쏟아지는 강물의 복수를, "약한 자들"이 억울하게 대신 받게 되는 모순적이고 불합리한 사회 현실을 꼬집어 묘사하고 있다. "약한 자들은 비행기 타고 달아날 곳이 없어 떨어지는 칼을 잡"아야만 한다. 선량한 그들은 외려 "하늘로 가는 강을 잡지 못한 죄책감에" "칼을 꽂은 자들의 방패가 되어" 담담히 칼을 받아낸다. 이는 "꼼짝 못하고 피와 살을 제물로 바쳐야" 하는 일종의 희생제의인 셈이다. 그러나 여전히 "하늘로 간 강은 춤판을 멈추지 않"고 이 순간에도 "강심을 갈가리 찢어 푸른 칼을 벼르"고 있다. "죽음의 굿판"은 지금도 어디선가 한창이다. 그리고 그 희생자들은 머잖아 우리의 가족이거나 가까운 친척과 이웃이 될 수 있다. 지금이라도 "하늘로 간 강"에게 진혼굿이라도 올리는 심정으로 환경을 보호하고 아끼는 마음을 갖는다면, "들어낸 자궁 같"이 병들고 황폐한 강바닥을 되살리고자 조금이라도 노력해 나간다면, 이제라도 죽음의 '복수극'과 '죽음의 칼춤'을 멈출 수 있지 않을까. 무서운 홍수의 심판 뒤에 언제 그랬냐는 듯 날이 맑게 개인 어느 날, '언약의 무지개'가 떠올랐던 아주 오래 전 그날처럼 말이다.

저녁으로 날아간 등나무

— 이기인 「등나무」 읽기

등나무하면 학교 운동장이 제일 먼저 떠오른다. 포도열매처럼 보랏빛으로 주렁주렁 탐스럽게 열린 꽃송이하며, 구름다리건 철봉이건 간에 뭐든 타고 오르던 구불구불한 줄기와 어린 이마에 맺힌 땀을 곧잘 식혀주던 그늘 위 무성했던 푸른 잎사귀들. 등나무는 유년의 기억 속에서 지금도 굽이굽이 자라나, 동화책 '잭과 콩나무'의 콩나무처럼 어딘가를 기어오르고 있는 듯한 환상을 불러일으킨다. 게다가 등나무의 잎사귀는 작은 줄기에 여러 개(많게는 19개)의 잎이 한꺼번에 달려있어, 한 잎씩 뜯어내 그리운 사람의 기별 혹은 그의 마음을 점치는데 이따금 쓰이곤 했다. 원하는 결과가 나오지 않으면, 안도의 한숨을 겨우 내쉬게 될 때까지 몇 번이고 다시 한 잎 또 한 잎을 뜯어내던, 사춘기 소녀의 마음도 등나무에는 이렇듯 함께 매달려 있다.

인간의 삶은 갈등과 선택의 연속이라고 했던가. 갈등(葛藤)이란 말에서 갈(葛)은 칡을, 등(藤)은 등나무를 뜻한다. 칡은 왼쪽으로, 등나무는 오른쪽으로만 감아 올라가기 때문에 이 둘은 절대로 양보하거나, 서로 한데 어우러져 만날 수가 없다고 한다. 이처럼 양립할 수 없는 대립과 모순이 인간의 삶에 항상 내재한다. 어쨌거나 고집스럽게 한 방향으로만 그것도 척박한 땅에서도 거침없이 무언가를 감아 올라가는 등나무 줄기는 어쩌면 뿌리보다도 더 강한 생명력을 지닌 것인지도 모른다. 또한 등나무 줄기처럼 인간 역시 혼자서는 살아갈 수 없다. 서로 갈등하며, 부딪치고 다치더라도 인간은 반드시 다른 인간과 함께 얽히고 설켜야만 생을 이어나갈 수 있다. 간혹 방향이 달라 서로 어긋나고 삐거덕거리기도 하지만 분명 사람이 사람의 버팀목이 되어 서로가 서로를 견디게 하는 힘이 되어준다. 마치 "등나무 잎사귀들이 지붕에서 떨어지지 않으려고 서로의 등을 어루만"지듯, 나약하고 외로운 존재들에게는 더더욱 말이다.

등나무 아래서 흘러가는 구름을 하나 골라낸 것일까
노인 둘이서 나누어 마신 막걸리병이 통 바닥을 보이며 쓰러졌다

자리를 옮겨 다니는 꿀벌처럼 등나무 밖으로 조용한 걸음이 오줌을
누려고 삐져나오고
맹목적으로 살아온 이의 무딘 발톱이 희미하게 눈을 떴다

붉은 볼을 하고서 등나무 속으로 한 아이가 헐레벌떡 숨을 몰아쉬
면서 찾아왔다
기다렸다는 듯이 노인은 비루먹은 표정의 집 열쇠를 꺼내주었다

등나무 잎사귀들이 지붕에서 떨어지지 않으려고 서로의 등을 어루
만졌다

열쇠를 쥐고서 토끼처럼 뛰는 아이는 횡단보도에서 잠시 노인의 저
녁을 뒤돌아봤다

등나무 뒤에 숨어 있던 구름은 산비둘기처럼 푸드득 저녁으로 날아
갔다
뉘엿뉘엿 숨을 들이마시던 등나무는 구불구불한 지팡이 냄새를 피
우며 하늘로 올라갔다

—「등나무」 전문

이기인의 「등나무」를 읽으며, 누구인지 모를 노년의 한때를 생각해본
다. 누구에게나 유년이 있듯, 노년 또한 찾아오게 마련이다. 시간은 지금
이 순간에도 공평하게 또 멈춤 없이 흘러가고, 하루의 태양은 아침이면
동에서 떠올라 저녁이면 어김없이 서쪽으로 저물어간다. 이것이 인생이
다. 그것은 쉴 새 없이 간혹 잔인하게, 간혹 인자하게, 간혹 분주하게, 간
혹 지루하게 흘러가곤 한다. 그리고 후반기에 접어들수록, 보통은 나른하
고 지리멸렬해지거나 "비루먹은 표정"을 지니게 되기 십상인 것이다. 이
기인의 「등나무」에 등장하는 노인들 역시 이들에 가깝다. "맹목적으로
살아온" 그들의 발톱은 이제 무디고, 눈빛조차 "희미하게" 흐릿해진지 오
래다. 그들이 "나누어 마신 막걸리 병"처럼 그들도 머지않아 "통 바닥을
보이며 쓰러"질 것이다. 그러나 "등나무 잎사귀들이 지붕에서 떨어지지
않으려고 서로의 등을 어루만"지듯, 작품 속에 등장하는 "노인 둘"은 서
로에게 마지막으로 기댈 수 있는 등이 되어준다. 시의 첫 연에서 노인은
자신이 타고 갈 노새라도 고르듯, 등나무 사이로 얼핏 보이는 "구름을 하
나 골라낸"다. 그리고는 황혼 무렵 막걸리 두 병에 얼근하게 취한 그들은

서로에게 의지하여 마지막을 버틴다. 노인은 이제 아이가 등나무 아래로 찾아오길 기다린다. 이윽고 "붉은 볼을 하고서 등나무 속으로 한 아이가" "헐레벌떡 숨을 몰아쉬며" 찾아오자, 노인은 "기다렸다는 듯이" 아이에게 "비루먹은 표정의 집 열쇠를 꺼내" 준다. 하필 "비루먹은 표정의 집 열쇠"라니. 그렇다면 아이는 어쩌면 노인처럼 비루하고 맹목적인 일상을 살아가게 될지도 모르겠다. 집 열쇠를 받아 쥔 아이는 "토끼처럼" 가볍게 뛰어가고, 아이가 궁금하기라도 한듯 "횡단보도에서 잠시" 뒤돌아본 노인의 마지막 뒷모습은 이제 '생의 저녁'에 흠뻑 젖어들고 있다. 아니 그는 "산비둘기처럼 푸드득 저녁으로 날아"가고 있는 중이다. "뉘엿뉘엿 숨을 들이마시던 등나무" 역시 구름 하나를 골라잡아 타고, 하늘 높이 가벼이 날아가는 중이리라. "구불구불한 지팡이 냄새를 피우"던 등나무도, 그 등나무 아래 쉬어가던 노인도, "등나무 뒤에 숨어있던 구름" 한 점도 모두들 일생을 사는 동안, 잘 들어맞지 않고 무겁기만 했던 '생의 열쇠'를 아이에게 무사히 건네주는 마지막 임무를 마쳤으니, 그들은 이제 하늘로 올라가 푹 쉬어도 좋으리라. 이제 남은 건, 열쇠를 쥔 아이의 몫이다.

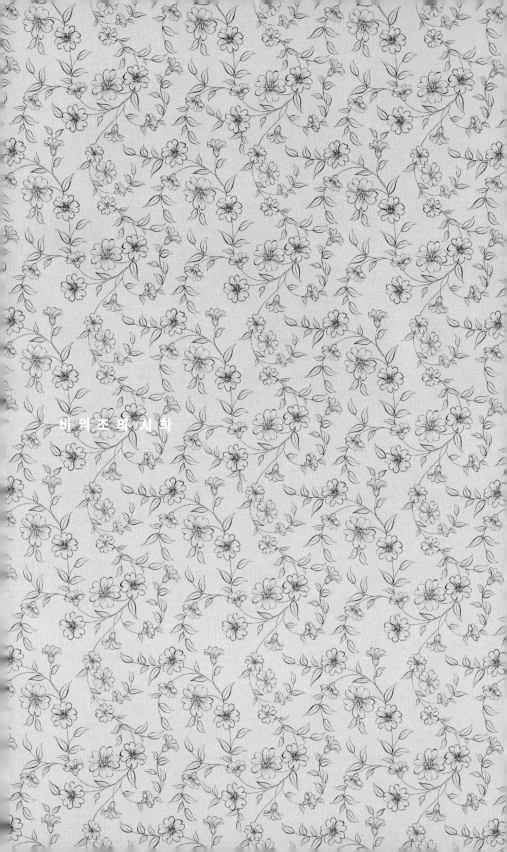

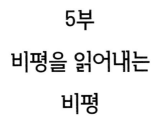

5부

비평을 읽어내는

비평

난경(難境)에 응전하는, 희망이 좌표다

상처의 무늬, 매혹의 크레바스

난경(難境)에 응전하는, 희망이 좌표다

― 고명철, 비평집 『리얼리즘이 희망이다 ― 시, 위선의 시대에 종언을 고함』
(푸른사상사, 2015)

2014년 4월16일 이후, '희망'이라는 단어를 마음과 머리에서 삭제했다. 목전에서 어린 불꽃들이 아무 죄 없이 사그라져갈 때 구조를 기다리며 한 줄기 희망을 놓지 않았다. 곧 구조되겠지…… 저 유리창을 깨어주면 봇물 터지듯 모두가 살아나올 수 있을 거라 생각했다. 과거에도 희망은 더 큰 절망으로 얼굴을 종종 바꾸곤 했지만 이번에는 다르길 희망했다. 일상에서도 옅은 낙관은 쉽게 짙은 비관으로 일그러지거나 착색되곤 했지만, 이번엔 더없이 참혹했다. 유구무언의 절망과 언어도단의 눈물조차 흘릴 수 없는 당혹스러움과 살아남은 자의 죄책감만이 간헐적으로 흑풍처럼 일어날 뿐이다. 암흑과 암전 반면 그 이후의 대한민국의 정치적 사회적 상황은 어떠한가. 더없는 희극을 방불케 하지 않았는가. 어린 목숨들의 희생을 기회 삼아 교훈의 발판으로 삼자거나 유가족들이 시체 장사를 한다는 등의 망언들은 저 유의 정치인들의 윤리 의식과 그들의 의식수준을 실시간으로 생생하고 단명하게 보여주었다.

한국 사회는 물론 한국 문학계 전반에도 애도와 반성과 치유와 새로운 희망이 필요하다. 희망이 절망과 다르지 않음을 외려 희망이 더 지독한 고문이며 고독이며 지옥인 것을 예술가들 특히 문학인들은 잘 알고 있다. 그 포기할 수 없는 마지막 보루와도 같은 작은 희망들이 모여 사회와 역사를 변화시켜왔음을 또한 우리를 잘 알고 있다. 낙관적 전망과 변화와 모색, 확장과 가능성, 삶을 모색하는 노력과 움직임, 보다 나은 미래를 머금은 현재가 희망에 내재해 있음을 알기에 다시 여기 문학에, 시에, 비평에, 리얼리즘에 우리는 희망을 거는 것이다. 희망을 영구히 지운다면, 낙관과 전망을 저버린다면, 문학도 삶도 이내 암전되고 침몰하고 말 것이기에, 우리는 희망의 좌표를 다시 세우고 난장과 난경을 뚫고 앞으로 나아가야 한다. 이론도 실천도 너머 좌파나 우파를 비롯한 여러 파벌들도 너머 모더니즘도 리얼리즘도 너머, 지방과 중앙도 너머 일국도 세계도 너머 함께 우직하게 평화와 자유를 지향하는 미래의 좌표를 제시하는 평론들이 근래에 책으로 묶여 나왔다. 하여 다시 도래한 2015년의 봄의 초입에 고명철의 『리얼리즘이 희망이다 ― 시, 위선의 시대에 종언을 고함』을 읽는다. 리얼리즘도 맑시즘도 고봉밥 같은 희망도 잘 모르지만, 이 살아있는 생생한 글들을 접하고 다시, 어둠 속에서 희망을 장전하려 한다.

한국 문학은 한국 사회가 수렁에 빠져 있는 이 자기모순적 형국을 응시해야 한다. 다시 말해 국가의 모럴이 부재하여 그에 대한 분노가 솟구침에도 불구하고 이 부정한 국가를 지탱하는 정치세력에 또 다시 정치적 힘을 실어주는 자기모순과 한국 문학은 씨름해야 한다. 돌이켜 보면, 한국 문학의 생명은 숱한 역사의 질곡에 가열차게 응전해온 그 자체라 해도 과언이 아니다. 리얼리즘이든 모더니즘이든 관계 없이 최량(最良)의 한국 문학이 거둔 성취는 그것이 생래적으로 지닌 불온한 정치사회적 상상력을 통해 타락한 현실의 지반을 동요시키고 급기야 전복시키는 그 어떤 폭발력을 내장하고 있었다. …(중략)… 고백하건대, 한국 문학은 지금, 이곳에서 이러한 평화를 향한 절규가 지역의 곳곳에서 솟구쳐야 한다. 날이 갈수록 진보의 가치에 둔감해지고 지극히 개인적 일상의 안녕과 행복을 추구하는 데 몰두해가는 한국 사회에서 한국 문학의 래디컬한 반성적 성찰은 일체의 포즈를 벗어던져야 한다. 세월호의 참사 이후 한국 문학이 온몸의 신경을 바짝 곤두세워야 할 것은 침몰하는 배 안을 가득 채웠던 생목숨들의 원한의 절규다. 정녕, 21세기의 한국 문학은 이 원한의 절규로부터 터져나오는 평화를 향한 원대한 욕망을 소중히 가다듬어야 할 터이다.

―「세월호 참사 이후 한국 문학의
불온한 정치사회적 상상력을 위해」, 중, 86~93쪽.

고명철의 평론집 『리얼리즘이 희망이다』은 우리 사회와 한국 문단에 경종을 울리고 작금의 핍진한 현실을 비추는 데에 나아가 현실적 반성을 촉구하는 동시에 보다 나은 미래를 향한 새로운 방향성과 이정표를 올곧게 제시한다. 오늘의 시와 비평이 시대에 대한 진단만으로 그쳐서는 안 된다는 것. 정치와 문단의 중심 권력에 아부하고 편승하거나, 신간의 소개와 주례사 비평에만 그쳐서도 안 된다는 사실을 주지시키며 고명철은 이번 평론집을 통해 문학의 윤리와 정치성의 중요성을 다시 한번 상기시킨다. 그의 비평이 주목하는 주요 대상 텍스트는 주로 소외된 타자들과 변방의 문학들이 대부분이다. 외국인 노동자들, 노동자들, 민중들, 여성들, 시민들, 국민들과, 분단 문학, 통일 문학, 4·3을 위시한 제주문학 등이 그것이다. 특히 그는 누구보다 4·3의 역사적 진실과 문학에 남다른 열정과 관심을 기울인다. 그것은 제주 출신 작가로서의 지엽적인 정체성에서 비롯된 것이 아니라, 세계와 인류의 미래적 가치까지 더듬는 시초로서의 신념과 전망을 실천하는 비평가의 지평과 인식의 확장에서 연유한다.

나는 2000년대 리얼리즘의 시적 성취를 곰곰 숙고할 때마다 변방에서 이 같은 과제를 붙들고 분투하는 시작(詩作)을 떠올려 본다. 그것은 제주 4·3항쟁을 다루고 있는 시들이다. 나는 기회가 있을 때 마다 환기한다. 4·3사건은 제주에서 일어난 한갓 변방의 역사적 참극이 아니라 대한민국을 건립하는 과정에서 국가주의에 침윤된 국가권력이 무고한 민중을 대상으로 벌린 파쇼적 국가 폭력의 전형이며, 이에 분연히 맞서 싸운 민중의 항거다. 더는 4·3의 이러한 역사적 진실을 반공주의로 왜곡하거나 그 가치를 매도해서는 안 된다. 제주의 시인들은 4·3의 이러한 역사적 진실을 탐구하는 리얼리즘의 시작(詩作)을 지속적으로 펼치고 있다. 이제 그 리얼리즘적 성취는 제주뿐만 아니라 남과 북을 비롯한 아시아, 그리고 탈식민의 원대한 기획을 문학적으로 실천하고 있는 지구촌 곳곳의 평화적 가치를 위한 새 생명의 염원이 온축된 나무 한 그루로 모아진다. …(중략)… 이렇게 4·3의 화마(火魔) 속에서도 살아 남은 '불칸낭'은 도처의 바람결에 실려온 씨앗을 품어 안아 새 생명의 싹을 틔워내 살리고 있다. 나는 욕망한다. 2000년대의 리얼리즘 시가 이 제주의 '불칸낭'처럼 강인한 생명력으로 서로 다른 가치를 배척하지 않고, 한 몸에 동거하면서 상생할 것을. 왜냐고? 그래도 리얼리즘이 희망이기 때문이다.

　　　　　　　　　　　　　　　　ㅡ「그래도, 리얼리즘이 희망이다」, 25~26쪽.

제주에 대한 관심 뿐 아니라 분단 문학과 관련한 비평문도 주목된다. 그는 하종오의 작품들을 면밀히 분석하면서 한국 리얼리즘 시가 당면한 문제들을 해결하는 데 하종오 시인이 견인차 역할을 맡고 있음에 주목하는데 그의 시 쓰기를 이른바 '하종오식 리얼리즘'의 성취로 읽어낸다. 이러한 리얼리즘의 시 쓰기가 한국 문학의 주제적 영토의 경계에 속박되지 않고, 지구적 시계(視界) 속에서 실천 하는 바, 우선은 난제를 읽어내는 냉철한 현실인식에서 시작(詩作)이 시작되어야 함을 역설한다. 남과 북의 관계에 있어서도 타자를 몰각하거나 배제하는 게 아니라 도리어 다른 것의 존재 가치를 인정함으로써 주체와 타자는 상호주관적 관계망을 이룰 수 있으며 이것이 바로 주체와 타자 사이의 동등한 관계를 상호 인정하는 성숙한 정치와 윤리라고 역설한다. 아름다운 미의식과 상호주관성이야말로 분단을 극복하는 길이라 제시하며, 특히 그는 실천하는 글쓰기를 강조하는데 하종오의 작품들에서 이를 읽어낸다. 또한 제국(帝國)을 넘어서는 제국(諸國)의 행복한 일상과 가치에 대한 시적 형상화의 원대한 과제를 실천하는, 그리하여 리얼리즘 시인 특유의 역사적 전망을 선취(先取)해내는 시적 예지력이 작금의 분단문학에서 더 없이 필요하다는 점을 아울러 진단하고 전망한다. 이러한 분단문학의 미학적 실천적 지평의 웅숭깊어짐과 안팎의 확장은 고명철 평론가의 비평적 바람이기도 하다. 팍팍한 현실에서 고군의 현장에서 지금에 저항하고 분투하여 씌어진 작품들에서 새로운 문학적 지평을 모색하고 실천하고 확장하는 것, 시적 아름다움을 찾아내는 것, 이야 말로 그의 비평적 바람이자 그의 비평적 선취가 아닐까. 그의 평론집을 접하며, '세월호' 이후 묻어두었던 '희망'이란 단어를 다시 꺼낸다. 어쩌면 리얼리즘이 희망이 아니라, 희망이 리얼리즘인지도 모르겠다. 희망을 희망하는 것, 그것이 문학이고 삶이라는 것을 기필코 믿고 싶다.

상처의 무늬, 매혹의 크레바스
― 사이를 보다와 걷다

― 강유환, 비평집『매혹과 크레바스의 형식』(국학자료원, 2017)

1. 매혹의 상처, 크레바스

"매혹되어야만 남겨지는 무늬들. 무늬는 통칭 집중의 방식이기도 하고 의관을 정제하듯 하면 형식이 된다. (…중략…) 슬럼가의 지독한 가난, 독재, 숱한 슬픔의 무늬를 겹겹이 새긴 파두는 그녀가 완성한 단 하나의 형식이었다. 매혹적인 어떤 삶의 형식이 극동의 나를 극서로 끌어당기고 다시 찬찬히 그녀를 들여다보게 했다. (…중략…) 예술은 무릇 매혹의 도구라고 생각한다. 단단한, 혹은 무형의 세계에 여러 방식의 도구를 들고 스크래치나 크레바스를 내는 작품들이 이 책의 중심에 있다. 예술의 존재 방식인 크레바스."

―「책머리에」중

하나였던 몸이 두 개로 동강나 나뉘어지는 어떤 이별을 생각한다. 균열과 박리는 머릿속을 금세 하얗게 한다. 새하얗고 투명한 거대한 생체기를 떠올린다. 분리의 한 단면과 형식, 크레바스(crevasse). 새하얀 빙벽과 빙벽 사이, 갈라지면서 파열되고 분리되면서 새겨진 뼈아픈 무늬가 아름다울 수 있다면 그 무늬를 우리는 감히 문학의 형식, 시의 형식에 비유할 수 있을까. 그 웅장한 아름다움, 그 차디찬 빛, 그리고 눈부신 열상(裂傷). 열상과 결핍의 상형문자를 시라고 부른다면 그 상처를 해독하는 것이 시를 이해하는 한 방식이 될 수도 있지 않을까. 시를 정의하는 정의란 어떤 명제도 맞고 어떤 명제도 맞지 않으므로 뚜렷한 규정을 내릴 수는 없는 것이 당연하다. 다만 분명한 것은 시는 무엇으로도 채워질 수 없는 간극이고 결핍이라는 것이다. 간극을 파생하는 무엇(쇼즈)과 무엇의 정체를 알 수 없지만, 결핍의 원인과 결핍의 대상 자체를 명확히 알 수 없지만, 그 사이에 벌어진 상처의 단면에 아로 새겨진 무늬가 때로는 황홀하게 아름답지 않은가. 어떤 상처는 단정하고 매끈하지만, 어떤 상처는 톱날처럼 우둘투둘하고 거칠다. 어떤 상처는 한쪽이 움푹 파여서 홈이 생기고 어떤 상처는 덧나서 융기되어 우뚝 솟아있기도 한다. 어떤 상처는 원색에 가깝고 어떤 상처는 무지갯빛으로 오묘하게 빛나기도 하지만 어떤 상처는 암흑이고 어떤 상처는 크리스털처럼 눈부시게 반짝이기도 하다. 빙하(氷河)나 눈으로 뒤덮인 골짜기에 형성된 깊은 열극, 열상, 균열 그 깊은 상처의 계곡에 표정이 있다면 그 표정을 우리는 작가의 필체와 그가 고민한 한 형식으로 읽어낼 수 있을까. 뒤틀리고 깨지고 갈라지고 찢어지고 부서진 단면과 단면 사이 그 깊이를 알 수 없는 새하얀 심연. 그 아래 아득하게 발을 헛디디면 다시는 살아나올 수도 발견될 수도 없는 채로, 어쩌면 다른 해빙기가 올 때까지 영원히 썩지도 않고 보존될 단 하나의 죽음의 표정을 상상해 본다. 어떻게 바라봐도 "비극적 인식의 표출 무대가 되"(107p)는 문학의 형식, 그 '매혹의 크레바스'를 강유환은 한 결 한 결 더듬어 짚어가며 상처의 무늬를 따라 생긴 얼음의 골짜기를 지나 문학의 존재론적 인식의 지형도와 미학적 지평을 이끌어 내고 있음을 본다.

2. 어떤 형식, 그 상처의 무늬들

"시인이 어떤 율격 모형을 선택하거나 선호하는 것은 그 모형이 다른 것보다 가치가 있어서라기보다는 표현하려는 내용을 미적으로 담아내기에 가장 적절한 모형이라고 생각하기 때문일 것이다. 시의 형식은 시속에 들어 있는 의미를 통합하고 미적 가치를 조성해 내는 표현 개념으로 작용해야 한다. 율격 모형이 갖는 시적 의의는 이때 가장 극대화되어 나타날 것이고 가치 또한 입증될 수 있으리라고 본다.(22p)"

"박용래가 시도한 많은 유형의 시 형식은 시적 정서를 드러내는 데 정밀하게 선택된 것들이었다. 특히 민요 형식을 직간접으로 원용한 시들은 다른 시인과 크게 변별력을 지닌 요소로 작용한 장점을 지녔다. 하여 그의 시세계는 내용과 조화를 이룬 형식을 갖춘 시형에서 돋보였다. 그는 벌려 놓은 행간에다 의미를 함축하고 이를 담아내기 위해 외형을 매우 엄정한 방식으로 구현하였다. 박용래 시인은 음악적인 외형과 정서적인 내용이 조화를 이루어야 좋은 시가 된다고 굳게 믿고 있었다. 지금까지 살핀 시에서 보았듯이 외형과 내용의 조화는 그의 독특한 개성으로 작용했다. 하지만 외형을 가다듬고 시어를 정비하는 데 과도한 에너지를 쏟은 측면이 있었다. 자기 시가 자기를 복제하여 재생산된 시들도 있었다. 시대 흐름과는 다른 방향으로 흐른 형식의 경도는 그의 시를 완고하게 만드는 요인이 되었다. 이런 사실이 과작의 원인으로도 작용했다는 것을 부인할 수 없다."(41~42P)

시에 있어서의 내용과 형식의 문제는 도저히 분리해서 생각할 수 없는 부분이자 전체를 함의하는 문제이다. 우리는 창작에 있어서나 감상에 있어서든 내용과 형식 어느 한쪽만을 가지고는 문학을, 텍스트를 논의할 수 없다. 하나의 작품은 그 자체로 의미와 외형, 정신과 육체가 조화를 이룬 유기체와도 같다고 할 수 있다.

다시 상처에 대해 생각해보자. 상처는 그 열상의 무늬를 시각적으로 보여주는 고통의 형식이다. 그 틈과 균열, 찢김은 한 독특하고 유일한 형식을 이룬다. 그러나 상처는 또한 어떤 사건과 폭력과 훼손, 이별과 상실의 내력을 지니고 있다. 그것은 상처가 안고 있는 내용과 함의이다. 시 역시 그러하다. 내용과 형식이 분리될 수 없는 한 몸이다. 정신과 영혼이 깃든 한 몸. 얼굴과 표정의 관계처럼. 그것들을 떼어서 설명하는 것은 불가능하다. 따라서 시의 형식에 대한 고민과 조형이 때로는 "시의 미적 가치를 드높이는 중요한 요소"(41p)가 되기도 하고 그 반대의 경우도 성립한다고 볼 수 있는 것이다. 하지만 지나치게 시인이 형식에만 매달릴 때, 또는 한 형식에만 시를 고정할 때, "유사한 시형의 작품들은 시간이 지날수록 고루하고 울림이 적은 시가 되"거나, "유사한 그릇에 담아놓은 작품들"(42p)이 되기 쉽다. 시인은 항용 내용과 형식에 있어서의 치열한 자기 갱신과 모색을 추구하고 실천하되 균형과 조화를 잃지 않아야 한다는 점을 우리는 강유환의 작품 읽기를 통해서 다시 한 번 일깨우게 된다.

3. 시, 슬픔에 다가가는 확산과 응축의 두 감각

"답답한 가슴을 치는 화자는 내면에 울분을 가진 사람이다. 목청을 돋우어 쏟는 확산과 울분에 차 응축된 응어리의 극적 대비는 시의 내용을 구성하는 두 축이다. 화자의 비애는 관찰한 대상과 자기 사이에

줍힐 수 없는 거리를 감지하는 데 있다."(58P)

　　"모사나 재현이 아닌 시인만이 느낀 경지를 그려 내야만 성공적이
라고 하겠다. 대상을 보고 자유롭게 연상하면서 '보이는 것을 보는 것'
에서 '보지 않으면 안 될 것을 보고', '자기만이 볼 수 있는 것을 보는'
것으로 심화하고 확대하는 것이 중요하다."(62p)

　　"행간의 한자어는 마치 과수원 나무에 매달린 과일이 연상된다. 이
시어들은 발표 당시 모두 한자로 쓰였는데 이러한 형식적 요소는 시
의 구조적 조형성에 기여한 것들이다. 한자어의 외형적 견고함에서
파생되는 의미가 내용과 유기적으로 연결되기 때문이다."(65p)

　주지하다시피 문학이란 개별적인 하나의 주관을 보편적으로 객관화하
는 예술 양식이다. "'자기만이 볼 수 있는 것을 보는' 것"을 독자로 하여금
또한 공감하고 함께 '보게' 만드는 작품이야 말로 의미 있는 작품, 감동을
생산하는 작품으로 볼 수 있을 것이다. 비단 문학뿐만 아니라 예술이 인
간에게 주는 감동(感動)은 마음과 정서를 환기시키고 움직여 그 작품을
대하기 이전과 이후의 한 세계에 지각변동을 일으키며 이는 하나의 세계
에 균열을 내는 거대하고 아름다운 크레바스의 형상과도 다르지 않다. 이
크레바스는 대상과 대상 사이의 거리, 주체와 객체 사이의 일정한 거리
안에 형성되어 있는데, 이 거리의 폭과 깊이의 정도에 따라 응축과 확장
의 두 양상을 보이게 된다. 시적 주체에게는 이 거리의 조절이 매우 중요
한데 "어떤 세계나 사물과 거리를 일정하게 유지 했을 때 그 세계를 잘 관
찰할 수 있고 속성을 잘 파악할 수 있"(76p)기 때문이다. 강유환은 특히 시
적 주체와 대상과의 거리가 멀수록 작품에서는 오히려 비애의식이 두드

러지는 것으로 보았다. 그에 의하면 이 비애의식은 일종의 불모성과 관련이 있다고 한다. "지향하는 공간으로 진입할 수 없는 데서 오는 화자의 비애의식"(79p)이야말로 현실의 불모성에서 기인하며, "뿌리 내리기 힘든 불모지의 현실에다 꿈을 심는 시인의 행위는 비애감을 유발할 수밖에 없"(79p)는 것으로 보았다. 즉 "소재를 다각적으로 바라보며 분석하고 시어의 새로운 발견, 새로운 리듬의 창조, 자신이 느낀 감동을 색다른 감각화를 통해 표현하려"(78p)는 부단한 노력이야말로 이 비애의식을 심미적으로 승화시키는 창조적 모색의 발로(撥路)라 할 수 있다.

4. 크레바스, '보다'와 '걷다' 사이

"오장환 작품의 시어와 내용은 당대 문단에 상당히 도발적이고 자극적인 장면들로 받아들여졌고 이는 뒤에 타락하고 방탕한 시인이라는 평가에 실마리를 제공한다. 그런데 근대 문명의 병적 징후를 감지한 시인과 시를 분리해서 볼 필요가 있다. 시 속의 화자와 시인을 같은 인물이라고 본 데서 오는 오류를 말한다. 논자들이 도박, 매춘, 아편에 노출된 타락한 자아와 오장환을 일직선상에 두고 시를 분석한 내용은 재고해야 할 부분이다. 이런 분석은 숨은 화자가 관찰자가 되어 다양한 현실의 실재를 묘사한 점을 간과한 데 원인이 있다. 나아가 화자를 경험적 자아로 단정 짓는 데서 기인한다. 지금까지 분석한 시를 볼 때 화자 대부분은 시인이 경험한 내용을 시로 형상화한 것이라고 보기 어렵기 때문이다. 숨은 화자는 랭보가 말하는 인공적 자아이고 관찰하는 자아로 보는 것이 타당하다." (101p)

"오장환은 신문학을 하겠다는 포부에 맞춰 인간을 위한 문학을 주창하고 시인과 시적 화자의 분리를 추구했다. 그는 문면에서 경험적 자아를 분리하고 시인의 감정 개입을 극도로 제한하였다. 이런 작법의 일환으로 숨은 화자가 상황이나 대상을 관찰하여 그 내용을 작품에 옮긴 작업은 근대시사에서 매우 선진적인 일이었다. 아울러 그의 문학관을 뒷받침해 주는 기법과 내용의 새로운, 분류되지 않는 대상들을 호명하여 근대의 구성원으로 세워 놓은 점, 외면하거나 기피했던 현실과 대상을 발견하여 시로 형상화한 점은 특히 가치 있게 평가해야 한다." (112p)

"철학자나 예술가들은 상품 도구로 설정된 관계들이 서로 부딪치고 마모되는 과정에서 상실했거나 은폐 혹은 복원해야 할 무엇을 말하는 이들이다. 무엇을 찾고 제기하는 작업은 이미 철학이나 예술세계에서 중요 주제로 다루어 온 내용이다. 인간은 변방으로 축출되고 신기술과 도구적 존재만이 중심으로 진입하는 시대를 여러 각도에서 다양하게 읽는 혜안들이 도처에 포진되어야만 동시대인들이 인간을 조종하는 것에 덜 함몰되며 나아가 덜 불안한 보폭을 유지하며 살수 있을 것이다."(259p)

결국 필요한 것은 혜안과 실천이다. 끊임없는 자기 반성과 자기 갱신, 사유와 탐색, 모색과 전망이 선행되어야 한다. 미적인 것, 혹은 핍진한 것, 상실한 것, 은폐된 것, 나의 목소리와 타자의 목소리들을 바라보기와 듣기, 묘사하기와 관찰하기, 수용하기와 비판하기, 나아가 현실을 개선하고 실천하고자 하는 철학과 행동이 문학에서는 텍스트적 실천을 통해 요구되고 시행된다. 크레바스는 거대한 눈과 얼음의 협곡이다. 그 형식은 다양한 내용의 빛과 결정들을 내포한다. 지층은 여러 겹의 지각변동을 기억하고 화석들과 함께 역사와 사건들을 무수히 아로 새긴다. 때로 그것들은 용암처럼 많은 것들을 불사는 채 상흔을 입히고 지나간 참사들을 기억하고 애도한다. 시간의 켜를 지나 이제 그러한 상처의 내력을 간직한 지형들은 여러 형태의 무늬와 경관을 통해 아름답게 형상화되어 나타난다. 문학도 그러하다. 당대에는 상처와 진물로만 점철된 작품들이 이후에 빛을 발하기도 하는가하면 반면 당대에 조명 받고 유행했던 담론과 사조들이 어느 순간 침잠하여 사라지거나 연구자들에 의해 냉혹하게 재평가되기도 한다.

중요한 것은 유행과 시류에 편승하는 종종걸음이 아니다. 자기의 내면만을 바라보는 편협한 시선도 지양되어야 한다. 형식이나 내용 어느 한쪽에만 치중하는 것도 크레바스를 덮고 있는 눈 위를 보거나 걷는 것처럼 위험천만한 일이다. 우리는 눈 쌓인 아래, 안쪽의 빙벽 그 안을 꿰뚫어봐야 한다. 빙벽과 빙벽 사이의 심연, 그 아스라한 심연을 들여다보는 눈 맑은 시인의 시선이 응집되어 있는 이 단 한 권의 책에는 이를 들여다보는 독자의 시선까지도 투명하고 맑게 정화하는 힘이 깃들어 있다. 시 뿐만 아니라 소설과 설화, 연극에 이르기까지 여러 장르를 살피고 섭렵하여 꼼꼼하고 치밀하게 읽어내는 혜안을 지닌 연구자인 강유환의 이번 저서 『매혹과 크레바스의 형식』은 그 자차로 이미 매혹의 크레바스를 이루고 있다. 강유환의 다른 저서, 『꽃, 흰빛 입들』과 『존재, 그 황홀한 부패』에서 나아가 부패하지 않는 상처의 숲, 『매혹과 크레바스의 형식』이라는 거대한 협곡에서 한번쯤을 길을 잃고 헤매어 볼 일이다. 하여 그 눈부신, 절경은 또 다른 언어의 절경을 곧이어 불러오리니.

5부 비평을 읽어내는 비평

저자소개

김효은 金曉垠

목포 출생
서강대학교 국어국문학과 박사 졸업
2004년 〈광주일보〉 신춘문예 시부문 당선
2010년 계간 『시에』 평론 등단

공저
『서강, 우리시대 문학을 말하다』(2014, 국학자료원),
『김규동 깊이 읽기』(2012, 푸른사상)

편저
『이성선 시선』(2012, 지식을 만드는 지식),
『김민부 시선』(2012, 지식을 만드는 지식)

저서
『아리아드네의 비평』(2019, 문학의 숲),
『비익조의 시학』(2019, 새미)

현재 계간 『페이퍼 이듬』 편집위원, 국학자료원 편집장으로 활동하고 있으며, 경희대에 출강하고 있다.

비익조의 시학

초판 1쇄 인쇄일	2019년 6월 20일
초판 1쇄 발행일	2019년 7월 05일

지은이	김효은
펴낸이	정진이
편집/디자인	우정민 우민지
마케팅	정찬용 정구형
영업관리	한선희 최재희
책임편집	우민지
펴낸곳	국학자료원 새미 (주)
	등록일 2005 03 15 제25100 · 2005 · 000008호
	경기도 파주시 소라지로 228 – 2(송촌동 579 – 4 단독)
	Tel 442 · 4623 Fax 6499 · 3082
	www.kookhak.co.kr
	kookhak2001@hanmail.net

ISBN	979 – 11 – 89817 – 17 – 6 *93800
가격	23,000원